À NE PAS MANQUER !

"Les Héritiers" (Amours d'Aujourd'hui n°720)

Vous qui aimez les sagas, les histoires de famille, d'héritage, vous avez vibré avec notre grande saga familiale *Les Héritiers*. Vous avez suivi, au fil des mois, l'histoire captivante des Fortune et fait de cette passionnante série un éclatant succès.

Ce mois-ci, nous vous proposons de rencontrer une nouvelle fois cette famille dans un volume spécial composé de trois histoires, où vous retrouverez les Fortune, huit ans plus tard, réunis au grand complet pour fêter les quatre-vingts ans de Kate – un volume exceptionnel qui clôture cette magnifique saga, en attendant – qui sait – que nos auteurs se décident à ajouter une suite aux *Héritiers*.

Mais quoi qu'il en soit, n'ayez pas de regret. Dès le 1er avril, en effet, une nouvelle saga vous attend, tout aussi passionnante que la précédente. Pour en savoir plus, reportez-vous à l'annonce couleur, placée à l'intérieur de ce roman.

La vie à reconstruire

BOBBY HUTCHINSON

La vie à reconstruire

AMOURS D'AUJOURD'HUI

*Cet ouvrage a été publié en langue anglaise
sous le titre :*
FAMILY PRACTICE

HARLEQUIN ®

est une marque déposée du Groupe Harlequin
et Amours d'Aujourd'hui ®
est une marque déposée d'Harlequin S.A.

© 1999, Bobby Hutchinson. © 2001, Traduction française : Harlequin S.A.
83-85, boulevard Vincent-Auriol, 75013 Paris — Tél. : 01 42 16 63 63
Service Lectrices — Tél : 01 45 82 47 47
ISBN 2-280-07719-1 — ISSN 1264-0409

Prologue

Il pleuvait sur Vancouver, ce matin-là.

L'air soucieux, le Dr Michael Forsythe pénétra en hâte aux urgences de l'hôpital St Joseph, les pans de son imperméable noir flottant de part et d'autre de sa haute silhouette, pareils aux ailes d'un corbeau. Le crachin sinistre de février avait trempé ses cheveux de jais. Il avait l'estomac noué, et son cœur battait à cent à l'heure. Pourtant, il s'adressa à l'infirmière derrière son bureau sans que sa voix ne trahît son angoisse. Avec les années et l'expérience, il avait acquis, en toutes circonstances, une maîtrise de soi à peu près parfaite.

— Où est-elle, Leslie ?

Celle-ci avait appelé le cabinet de Michael, un peu plus tôt.

— Par ici, docteur, suivez-moi.

Leslie le conduisit jusqu'à une salle de soins. Au moment d'entrer, Michael s'immobilisa un instant, la main sur la poignée de la porte.

— Un médecin l'a déjà vue ?

— Le Dr Duncan, qui a appelé le psychiatre de service, le Dr Keeler, quand il est apparu que Mme Forsythe était en crise. Ce dernier l'a quittée il y a un petit moment, mais il reste à votre disposition si vous désirez lui parler. Dès son arrivée, Mme Forsythe nous a demandé de vous prévenir, et nous avons évidemment averti son médecin traitant, le Dr Hudson.

Michael sentit dans la voix de l'infirmière une chaleur et une compassion telles, qu'il lui en fut reconnaissant.

— Merci, Leslie.

Il attendit que la jeune femme se fût éloignée avant de prendre une profonde inspiration et d'ouvrir la porte.

— Polly? C'est moi, chérie, articula-t-il d'une voix apaisante, avançant vers la frêle silhouette roulée en boule sur le lit.

Elle avait pris la position du fœtus, ses bras enserrant ses genoux. Ses longs cheveux châtains étaient rassemblés en une grosse tresse, et elle portait un caleçon marron avec un ample sweat-shirt de la même couleur, dans lequel elle semblait perdue, tant elle était maigre.

Michaël approcha lentement du lit. D'un geste hésitant, il voulut caresser la courbe du dos de sa femme, si vulnérable, si émouvante... Puis, refoulant son propre désespoir dans les tréfonds de son âme pour garder une voix rassurante, il reprit :

— Parle-moi, Polly, mon amour, ma chérie.

Elle tremblait, il le sentait sous sa paume, et il entendait sa respiration rapide. Elle avait les yeux fermés, et ses longs cils sombres palpitaient sur sa peau si pâle, que tendaient un peu trop ses hautes pommettes. Car Polly avait perdu énormément de poids durant les cinq mois qu'avait duré la maladie de Suzannah. A présent, elle avait presque l'air d'une enfant; elle était loin, en tout cas, de paraître ses trente-cinq ans.

— Valérie m'a dit que tu as cherché à me joindre au cabinet, ce matin, poursuivit Michael. Je suis navré, j'étais parti pour une urgence : une fracture du col du fémur, et j'avais oublié mon téléphone portable.

La jeune femme hocha à peine la tête, mais Michael en éprouva un soulagement indicible. C'était une forme de réponse.

— Veux-tu que je te prenne dans mes bras?

Jamais, auparavant, il ne lui aurait posé pareille question. Il se serait contenté de l'attirer contre lui et de la serrer. Hélas, à présent, il y avait entre eux cette distance inexplicable et presque infranchissable.

Polly secoua la tête. Michael frémit intérieurement sous la douleur aiguë qui le transperçait chaque fois que sa femme le repoussait.

— Essaie de t'asseoir, chérie, reprit-il, et parle-moi.

— Je... je ne peux pas. J'ai déjà parlé à d'autres médecins. Je leur ai dit ce que je ressentais. Je n'ai pas envie de recommencer, Michael, ça fait trop mal. J'en ai assez d'avoir mal...

La voix de la jeune femme frisait l'hystérie, et elle poursuivit :

— Je veux... je veux qu'on me calme. Il faut me faire entrer dans le service de psychiatrie, et qu'on me fasse dormir pour que je n'éprouve plus rien.

Puis, sur un ton suppliant, elle ajouta :

— Pas pour longtemps, Michael... Seulement quelques jours, une semaine. Ils refusent, mais tu peux les y obliger, non ? Tu le feras pour moi, pas vrai ? Tu es médecin... tu peux...

— Polly chérie... Ecoute-moi. Te faire dormir n'est pas la solution, tu le sais.

— Tais-toi ! s'écria la jeune femme.

Et, d'un mouvement brusque, elle se redressa, ses grands yeux couleur d'ambre scintillant de fureur.

— Tais-toi, tu as compris ? Tu ne sais pas quelle est la solution pour moi ! Tu ne sais rien de moi ! Tu... tu n'es jamais là ! Personne n'est jamais là, je suis seule toute la journée, et je ne le supporte plus... J'en ai assez... assez...

Elle éclata en sanglots avant de gémir :

— Je veux mon enfant, ma Suzannah. Oh, mon Dieu, rendez-moi ma petite fille !

Les mots résonnaient dans la tête et le cœur de Michael, déchirants, si douloureux qu'il avait l'impression d'exploser de chagrin. Il y avait maintenant onze jours que Suzannah, leur fillette de neuf ans, était morte ici, à l'hôpital St Joseph, dans la chambre 314, à 2 h 45 du matin. C'était un dimanche.

Michael l'avait transportée, cette nuit-là, après qu'elle eut sombré dans le coma, et il savait alors que son enfant chérie ne sortirait pas vivante de cet hôpital.

Depuis, chaque nuit, il se réveillait d'un sommeil lourd traversé de cauchemars, sentant le poids de l'enfant dans ses bras, son petit visage calé contre sa poitrine. Et il éprouvait de nouveau le désespoir atroce de ne rien pouvoir pour elle.

— J'ai mal, papa, avait-elle dit un peu plus tôt, ce jour-là. Fais partir le mal.

Il ne pouvait évoquer cette petite voix... Non, c'était trop atroce...

— Je veux mon enfant... Qu'on me rende mon enfant..., continuait à gémir Polly.

Michael la prit par les épaules et la secoua doucement.

— Allons, chérie, arrête ! ordonna-t-il d'un ton un peu rude, pour se faire obéir. Si tu veux vraiment entrer en psychiatrie, c'est possible, évidemment, mais nous savons tous les deux que ce n'est pas la solution.

— Alors quoi, Michael ? Que faire pour arrêter cette souffrance qui me tue ? Les comprimés que tu m'as donnés sont sans effet : je ne peux toujours pas dormir.

C'était vrai, et Michael le savait : lui non plus ne parvenait plus guère à trouver le sommeil. Mais, curieusement, durant leurs longues insomnies communes, ils étaient incapables de se consoler l'un l'autre.

— Je ne veux plus rien ressentir, se lamentait Polly, je veux dormir encore et encore, et ne plus souffrir... Ne plus jamais me réveiller...

— Cela, c'est impossible, tu le sais, Polly. On te l'a dit, n'est-ce pas ? En revanche, on te calmera provisoirement, mais il faudra que tu parles à quelqu'un aussi, quelqu'un qui pourra t'aider, te soutenir. C'est ce que je te supplie de faire, et tu t'y refuses.

Michael lui avait pris rendez-vous avec un psychologue spécialiste de ce genre de traumatisme, et au dernier moment, Polly n'avait pas voulu s'y rendre.

— Je ne vais pas raconter ma vie à un étranger, avait-elle avancé. Je ne l'ai jamais fait. Je ne commencerai pas maintenant.

Et elle avait ajouté :

— D'ailleurs, toi, tu ne vas pas voir un psy. Pourquoi m'en faudrait-il un ? Et puis, nous sommes tous les deux, Michael. Je veux que tu restes avec moi. Prends quelques semaines de vacances pour être avec moi. Fais-le, ne me laisse pas seule, je t'en supplie !

— C'est impossible, ma chérie. J'ai mes malades. Ils comptent sur moi, je ne peux les abandonner.

Son travail avait creusé un fossé terrible entre eux, mais Michael n'y pouvait rien. Il ne réussissait à maîtriser sa douleur qu'en voyant des patients les uns après les autres, en se concentrant au maximum sur chacun d'eux, jusqu'à épuisement de ses forces nerveuses.

Au cabinet, il avait ordonné à son infirmière d'accepter tous les nouveaux malades, alors qu'auparavant, il les envoyait à des confrères. Ainsi, il travaillait frénétiquement toute la journée, et, le plus souvent, le soir aussi.

— Accepte au moins de voir la psychologue sociale, dit-il sur un ton conciliant. Je peux lui demander de passer, et elle te conseillera certainement quelqu'un de plus spécialisé qu'elle. Mais, en attendant, elle peut te faire du bien. Quand tu l'auras vue, si tu veux toujours être hospitalisée, je m'en occuperai, je te le promets.

Polly reprit sa position fœtale.

— D'accord, si tu y tiens, marmonna-t-elle d'une voix morne, absolument passive. Envoie-moi qui tu veux, cela n'a pas d'importance.

Comme il l'aimait, cette femme passionnée et toujours

imprévisible qu'il avait épousée treize ans plus tôt !
Autrefois, il l'appelait son « oiseau des îles », et ce
pauvre oiseau s'était brisé les ailes ! Michael aurait tout
donné pour combler l'abîme qui s'était creusé entre eux
et menaçait maintenant d'engloutir leur couple.

Il se détourna et, sans ajouter un mot, quitta la pièce.
Frannie Sullivan connaîtrait sûrement une personne sus-
ceptible d'aider Polly. Pourvu qu'elle fût dans son
bureau, et qu'elle eût un moment de libre pour aller voir
Polly aux urgences ! Lui ne pouvait plus rien. Dire que
certains de ses patients le portaient aux nues, lui offraient
des cadeaux et le considéraient comme leur sauveur !

Hélas, avec Polly, Michael était impuissant.

— Comment vous sentez-vous, madame Forsythe ? Je
suis Frannie Sullivan.

Polly leva la tête. La jeune femme qui venait d'entrer
lui souriait, mais Polly ne remarqua ni son sourire ni son
air avenant. Elle ne vit qu'une chose : la nouvelle venue
avait le ventre opulent d'une femme enceinte. Aussitôt la
colère l'étrangla. Comment Michael osait-il lui jouer un
tour pareil ? Cette nouvelle vie en puissance était la pire
des trahisons !

— J'ai parlé avec le Dr Keeler et votre mari, madame,
reprenait Frannie Sullivan. Vous traversez un moment
difficile, je crois ?

— Je ne serais pas ici si ma vie était une vallée de
roses, non ?

Polly avait parlé sèchement pour masquer sa fureur,
mais Frannie ne s'y arrêta pas. Au contraire, elle sourit
encore et s'exclama :

— Mon Dieu, je n'avais plus entendu cette expression
depuis mon enfance. Une vallée de roses... Mon père le
disait souvent.

L'image de son propre père surgit dans l'esprit de

Polly, et pour la première fois depuis des années, elle souhaita qu'il fût auprès d'elle. Dylan Rafferty, son immense et magnifique papa, mort depuis si longtemps ! Elle se rappelait surtout les moments où il les houspillait, toutes les trois — Polly, sa sœur, et leur mère, Isabelle.

— Allez, en voiture, mes filles, on rentre à la maison, et la vie sera une vallée de roses, désormais.

Pendant un mois, parfois six, et même douze, la vie en effet était facile. Jusqu'à la dispute suivante. Alors Isabelle remplissait son énorme valise en carton marron, et, traînant ses deux gamines en pleurs, gagnait la gare. Et toutes trois partaient s'établir dans quelque obscure petite ville. Là, Isabelle trouvait un emploi — généralement serveuse dans un bar à frites ignoble. Polly et Norah fréquentaient l'école locale, et pendant un temps indéterminé, elles survivaient tant bien que mal, jusqu'à ce que Dylan eût retrouvé leur trace, fait la paix avec Isabelle, et les eût ramenées à la maison.

Alors, en effet, la vie redevenait provisoirement une vallée de roses.

Polly reporta son attention sur Frannie Sullivan qui lui posait des questions. Toujours les mêmes questions ! On les lui avait posées mille fois depuis qu'elle était arrivée à l'hôpital...

— Expliquez-moi comment vous vous sentez en ce moment, madame Forsythe.

Suicidaire. Désespérée. Malade. Terrifiée. Sans espoir. Existait-il un mot unique pour exprimer tout cela ?

— Je me sens mal. Très mal. C'est pourquoi je suis venue ici.

— Essayez de me dire ce qui vous fait le plus mal ?

Elle ne le savait donc pas ? Pourtant, tout le monde ici était au courant de la mort de la fille du Dr Forsythe. Pourquoi cette femme obligeait-elle Polly à le redire ? Les mots étaient si douloureux ! Un nouvel accès de rage terrassa Polly, et elle fronça les sourcils, feignant un étonnement plein de fausse candeur.

— Oh! mon Dieu, vous ne le saviez pas? demandat-elle d'un ton grinçant. Ma fille est morte d'une tumeur au cerveau il y a onze jours.

Elle prit ensuite sa voix la plus incisive pour déclarer :

— Je sais qu'ici, à l'hôpital, tout le monde est habitué à la mort, mais, pour moi, ça a été un drame, figurez-vous.

Soudain, le chagrin fut plus fort que la fureur, et elle éclata en sanglots.

— Oh, non, non, non..., marmonna-t-elle, se recroquevillant sur le lit dans la position du fœtus.

La voix de Frannie lui parvint de très loin.

— Avez-vous envisagé de mettre fin à vos jours, madame Forsythe?

La question ne surprit pas Polly : c'était précisément ce qu'elle avait voulu faire aujourd'hui même, avant qu'une force inconnue et incontrôlable ne la pousse à se rendre à l'hôpital St Joseph. En quittant son domicile, le matin même, elle était décidée à se rendre sur la route nationale, en surplomb de l'océan. Là, en accélérant, elle aurait bien fini par rater un virage, et elle aurait été précipitée dans le vide et l'oubli, en cette triste matinée de février. Comme tout eût été facile, alors !

Cela, Polly ne l'avait pas dit au psychiatre de service, un peu plus tôt. Mais, à présent, elle n'avait plus l'énergie de mentir à Frannie.

— Oui, avoua-t-elle, je voulais me tuer aujourd'hui même, parce que je ne veux plus vivre. Comprenez donc, je ne peux pas continuer ainsi !

Malgré sa gentillesse, Frannie savait se montrer directe.

— Voilà onze jours que votre fille est décédée. Qu'est-ce qui vous a empêchée de vous suicider, jusqu'à aujourd'hui ?

Michael ? se demanda-t-elle. Michael était sa bouée de sauvetage... Du moins l'avait-elle cru. Or, elle avait attendu des jours entiers pour qu'il s'aperçût d'une chose : elle avait besoin de lui davantage que quelques heures le soir. Elle avait espéré qu'il finirait par s'en rendre compte, qu'il comprendrait que sa femme était plus importante que ses malades, qu'il devait rester auprès d'elle, qu'elle allait mal, très mal. Mais, ce matin, à son réveil du lourd sommeil procuré par les somnifères, Michael n'était plus là, et quand elle avait appelé le cabinet, il n'y était pas non plus. Alors, elle avait cessé d'attendre... Michael ne l'aiderait pas. Il partirait tous les matins, la laissant seule face à ses journées désespérément vides, dans une maison vide aussi, avec, en haut de l'escalier, une chambre de petite fille désertée...

— Vers qui pouvez-vous vous tourner en cas de besoin ? demandait maintenant Frannie. Votre mère est-elle en vie ? Avez-vous des frères et sœurs dont vous vous sentez proche ?

— Il ne faut pas compter sur ma mère, répliqua Polly sans hésiter.

Frannie Sullivan ne savait pas combien il était ridicule d'imaginer Isabelle soutenant sa fille. Isabelle était, et avait toujours été, la pire des égoïstes. Il n'y avait rien à attendre d'elle.

Quant à Norah, la sœur de Polly... pour la troisième fois, la colère flamba dans le cœur de la jeune femme.

— Ma sœur est très occupée.

En vérité, Norah n'avait pas une vie des plus absorbante : célibataire, elle travaillait comme sage-femme ici même, à l'hôpital. Raison de plus pour que Polly eût souffert de sa désertion, au moment de la mort de Suzannah. Car immédiatement après l'enterrement, Norah avait disparu, et quatre jours durant, elle n'avait pas répondu au téléphone, ni appelé Polly pour prendre de ses nouvelles. Quand elle était réapparue, elle était retournée directement à son travail. Certes, les jours derniers, elle s'était manifestée, demandant si Polly n'avait besoin de rien, mais on ne pouvait pas dire qu'elle était disponible. Norah adorait sa nièce, Polly le savait, et elle aussi souffrait. Mais elle était incapable d'aider sa sœur... En vérité, Norah ne la connaissait pas vraiment, songea cette dernière avec amertume. Les deux sœurs avaient toujours été diamétralement opposées.

— Avez-vous des amies proches? demandait encore Franny.

Des amies? Polly connaissait des femmes de confrères de Michael, ainsi que des mères d'amies de Suzannah, mais de vraies amies, non, elle n'en avait pas. Et d'ailleurs, elle n'aurait su qu'en faire. Elle qui avait été si occupée avec Michael, sa fille, sa belle maison...

— Non, personne, répondit-elle. Je n'ai que mon mari, et il est...

Elle s'interrompit. Elle n'allait pas trahir Michael, tout de même.

— Il est très occupé. Son métier de médecin... Enfin, vous savez ce que c'est.

Frannie hocha la tête.

— Si je résume ce que vous m'avez dit, vous vous sentez esseulée et déstabilisée, et vous seriez plus rassurée si l'on vous hospitalisait. C'est bien ce que vous cherchez à me dire, madame Forsythe?

— Oui.

Enfin quelqu'un qui l'avait entendue! Quel soulagement!

Frannie reprit la parole.

— C'est bon. L'expérience m'a prouvé que nous savons généralement très bien ce qui est le mieux pour nous. Compte tenu des circonstances, une courte hospitalisation est sans doute une bonne idée, madame Forsythe. Je vais en parler au Dr Keeler, et il y a ici d'excellents conseillers psychologues. Je me renseignerai pour savoir lequel est le mieux indiqué pour votre cas, et s'il peut vous prendre en séances.

Polly fixa son interlocutrice, puis son regard s'abaissa sur son ventre de femme enceinte.

— Il est pour quand, ce bébé ?

— Il devrait naître dans six semaines, répliqua Frannie, passant une main caressante sur sa taille déformée. J'ai perdu mon premier quand j'étais enceinte de six mois. Je commence seulement à me dire que cette fois, tout devrait bien se passer.

Polly sentit alors quelque chose frémir à l'intérieur d'elle-même.

— Moi aussi, j'ai fait une fausse couche avant Suzannah.

Elle en avait effacé le souvenir de sa mémoire, et voilà qu'il resurgissait, à présent.

— Je ne veux pas de conseiller psychologue, s'entendit-elle soudain déclarer. S'il faut que je parle à quelqu'un, j'aimerais que ce soit vous.

Frannie hésita, fixant Polly droit dans les yeux.

— Je ne suis pas nécessairement la personne la plus indiquée, madame, dit-elle enfin. Il y a des gens spécialement formés pour des cas comme le vôtre.

Polly secoua la tête.

— Je ne veux personne d'autre que vous.

Frannie réfléchit un moment en silence, puis déclara en tendant la main :

— J'accepte, puisque vous y tenez. Mais vous devrez me faire une promesse : tant que nous travaillerons ensemble, vous n'essaierez pas d'attenter à vos jours. Il me faut votre parole d'honneur.

Polly ne répondit pas tout de suite. Durant les cinq mois de la maladie de sa fille, elle avait perdu foi en tout : l'église, puis le pasteur, et même Dieu. Rien ni personne n'avait guéri Suzannah. Aujourd'hui, elle ne croyait plus guère en son mari, et n'avait certainement aucune raison de croire en elle-même. Tout ce sur quoi reposait son univers s'était écroulé.

— En retour, ajouta Frannie, je vous promets de faire de mon mieux pour vous aider. Et je vous en donne ma parole d'honneur.

On eût dit un serment. Polly voulait tellement croire en cette jeune femme enceinte, porteuse d'une vie nouvelle !

— D'accord, c'est promis, répondit-elle enfin, prenant la main de Frannie.

— Si vous voulez bien, nous commencerons les séances de thérapie demain, madame Forsythe.

— Appelez-moi Polly.

A son sourire, Frannie montra que cela lui faisait plaisir.

— Voilà qui me plaît, dit-elle. Dans ce cas, appelez-moi Frannie. A présent, je vais m'occuper de vous faire hospitaliser. Voulez-vous que j'appelle votre mari ?

Polly avait un peu moins souffert, tout le temps que Frannie se trouvait avec elle. Mais voilà que la douleur reprenait le dessus, insupportable. Michael ne l'adoucirait pas. Aussi secoua-t-elle la tête avec lassitude.

— Non. Il a son travail. Ses patients l'attendent.

— Je comprends. Eh bien, à demain.

Frannie referma sans bruit la porte sur elle, et une fois de plus, Polly se retrouva seule. Elle consulta sa montre. Voilà deux heures qu'elle était arrivée en titubant à l'hôpital. Le temps, peu à peu, s'écoulait...

A l'enterrement, tant de gens lui avaient asséné les platitudes habituelles sur le temps qui passe et finit par guérir toutes les blessures ! Elle avait dû se faire violence pour ne pas hurler. D'où tiraient-ils leurs certitudes ? Et comment osaient-ils lui parler du futur quand elle ne voyait, elle, que l'instant présent et l'horrible nécessité de devoir survivre à Suzannah ?

1.

Quelques mois plus tard
Seattle

— Michael ! Quelle bonne surprise ! Vous êtes bien Michael Forsythe, n'est-ce pas ?

Michael s'immobilisa dans le couloir, à l'extérieur de la salle de conférences, attendant que le petit individu râblé, couronné de cheveux grisonnants, l'eût rattrapé.

— Ravi de vous revoir, Michael, dit celui-ci en souriant.

Et il tendit une main que Michael prit, scrutant fébrilement sa mémoire.

Comment diable s'appelait ce médecin ? Aucune idée... L'autre dut comprendre car il reprit, charitable :

— Ralph Stern, de Pasadena. Médecine interne. Nous nous sommes rencontrés il y a trois ans, au congrès de Vancouver. Ça va pour vous, depuis ?

— Très bien, merci.

Michael réussit à sourire, s'efforçant toujours de resituer Stern. Heureusement, ce dernier était bavard.

— Je vous ai repéré à la séance d'ouverture, hier après-midi. Je voulais vous saluer à la sortie, mais j'avais promis à ma femme de l'emmener faire des courses, et la présentation a duré beaucoup plus longtemps que prévu. J'ai dû filer avant la fin.

Stern eut un clin d'œil entendu, avant d'ajouter :

— Mary n'était pas contente que je sois en retard. Vous savez comment sont les femmes. Votre épouse est avec vous ?

— Pas cette fois, non, répondit Michael sans s'étendre.

— Vous habitez toujours Vancouver ? Vous êtes généraliste privé, si mes souvenirs sont exacts ?

Michael hocha la tête.

— Vous avez bonne mémoire, Ralph. Je ne puis pas en dire autant !

— Oh, vous savez, la mémoire, ça va et ça vient..., répliqua l'autre d'un ton léger. Souvent, c'est lié à l'état général. A ce propos, j'ai vu que Griffin faisait une communication sur la maladie d'Alzheimer, cet après-midi. Voilà qui devrait être intéressant. Vous restez pour le souper de clôture ?

Michael secoua la tête.

— Non, je veux rentrer tôt, car j'ai une réunion importante ce soir. Je partirai tout de suite après le déjeuner.

— Combien de temps faut-il, pour rentrer de Seattle à Vancouver ? Trois heures, non ?

— Oui, à condition d'éviter les heures de pointe, et d'avoir de la chance à la frontière. Vous êtes venu en voiture de Pasadena ?

— Oui, et nous restons à Seattle jusqu'à dimanche. Comme nous y venons rarement, autant en profiter. Ma belle-mère s'occupe des gosses. C'est une bonne occasion pour Mary et moi de faire un petit voyage en amoureux. Vous avez des enfants, Michael ?

Ce dernier sentit son estomac se nouer comme chaque fois qu'il lui fallait parler de Suzannah. Mais sa voix était calme, naturelle lorsqu'il déclara :

— J'avais une fille. Nous l'avons perdue il y a quatorze mois. Elle avait neuf ans. Astrocytome.

Le choc se vit nettement sur le visage de Stern, et

Michael le sentit aussitôt prendre de la distance. C'était toujours ainsi lorsqu'il apprenait aux gens que sa fille était morte d'une tumeur au cerveau. Ne sachant que répondre, ils se retranchaient en eux-mêmes.

— Oh, je suis vraiment navré...

Stern avait rougi comme s'il avait commis la pire des gaffes, réaction à laquelle Michael s'était habitué, au cours des derniers mois. Il avait appris que les médecins qui sont confrontés à la mort tous les jours sont aussi gauches et embarrassés que les autres quand celle-ci perd son anonymat.

— Quel horrible drame, disait encore Stern.

Michael se contenta de hocher la tête.

Son confrère lui saisit alors le bras et le serra, cherchant sans doute à lui exprimer des condoléances muettes, puis il déclara, mal assuré :

— Nous devrions rentrer dans la salle de conférences, sinon nous serons en retard. Ravi de vous avoir revu, Forsythe.

Michael laissa l'autre le précéder dans la vaste pièce, sentant combien il était soulagé de s'éloigner. Lui-même demeura quelques instants sur le seuil de la porte, réfléchissant, puis il se détourna et s'en fut dans le hall pour gagner la batterie d'ascenseurs.

Dans sa chambre, il appela Polly. Elle ne serait pas à la maison, il le savait. S'il désirait vraiment lui parler, il fallait la contacter sur ce téléphone portable qu'elle emportait partout avec elle.

Mais il n'avait pas envie de lui parler. Appeler chez lui était devenu un rituel auquel il se soumettait depuis des mois, et il avait cessé de se trouver ridicule, maintenant.

A la troisième sonnerie, le répondeur se déclencha, et la voix âpre, nerveuse, de Polly retentit dans l'appareil : « Je suis sortie faire des courses, pour changer. Laissez votre nom et votre numéro de téléphone, et je vous rappellerai à mon retour. »

Entendre sa voix lui suffisait. Son estomac douloureusement noué, ses muscles crispés se détendirent un peu, et Michael raccrocha avant le bip après lequel il pouvait laisser son message.

Il rassembla ses affaires de toilette et les fourra avec son linge sale dans son sac de sport. Puis il plia son costume ainsi que sa veste de tweed pour les ranger dans sa valise. Cela fait, se redressant, il vit son image dans le miroir sur le mur qui faisait face au lit. Son visage était tendu, son expression des plus sombre. « Souris, Michael, souris ! l'adjurait jadis Polly. Il faut que tu apprennes à sourire, sans quoi tes malades auront peur de toi. » Voilà bien longtemps qu'elle n'avait plus rien dit de semblable.

Après un dernier regard à la chambre pour s'assurer qu'il n'y avait rien oublié, Michael prit ses bagages et descendit à la réception. Dans l'entrée de l'hôtel, plusieurs femmes élégantes le suivirent longuement des yeux, mais il ne leur accorda pas un regard.

Dix minutes plus tard, au volant de sa voiture, il avançait péniblement, englué dans les embouteillages de Seattle, à l'heure du déjeuner. Bien que ce fût une belle journée d'avril, toutes les vitres du véhicule étaient remontées, et la climatisation fonctionnait. Bientôt, il glissa un C.D. de musique classique dans le lecteur, et augmenta le volume sonore jusqu'à sentir vibrer la musique dans toutes les fibres de son être. Cela aussi était devenu un rituel. Michael avait appris, au fil des mois, qu'il était possible de se noyer dans la puissance de la musique. Et il s'y engloutit.

Polly se trouvait chez Bramble, une de ses boutiques de mode favorites, dans l'élégante Tobson Street de Vancouver. Décidément, cet ensemble jupe et veste lui plaisait beaucoup.

— Il vous va à ravir, madame Forsythe. Quand nous l'avons reçu, j'ai tout de suite pensé à vous. C'est qu'il faut être mince, pour porter cela, et la couleur convient parfaitement à vos cheveux. Cette coupe très courte vous change, et je la trouve très seyante.

— Merci, Dana.

Polly lissa de la main la veste de soie de couleur aubergine, puis se tourna vers le miroir à trois faces pour vérifier que le dos tombait bien. La jupe en biais s'accrochait, bien plate, sur ses hanches étroites, puis s'évasait joliment à mi-mollet. Et la veste était parfaite, même avec le simple T-shirt qu'elle portait ce jour-là. A même la peau, il suffisait de la boutonner jusqu'en haut, et cela faisait une tenue habillée pour le soir.

Et puis, l'ensemble se marierait certainement avec d'autres de ses tenues, songea Polly pour se rassurer. D'ailleurs, il ne pouvait en être autrement : elle avait tant de vêtements, dans ses placards... Elle jeta un rapide coup d'œil à l'étiquette indiquant le prix, et poussa un petit sifflement.

— Ce n'est pas donné, dit tout de suite Dana, mais c'est une marque connue, et la qualité est parfaite : doublure de soie, finitions impeccables et...

— Et puis tant pis, l'interrompit Polly, je le prends.

Elle disparut dans la cabine d'essayage, enleva rapidement le tailleur et le fit passer à la vendeuse, avec sa carte de crédit, par la porte entrebâillée.

— Emballez-le-moi, le temps que je me rhabille, voulez-vous, Dana ? Je suis en retard. J'ai rendez-vous avec ma sœur pour le déjeuner. C'est son anniversaire.

Lorsqu'elle sortit de la cabine, quelques instants plus tard, elle avait pris le temps de rectifier soigneusement son maquillage, et arborait ses petites lunettes de soleil rondes. Dana avait glissé la jupe et la veste dans un élégant sac à l'enseigne de la boutique, et Polly n'eut plus qu'à signer le reçu de carte de crédit. Après quoi, avec un joyeux au revoir, elle regagna à la hâte sa voiture. Pour une fois qu'elle déjeunait avec Norah, elle avait déjà un bon quart d'heure de retard !

Elle engagea son véhicule dans la circulation assez intense, à cette heure-ci. Norah, en toutes circonstances, avait au moins dix minutes d'avance, habitude qui exaspérait Polly parce qu'elle lui donnait le sentiment d'être inorganisée. Pourquoi cette impression lui venait-elle de plus en plus souvent, depuis quelque temps ? Y avait-il une raison précise ? Son mariage, peut-être ?

Polly repoussa cette pensée, se concentrant sur sa conduite. Par chance, devant le café où elle avait rendez-vous avec Norah se trouvait un emplacement libre. Elle le prit aussitôt, puis saisit le cadeau sur le siège arrière.

Norah était déjà là, bien sûr, facilement repérable dans sa longue robe vague de couleur beige, qui ne la mettait vraiment pas en valeur. Pourquoi sa sœur n'avait-elle aucun goût pour s'habiller ? Franchement, c'était désespérant.

Assise en terrasse à une petite table en fer forgé, Norah buvait un thé glacé. Polly prit le siège libre en face d'elle et, sans attendre, lui tendit son cadeau.

— Pardon d'être en retard, sœurette. Heureux trente-quatrième anniversaire !

Norah sourit de ce sourire timide, hésitant, qui lui donnait tant de charme, et prit le petit paquet avant de s'émerveiller doucement :

— Regarde le papier dans lequel tu as emballé le cadeau... C'est tellement joli que j'hésite à le déchirer !

Polly s'illumina de plaisir. La veille, elle avait passé des heures à décorer le papier, ainsi que l'enveloppe contenant la carte sur laquelle elle avait formulé ses vœux, choisissant chacun de ses mots avec soin.

Norah sortit précautionneusement la carte de son enveloppe. Polly avait déniché une photo d'elles deux, encore enfants, et l'avait collée sur un carton. Polly devait avoir huit ans, et Norah six. Elles étaient assises sur le perron de la maison de leurs parents, plissant les yeux dans le soleil, bras dessus, bras dessous, jambes nues, les genoux couronnés d'écorchures. C'est Isabelle, leur mère, qui avait pris la photo. Sans doute leur avait-elle demandé de sourire, car les deux petites filles affichaient des sourires grimaçants, et il manquait à Norah les deux grosses dents du haut.

Au dos du cliché, Polly avait écrit : « Avec ou sans dents, tu seras toujours la petite sœur de mon cœur. Joyeux anniversaire, Norah chérie. »

Les yeux noisette de Norah s'emplirent de larmes, et elle adressa à Polly un sourire tout tremblant.

— Oh, merci, Pol... Tu sais si bien m'émouvoir ! Tu trouves toujours le mot juste !

Sur quoi, elle ouvrit son paquet, et plia méthodiquement le joli papier décoré avant de soulever le couvercle du petit écrin de velours. Exactement comme Polly l'avait espéré, un cri émerveillé lui échappa quand elle souleva la ravissante montre ancienne, ainsi que sa lourde chaîne en or. Le boîtier ciselé avec art scintilla au soleil.

— Oh, c'est trop, Polly ! s'exclama-t-elle. C'est ravissant, mais cela a dû te coûter une fortune.

— Mets-la autour de ton cou, dit Polly qui se dressa, prit la montre, et glissa la chaîne par-dessus la tête de sa sœur pour la placer sur la robe beige.

Tout de suite, la tenue eut plus d'allure et, inconsciemment, Norah se redressa. Ses yeux demeuraient troublés, et elle ajouta, plus doucement, cette fois :

— C'est un trop beau cadeau, Polly. Tu n'aurais pas dû dépenser autant d'argent pour moi.

— Tais-toi donc ! Cette montre fait un pendentif qui te va à merveille, et je le savais quand je l'ai repérée chez le bijoutier. Considère-la comme un bijou de famille.

Norah se mit à rire.

— Ce ne sera pas facile. Chez nous, il y a toujours eu davantage de plastique que d'or.

Elle prit la montre au creux de sa paume avant d'ajouter :

— Je t'en remercie mille fois, Polly, mais je continue à penser que c'est un cadeau trop somptueux.

— Cesse donc de te tracasser, et profites-en !

Sur ces entrefaites, le serveur apparut. Polly s'empara de la carte, la lut rapidement, et fit son choix tout aussi vite :

— Velouté de chou-fleur, et ratatouille au cumin.

Norah, au contraire, prit tout son temps, interrogea le serveur sur le potage du jour, sur les différents assaisonnements de salade, et après s'être dûment renseignée, elle passa commande. Elle tenait toujours la montre dans sa main, et pencha la tête de côté, dévisageant Polly.

— Quand t'es-tu fait couper les cheveux ?

— Hier après-midi. J'en avais assez de les porter longs. Ça te plaît ?

Norah demeura un instant songeuse avant de hocher la tête.

— Tu t'es fait faire des mèches, aussi, non ? Oui, ça me plaît, mais tu m'avais dit un jour que Michael aimait tes cheveux longs...

Polly éprouva une pointe d'irritation. Il devenait de plus en plus difficile de dire ce qu'aimait ou n'aimait pas Michael, et elle n'avait guère envie de parler de lui.

— Ce sera une surprise pour lui, répliqua-t-elle avec un petit geste désinvolte de la main. Il ne m'a pas encore vue. En ce moment, il assiste à un congrès médical à Seattle.

— Tu ne l'as pas accompagné ? Je croyais que tu adorais Seattle ?

Polly haussa les épaules.

— Je n'avais pas envie d'y aller.

Michael ne le lui avait d'ailleurs pas proposé. Et puis, au diable Michael ! Elle ne voulait décidément pas en parler.

26

— Si tu te faisais couper les cheveux, Norah ? reprit-elle. Ce coiffeur que j'ai découvert est un génie. Il s'appelle Louie, et opère dans un salon de Granville. On pourrait t'éclaircir un peu la couleur : ça t'irait à ravir, j'en suis sûre...

Elle dévisagea sa sœur. On la prenait certainement pour son aînée, mal fagotée comme elle l'était, avec ses cheveux mi-longs d'un châtain terne et sa robe sans forme. Heureusement, la montre pendentif améliorait sérieusement l'ensemble.

— J'aime mes cheveux comme ils sont, répondit Norah sans se troubler. Je les remonte facilement en chignon pour aller travailler, et je n'ai pas à me préoccuper de les faire couper tout le temps.

Polly savait d'expérience que sa sœur était têtue, aussi n'insista-t-elle pas.

— Comment va ton travail ? demanda-t-elle plutôt. Tu mets au monde plein de bébés, en ce moment ?

Norah ne s'était jamais mariée, et son travail constituait toute sa vie. C'est du moins ce que croyait comprendre Polly.

— Des ribambelles, oui, répondit-elle. Peut-être à cause de la pleine lune, je ne sais pas... Et d'après les mères, il semblerait qu'une grossesse sur trois au moins ne soit pas désirée. Je me demande à quoi pensent les femmes. Certainement pas à prendre la pilule, en tout cas.

Polly approuva en souriant, s'efforçant d'avoir l'air intéressée. Mais dans sa poitrine, quelque chose cognait sourdement, tout comme l'aurait fait l'enfant qu'elle rêvait d'avoir et que Michael lui refusait. Un enfant qui aurait rempli le vide douloureux que Suzannah avait laissé en partant.

2.

Polly se représentait souvent le bébé qu'elle aimerait avoir. Il serait superbe et joufflu, elle le nourrirait, et le regarderait tirer avidement sur son sein gonflé de lait, sa minuscule menotte abandonnée sur sa poitrine...

Il suffisait pour cela de piéger Michael, percer les préservatifs, couper d'eau le spermicide. Ce n'était pas la première fois qu'elle y pensait. Et elle lui dirait après coup qu'un accident est toujours possible. Norah pouvait en témoigner, non?

Pourtant Polly ne se sentait pas capable de faire une chose pareille. Ce serait renier tout ce que représentait leur mariage, tout ce qui comptait entre eux.

Non que Michael n'eût pas envie d'un autre enfant. Mais il avait peur à cause de cette première fausse couche, et aussi parce que l'accouchement de Suzannah avait été difficile, si difficile qu'il ne voulait pas que Polly prît le risque de recommencer. Il refusait de mettre la vie de sa femme en danger, disait-il, et dans ces occasions-là, c'était le médecin qui parlait, pas l'époux.

— Velouté de chou-fleur? Et la salade César pour vous, madame... Bon appétit.

Le serveur avait placé les assiettes devant les deux sœurs, et Polly s'obligea à se concentrer sur le présent, tâchant de regarder son plat avec appétit, bien qu'elle n'eût absolument pas faim.

— Tu as vu maman, récemment ? s'enquit Norah, beurrant un morceau de pain.

Polly secoua la tête. Encore un sujet qu'elle ne tenait pas spécialement à aborder.

— Pas depuis notre dernière dispute au sujet de son jardin. Et toi ?

— Elle m'a appelée ce matin pour m'inviter à dîner ce soir et fêter mon anniversaire. Je pensais qu'elle t'avait peut-être conviée aussi avec Michael.

— Non. Elle doit m'en vouloir encore d'avoir comparé son jardin à un dépotoir.

— Tu n'as pas tout à fait tort, mais tu as été dure avec elle ! fit valoir Norah sans regarder sa sœur. Quand on s'énerve avec maman, on n'arrive à rien, tu devrais le savoir. Elle prend la mouche, et ne fait que s'entêter davantage.

Polly posa sa cuiller pour fixer sa sœur droit dans les yeux.

— Moi, j'ai été dure ? Dis plutôt que c'est l'inverse ! Depuis toujours, maman ne pense jamais aux autres, nous comprises. Quant à son jardin, avoue que c'est un véritable capharnaüm ! Tous les voisins s'en plaignent. Es-tu allée dans sa chambre, récemment ?

Sans laisser à sa sœur le temps de répondre, Polly feignit un frisson d'horreur et continua :

— Elle est pleine de cartons empilés jusqu'au plafond, avec des vêtements épars de tous les côtés, de la lingerie, des cendriers pleins de mégots, et j'en passe. Quant à la cave, maman y garde des légumes pourris, des vieux meubles cassés et des caisses remplies de journaux et magazines. Je n'ai quand même pas commis un crime, l'autre jour ! Je lui ai seulement suggéré que nous prenions quelqu'un pour nettoyer tout son fourbi. Ce n'est pas si méchant !

— Je sais, soupira Norah, mais maman est ce qu'elle est, et on ne la changera pas. Ne nous disputons pas, veux-tu ?

Norah eut un sourire soumis avant d'ajouter :

— Je pensais seulement que nous aurions peut-être ce soir un repas de famille, comme cela se passe chez les gens normaux.

Polly secoua la tête.

— Chez nous, hélas, avec la mère que nous avons, rien n'est jamais normal.

— Et qu'est-ce que la normalité, de toute façon ? soupira Norah qui détestait les conflits.

— Tu as raison, admit Polly.

Après tout, c'était l'anniversaire de sa sœur : elles n'allaient pas rouvrir les vieilles plaies en une occasion pareille.

Pourtant, la normalité, Polly la voyait tous les jours et partout. Le soir, après la fermeture des magasins, quand il n'y avait plus rien à faire qu'à rentrer chez elle, elle les recherchait, les gens normaux, et elle les trouvait, tout en conduisant lentement dans les quartiers résidentiels.

En été, ils faisaient des barbecues dans leurs jardinets, ou nageaient dans leurs piscines, jouaient au ballon dans les jardins publics, promenaient leurs chiens, faisaient du vélo avec un enfant sur le porte-bagages, et un autre à côté qui pédalait sur un tricycle... Et l'hiver, ils se réunissaient autour de la cheminée, ou regardaient à la télévision une cassette vidéo louée pour la soirée.

Ils étaient partout, ces pères, ces mères, ces enfants qui formaient des familles normales et heureuses. Et le pire, c'est que Polly avait eu, elle aussi, une famille normale et heureuse, et qu'elle n'avait pas oublié son bonheur d'antan...

Concentrez-vous sur le présent. C'est bien ce qu'avait recommandé Frannie, non ? Polly se força à sourire pour demander :

— A présent, parle-moi de ta vie sentimentale. Quoi de neuf, petite sœur ?

Norah secoua la tête.

— Rien. Je ne suis pas sortie avec un garçon depuis des mois !

Une fois de plus, la passivité de sa sœur irrita Polly. A sa place, si elle avait été seule, elle se serait débrouillée pour rencontrer quelqu'un. Vancouver était une grande ville, tout de même ! Il devait bien s'y trouver des hommes libres, sympathiques et séduisants.

— Pas de charmants célibataires, à l'hôpital ? insista-t-elle sur le ton de la plaisanterie.

— La maternité n'est pas précisément l'endroit où trouver des hommes libres, fit valoir Norah. Les patientes sont des femmes, et les hommes qui viennent les voir, par définition, ne sont pas célibataires.

Polly émit un petit rire avant de reprendre :

— Tu devrais essayer une version plus jeune de ces dancings que fréquente maman. Apparemment, elle n'est jamais à court de soupirants.

Elle avait prononcé cette dernière phrase d'un ton acerbe. Norah répliqua aussitôt :

— Je n'ai sans doute pas hérité des gènes qui font de maman une femme irrésistible aux yeux des hommes. Note bien qu'à son âge, ses conquêtes sont innocentes, et ne vont sans doute pas bien loin sur le plan sexuel. J'ai lu dans un journal médical que passé soixante ans, soixante-dix pour cent des hommes étaient impuissants.

— Que les amoureux de maman le soient ou pas, c'est le cadet de mes soucis, riposta Polly. Je regrette seulement qu'il n'y en ait pas un qui se soit attelé à nettoyer son jardin, c'est tout !

Norah ayant levé sur elle un regard contrarié, elle avança les mains en un geste d'apaisement.

— D'accord, d'accord, plus un mot sur maman, c'est promis.

Promesse facile à tenir, car bientôt les serveurs arrivèrent avec le gâteau au chocolat que Polly avait commandé spécialement lorsqu'elle avait retenu leur table, la veille. Il était planté de bougies, et tout le personnel assemblé entonna un « Joyeux anniversaire ». Norah parut embarrassée, mais Polly comprit qu'elle était touchée. Toutes deux mangèrent d'énormes parts du gâteau, et il était plus de 15 heures lorsqu'elles se séparèrent.

Une contravention attendait Polly sur le pare-brise de sa voiture. On avait verbalisé pour dépassement du temps de stationnement autorisé. Elle prit le papier et le fourra dans la boîte à gants, avec les deux autres procès-verbaux qu'elle avait récoltés cette semaine-là. Elle les ferait passer à Raymond Stokes, le conseiller de Michael. C'est lui qui réglait ces détails.

Avant de démarrer, Polly se demanda où passer le reste de l'après-midi. D'un geste automatique, elle sortit son téléphone portable et composa le numéro de son domicile pour consulter ses messages.

Un magasin l'avertissait que la porcelaine qu'elle avait fait réaliser spécialement pour sa salle à manger était arrivée. Bonne nouvelle. Suivaient plusieurs messages pour Michael, lui demandant d'appeler d'urgence son banquier. Polly les ignora. Enfin, la voix de sa mère retentit dans l'appareil : « Polly, tu sais comme je déteste parler au répondeur, mais tu n'es jamais chez toi. Bon, je veux que vous veniez dîner ce soir à la maison, Michael et toi. C'est l'anniversaire de Norah. Soyez ici vers 17 heures, j'aime manger tôt. Et appelle-moi pour me dire que tu as eu mon message. Je compte sur toi. »

Polly serra les dents, exaspérée. Ainsi, à la dernière minute, Isabelle avait décidé de les inviter ? Et pas un instant, elle n'avait imaginé qu'ils pourraient ne pas être libres... Eh bien, tant pis pour elle !

Polly démarra. Michael était à Seattle, et elle-même prétendrait qu'elle n'avait pas eu connaissance du message à temps. Après tout, elle n'était pas en reste, puisqu'elle avait déjà souhaité son anniversaire à Norah. Et que sa mère aille au diable !

Elle prit la direction du grand centre commercial Pacific pour y récupérer son service en porcelaine. Ensuite, elle irait quelque part dans un café tranquille pour siroter un Perrier citron, et y resterait un bon moment. Et lorsqu'elle rentrerait chez elle, il serait trop tard pour se rendre à l'invitation de sa mère.

L'après-midi était bien avancé lorsque Michael se gara dans l'impasse, devant chez lui. Inutile de rentrer la voiture au garage, puisqu'il devait ressortir d'ici peu. Il voulait rendre visite à ses malades hospitalisés, puis passer au cabinet prendre la liste des visites que Valérie n'aurait pas manqué de lui dresser.

En sortant de voiture, il étira ses muscles gourds. L'air sentait bon la terre fraîchement retournée. Le jardinier était venu, ce jour-là. D'ailleurs, les rosiers étaient taillés, et les plates-bandes toutes fleuries.

A l'intérieur régnait une bonne odeur de cire et de citron. L'entreprise de nettoyage avait fait le ménage. Cela se sentait.

— Polly?

La voix de Michael résonna dans la maison déserte. Il savait pourtant que sa femme n'était pas là. Sa voiture ne se trouvait pas dans l'allée, et l'atmosphère domestique était différente quand Polly se trouvait là. On eût dit qu'elle la chargeait de toute son énergie.

Il gagna la cuisine et trouva dans le réfrigérateur un pichet de jus d'orange. Il s'en versa un grand verre, avant d'écouter le répondeur. Curieusement, il y avait trois messages d'Arthur Berina, son banquier, et le plus étrange était que, à la troisième fois, l'homme donnait son numéro de téléphone personnel. Que se passait-il donc? Pourquoi Berina ne contactait-il pas Raymond, si un problème financier était survenu?

Suivait un message de la mère de Polly, qui indiquait

où cette dernière devait vraisemblablement se trouver en ce moment même. Michael consulta sa montre : il pourrait faire une brève apparition chez Isabelle avant sa réunion du soir. De même qu'avec un peu de chance, il réussirait à joindre Berina avant que ce dernier n'eût quitté la banque.

Il composa le numéro du banquier et échangea quelques plaisanteries avec l'employée qui lui répondit. Son père était un patient de Michael. Quelques instants plus tard, Berina était en ligne.

— Merci de me rappeler, Michael, dit-il d'une voix tendue. Vos comptes posent un problème auquel, je suis sûr, vous remédierez sans difficulté. Attendez, je les fais apparaître sur mon écran pour ne pas vous dire de bêtise. Voilà... Nous y sommes. Savez-vous que vous êtes à découvert à la fois sur votre compte personnel et sur celui du cabinet ?

Michael étouffa un grognement. Non, il ne le savait pas, et il se sentit brusquement dans la peau d'un gamin pris sur le fait, le doigt dans un pot de confiture. C'est précisément pour éviter ce genre de désagrément qu'il avait embauché un conseiller en gestion. Raymond avait dû commettre une bourde quelconque.

— Aujourd'hui, les deux découverts dépassent de beaucoup les facilités de trésorerie qui vous sont consenties, poursuivait Berina. J'ai accepté d'honorer les chèques qui sont arrivés, évidemment. Mais il faudrait mettre les comptes à flot assez vite.

Michael n'en croyait pas ses oreilles.

— Vous êtes sûr que les deux comptes sont dans le rouge ?

— Certain, oui. Je les ai sous les yeux.

Michael prit peur au moment où Berina annonçait le montant énorme des découverts. Il fronça les sourcils, essayant d'imaginer ce qui avait pu arriver. D'ordinaire, Raymond était méticuleux. C'était la première fois que survenait un incident pareil.

— Pourtant, dit-il après un temps de réflexion, j'ai déposé deux chèques importants la semaine dernière. Ils n'ont peut-être pas été encore crédités ?

— Si, je les vois sur l'extrait de compte.

Le banquier lut à haute voix leurs montants et leur date de remise : apparemment, tout était correct.

— Cependant, poursuivit-il, deux débits ont suivi le même jour, d'un montant supérieur à ces dépôts.

Michael n'avait pas autorisé Raymond à faire des retraits de cette importance, il le savait.

— Ecoutez, Arthur, je suis vraiment confus... Comme vous le savez, c'est Raymond Stokes, mon conseiller en gestion, qui s'occupe de ces questions. Je vais l'appeler tout de suite pour comprendre ce qui s'est passé. Et demain matin, l'un de nous deux passera à la banque pour remettre les comptes dans le vert.

Suivit un long silence tendu, au cours duquel Michael sentit grandir son impatience. Pourquoi diable Arthur ne disait-il rien ? Que pouvait-il attendre de plus ?

— Ecoutez, Michael, déclara-t-il enfin d'une voix pré-occupée, j'aurais préféré que quelqu'un d'autre vous apprenne la nouvelle. J'ai été prévenu aujourd'hui par la brigade des fraudes financières que Stokes avait disparu avec des sommes assez considérables appartenant à ses clients. Il se trouve qu'en plus de vous-même, deux d'entre eux ont aussi leurs comptes chez nous. Un mandat d'arrêt a été lancé contre lui.

3.

Michael secoua la tête, incapable d'en croire ses oreilles.

— Ce n'est pas possible, Arthur ! Il doit s'agir d'un homonyme... Je connais Raymond depuis des années. Il est d'une honnêteté scrupuleuse !

— J'ai sous les yeux la note diffusée par la police, soupira Berina. C'est Mme Stokes qui a signalé la disparition de son mari. Elle le croyait en voyage d'affaires, jusqu'à ce qu'elle ait découvert qu'il n'y avait plus un sou sur leurs comptes.

Le banquier lut au téléphone l'adresse et le numéro de téléphone de Raymond : c'était bien les coordonnées qu'avait Michael. Un dangereux vertige s'empara de ce dernier.

— Il semble que l'associée de Raymond, une certaine Mlle Coombs, ait disparu également. Sans doute avec lui, d'après ce qu'estime la police. Plusieurs des clients du cabinet de Stokes ayant découvert leurs comptes vides et certains de leurs investissements envolés, les inspecteurs ont fait le rapprochement avec la disparition du couple. J'espère que pour vous, le problème ne sera pas trop grave, Michael.

L'interpellé ne répondit rien. Il était sonné comme un boxeur qui a perdu le round.

— Appelez donc l'inspecteur Roper, conseilla Berina. C'est lui que j'ai eu ce matin au téléphone.

Michael inscrivit le numéro que lui dictait son banquier, puis remit lentement le combiné en place. Il lui fallait retrouver son calme pour évaluer sérieusement la situation. Mais d'ores et déjà, il savait qu'elle risquait d'être catastrophique.

Au fil des années, à mesure que son cabinet se développait et que ses placements financiers devenaient plus diversifiés, Michael s'en était remis à Raymond. Le cabinet de ce dernier payait ses factures tous les mois, gérait ses investissements, remplissait sa déclaration de revenus, suivait ses lignes de crédit et ses dépenses. Et sans doute Raymond — Michael en aurait vite la certitude — avait-il accès à bien davantage qu'à ses comptes bancaires...

Jurant entre ses dents, Michael fourra les mains dans ses poches pour déambuler dans la maison déserte. Il n'avait pas vraiment en tête le détail de ses différents placements. C'est Raymond qui avait constitué son portefeuille d'avoirs, année après année, lui faisant acheter ou achetant pour lui les produits financiers qu'il recommandait... Il avait très bien pu imiter sa signature : il l'avait fait maintes fois avec l'aval de Michael, lorsqu'il s'agissait de renvoyer signé un formulaire réclamé par le fisc ou quelque instance pointilleuse... Oui, Michael avait eu une confiance absolue en son homme d'affaires, et sans doute s'était-il montré bien léger...

Si le cabinet représentait une source de revenus très confortable, les dépenses du couple étaient également fort élevées. Une hypothèque pesait sur la maison, et elle était lourde. Polly et Michael avaient acheté cette villa quatre ans plus tôt seulement, et ils y avaient effectué des travaux importants : piscine, atelier pour Polly, adjonction d'une salle de bains à l'étage. Bref, pour payer tout cela, il avait fallu avoir recours à un crédit.

Par ailleurs, Michael avait renouvelé le mobilier de son cabinet, l'année dernière, et il avait aussi acheté du matériel médical très coûteux. Enfin, il avait offert une nouvelle voiture à Polly en novembre, pour son anniversaire. Et puis, il y avait le train de maison à assurer tous les mois, et le montant phénoménal des dépenses de Polly, qui n'avaient cessé d'augmenter ces derniers temps. Après la mort de Suzannah, la jeune femme avait commencé à acheter sans compter, et Michael ne l'en avait jamais découragée : si cela pouvait lui apporter un peu de réconfort, tant mieux, après tout. C'était tout ce qu'il pouvait faire pour elle, s'était-il dit avec amertume, et il en avait heureusement les moyens. Après tout, avec les investissements faits par Stokes, leur avenir matériel était confortablement assuré.

Or, ces investissements s'étaient sans doute volatilisés.

Un sentiment de solitude et d'échec accabla Michael. Il prit le téléphone et appela sa belle-mère pour demander à parler à Polly.

— Elle n'est pas ici, Michael, et elle ne s'est même pas souciée de me prévenir que vous ne pourriez pas venir ce soir. J'avais mis la table et tout préparé, ajouta Isabelle sur un un ton d'amer reproche. Elle aurait pu au moins m'avertir que vous étiez trop occupés tous les deux pour venir fêter l'anniversaire de Norah !

La main de Michael se crispa sur l'appareil, mais il conserva une voix aimable.

— Excusez-nous, Isabelle, nous sommes un peu désorganisés, ces temps-ci. Polly n'est pas encore rentrée, et j'arrive tout juste de Seattle. Je viens seulement de prendre connaissance de votre invitation sur le répondeur, et j'en ai conclu que Polly était chez vous. Mais si elle n'y est pas, c'est qu'elle n'a pas eu votre message. Je vous prie de ne pas nous en tenir rigueur.

Sa belle-mère rumina encore un moment sa rancœur, et Michael finit par l'interrompre pour demander :

— Pourriez-vous me passer Norah, afin que je lui souhaite un bon anniversaire ?

En réalité, il n'avait aucune envie de lui parler, mais c'était le moyen le plus expéditif de se débarrasser d'Isabelle. Il présenta donc ses vœux à sa belle-sœur, s'excusant encore de ne pas assister au dîner.

— Je comprends, Michael, répliqua tout de suite Norah, je savais que tu étais en voyage. Polly et moi avons déjeuné ensemble.

Elevant sensiblement la voix pour qu'Isabelle l'entendît, la jeune femme ajouta :

— J'ai expliqué à maman que, quand j'ai vu Polly à midi, elle n'était pas au courant de l'invitation pour ce soir.

Chère Norah, toujours prête à aplanir les choses entre sa mère et sa sœur !

— Sais-tu quels étaient les projets de Polly pour cet après-midi ? demanda Michael.

— Franchement, non. Elle ne m'a rien dit.

— Dans ce cas, elle ne devrait pas tarder. Encore bon anniversaire, Norah, et merci.

Après avoir raccroché, Michael consulta sa montre. Il n'avait pas de temps à perdre s'il voulait arriver à l'heure à cette réunion. Il grimpa l'escalier en vitesse, pour se déshabiller rapidement dans la salle de bains. L'odeur douce et bien particulière de Polly flottait dans l'air, imprégnant les serviettes. Son peignoir en éponge blanc était accroché à la patère... Michael prit l'étoffe à pleines mains pour la porter à ses narines.

Oh, Polly... Le cœur de Michael se serra douloureusement à l'idée de la révélation qu'il devrait lui faire. Suzannah n'était plus, et maintenant, il semblait que leur avenir financier fût compromis.

Les séances avec Frannie Sullivan avaient aidé Polly. Elle avait vu la psychologue régulièrement pendant les six premiers mois après la mort de l'enfant, puis elle

40

avait cessé. Elle se sentait plus forte, avait-elle assuré, mais Michael savait qu'elle demeurait très fragile. Elle avait commencé à dépenser sans compter au moment précis où les séances avec Frannie s'étaient interrompues.

Après s'être rasé et douché, Michael enfila prestement une chemise propre tout en réfléchissant. Finalement, non, il n'allait pas tourmenter Polly tant qu'il n'était sûr de rien. Ce soir, il lui dirait certaines choses, mais pas tout afin de ne pas l'affoler. Au fond, il ne s'agissait que d'argent. Il en gagnerait davantage dans les années à venir, voilà tout ! « Des problèmes d'argent ne se comparent pas à une tumeur au cerveau », songea-t-il avec amertume.

Avant de partir, il griffonna un mot pour Polly :

« Navré de t'avoir manquée, chérie. Je suis rentré plus tôt que prévu, mais il faut que j'aille à cette réunion. J'espère que tu as passé une bonne journée. A ce soir, vers 21 heures. M. »

A 21 h 20, ce même soir, Polly, perchée sur l'un des hauts tabourets de la cuisine, feuilletait distraitement une revue de décoration en sirotant une tasse de tisane. Elle entendit la voiture de Michael entrer dans le garage, et jeta un regard incertain vers la porte de communication qui séparait celui-ci et la cuisine. L'instant d'après, son mari apparaissait, et il sourit en la voyant. Puis il se débarrassa de son manteau sans la quitter des yeux.

— Qu'as-tu fait à tes cheveux ?

— Je les ai fait couper. Ça te plaît ?

Michael s'approcha pour s'immobiliser tout près de la jeune femme, qui se tendit aussitôt, le cœur battant. A un certain niveau de conscience, elle avait fait couper ses cheveux pour obliger son mari à la voir réellement. Elle voulait éveiller en lui ce même désir, cette même attention qu'autrefois. Mais en même temps, il l'aimait avec des cheveux longs. Avait-elle aussi voulu le punir?

— Cela te va très bien, déclara-t-il enfin.

Et, se penchant, il effleura à peine ses lèvres des siennes.

« Pour un homme qui n'a pas vu sa femme de deux jours, ce n'est guère chaleureux, songea-t-elle. Et toi qui t'imaginais qu'une coupe de cheveux changerait les choses! »

— Tu as un peu de tisane pour moi? demanda-t-il avec une bonne humeur délibérée.

En réalité, il était fatigué, tendu. Polly n'était pas dupe, et son cœur se serra. Elle l'aimait tant! Elle voulait que tout pût aller bien, comme avant, entre eux. Mais pour une obscure raison, plus rien n'était comme avant, et elle ne savait que faire.

— Bien sûr, répondit-elle. C'est de la camomille.

Michael prit une tasse sur l'étagère et la remplit de liquide brûlant, puis il s'adossa au comptoir pour le boire à petites gorgées. Il possédait une silhouette longue et puissante, que Polly, avec son œil d'artiste, avait toujours trouvée sublime. Quant à son visage aux traits énergiques, bien dessinés, c'était exactement celui qu'avait eu Suzannah. Et la petite fille avait hérité aussi de cette masse de cheveux bouclés et noirs. Seuls ses yeux lui venaient de sa mère: des yeux couleur d'ambre qui formaient un contraste magnifique et saisissant avec ses cheveux si sombres.

Suzannah était une enfant ravissante, et elle serait devenue une femme belle à couper le souffle, d'autant qu'elle aimait s'habiller et savait déjà ce qui lui allait...

Michael aussi savait s'habiller, songea rêveusement Polly, et il était infiniment séduisant... Pourquoi leur relation physique battait-elle de l'aile, depuis quelque temps? Alors qu'avant...

42

Cramponnez-vous au présent... Ne vous laissez pas emporter par les regrets... La voix de Frannie résonnait dans la tête de Polly, douce comme une caresse.

— Ton voyage à Seattle s'est bien passé ?

— Oui. Il a fait beau, pour une fois. Et je n'ai pas eu trop de circulation, au retour.

— Et ta réunion de ce soir ? Tu faisais une présentation à des médecins, non ?

Michael hocha la tête.

— Tout a marché sans problème. C'est toujours un peu la même chose, tu sais. J'ai parlé un moment, puis on m'a posé des questions.

Polly savait qu'il travaillait sur de nouveaux traitements du cancer, mais depuis la mort de Suzannah, elle n'avait plus jamais assisté à ses conférences. Pourtant, elle avait appris, au cours d'une conversation avec un autre médecin, que son mari était maintenant considéré comme un expert dans ce domaine. Il alliait les thérapies traditionnelles avec une certaine forme de médecine alternative, et obtenait des résultats prometteurs. Mais évidemment, il n'en parlait jamais à Polly. Et comme d'habitude, il changea de sujet.

— J'ai eu Norah au téléphone, ce soir, et je lui ai souhaité un bon anniversaire. Savais-tu que ta mère nous avait invités à dîner ?

— Oui, mais je n'avais guère envie d'y aller. Maman nous a prévenus à la dernière minute, de toute façon.

Polly avait répondu sur la défensive, et Michael s'en rendit compte. Il la trouvait toujours agressive et sans concession avec sa mère. Elle la jugeait très durement, d'après lui.

— J'ai assuré à Isabelle que tu n'avais pas eu son message, déclara-t-il, et Norah a dit la même chose. Aussi je te conseille de ne pas changer de version.

Il lui avait souri avec une sorte de connivence pleine

de tendresse et, l'espace d'un instant, Polly lui rendit son sourire avec l'impression d'avoir retrouvé le Michael d'avant, celui qui se montrait ouvert et confiant.

— Entendu, dit-elle simplement.

Dans l'espoir de maintenir cette connivence si précieuse, et désormais si rare, elle admit qu'elle aurait dû appeler sa mère pour décliner l'invitation. Puis elle attendit pour voir s'il poursuivrait sur ce sujet, mais il n'en fut rien. L'impression d'intimité retrouvée avait disparu aussi vite qu'elle était apparue. Et le silence tomba.

Le fossé qui les séparait chaque jour davantage se comblerait-il un jour? Pourraient-ils recommencer à discuter, à se disputer comme jadis, quand ils savaient que leur couple était fort et résistait à tout? Polly n'osait le croire. A une époque, Michael, en rentrant de voyage, l'aurait embrassée à perdre haleine, lui chuchotant tout ce qu'il s'apprêtait à lui faire au lit... tandis que Suzannah était accrochée à son pantalon, riant de la folie joyeuse de ses parents...

Concentrez-vous sur le présent... De nouveau, Polly entendit la voix de Frannie. Heureusement, elle réussissait à lui obéir assez souvent, ces derniers temps... Ce qui constituait en soi un petit miracle!

Mais Michael était en train de lui parler de quelque chose, et elle ne l'avait pas écouté.

— ... tu te souviens, un jour je t'ai dit que Raymond sortait peut-être avec elle? Eh bien, il semble qu'ils aient disparu tous les deux avec l'argent de leurs clients. C'est Arthur Berina qui m'a prévenu. J'ai bien peur que Raymond n'ait vidé nos comptes et soit parti avec nos économies. J'irai à la banque demain, voir exactement de quoi il retourne.

Il fallut un moment à Polly pour comprendre que Michael parlait de Raymond Stokes. Elle posa sa tasse sur le comptoir et regarda son mari avec une stupeur horrifiée.

— Raymond ? Raymond Stokes s'est enfui avec cette femme qui travaillait avec lui ? Carol, Clara ? Comment s'appelait-elle ?

— Clarissa Coombs.

— Mais... mais elle est beaucoup plus âgée que lui ?

Michael eut un pâle sourire.

— En effet. Cependant son sens du calcul et son absence de scrupule auront tourné la tête de Raymond, j'imagine.

Polly était effarée.

— Il a filé avec elle et ils ont volé nos économies ! Je ne peux pas y croire ! Cela représente quel montant, Michael ?

Ce dernier hésita, puis haussa les épaules :

— Je ne sais pas exactement, mais je le saurai demain.

— Mais... mais, et la police...

— Un mandat d'arrêt a été lancé contre lui, mais il a de l'avance. Il a certainement déjà quitté le Canada, et la brigade financière a de plus gros gibiers à chasser. Certes, il se peut qu'on les rattrape et que nous récupérions ce qu'ils nous ont pris, mais Raymond est un malin, et je suppose qu'il a préparé son coup avec soin.

Polly observait attentivement son mari, s'efforçant de juger si cette incroyable histoire l'affectait réellement. Impossible à dire. Au cours des mois écoulés, Michael s'était créé un personnage parfaitement hermétique et distant que personne — elle moins que toute autre — ne pouvait percer à jour. Il avait élevé une sorte de mur autour de lui pour que rien ne pût l'atteindre.

Son absence de réaction mit Polly en fureur, et elle donna un violent coup de poing sur le comptoir avant de s'écrier, maîtrisant mal sa voix :

— Enfin, Michael, tu ne vas pas rester planté là

comme si cette affaire ne te concernait pas! C'est une catastrophe, tout de même! Je suis sûre que tu es furieux, ou préoccupé ou... ou affolé... je ne sais pas... Tu dois bien ressentir quelque chose!

Une expression étrange apparut sur le beau visage masculin, et s'effaça tout aussi vite.

— La nouvelle ne m'enchante pas, c'est sûr, déclara Michael sans se départir de son calme exaspérant, mais ce n'est pas en hurlant et en tempêtant qu'on arrangera les choses. Inutile de nous angoisser tant que je ne connais pas l'ampleur des dégâts, tu ne crois pas?

Polly l'aurait volontiers frappé pour le faire réagir et percer ce mur d'indifférence apparente qui les isolait l'un de l'autre. Hélas, en d'autres occasions, elle avait pleuré, crié, tempêté pour tenter de provoquer une réaction chez son mari. En vain.

Cet homme qu'elle connaissait depuis plus de douze ans, qui était son mari, son amant, son ami et le père de sa fille adorée, cet homme avait disparu, remplacé par un automate qui avait l'aspect de Michael, sa voix, son parfum également, mais qui n'était pas Michael. Et cette distance entre eux tuait leur couple aussi sûrement que le cancer avait tué leur enfant.

Polly baissa les bras.

— Très bien, j'imagine qu'il n'y a rien à faire dans l'immédiat... Dans ces conditions, je vais me coucher. Je suis fatiguée. Tu montes avec moi?

— Je te rejoindrai un peu plus tard. J'ai des dossiers à mettre à jour et des lettres à rédiger.

Le faible espoir qu'avait entretenu Polly venait de disparaître. Michael ne monterait pas se coucher à côté d'elle avant des heures, si toutefois il le faisait. De plus en plus souvent, il lui arrivait de dormir dans la chambre d'amis, sous le prétexte qu'il travaillait jusqu'à une heure avancée et ne voulait pas risquer de la réveiller.

Le soir, ils soupaient rarement ensemble parce qu'il rentrait de plus en plus tard. Et si Polly avait le malheur de mentionner le nom de Suzannah, il se levait et quittait la pièce. Ils n'avaient pas fait l'amour depuis trois semaines, si tant est que l'on pût nommer ainsi le triste accouplement auquel ils s'étaient livrés.

Polly avait obligé Frannie à lui donner les statistiques de divorce chez les couples qui avaient perdu un enfant, et le taux énorme ne l'avait pas surprise.

Un moment plus tard, dans sa chambre, elle remplit son verre d'eau et avala avec reconnaissance le somnifère qui lui apporterait l'oubli.

4.

Le lendemain, comme on pouvait s'y attendre, la disparition de Stokes avec l'argent de ses clients était évoquée dans le journal local. Mais du fait d'un dramatique accident d'avion en Inde, l'histoire était reléguée en quatrième page.

Valérie l'avait cependant lue avant l'arrivée de Michael au cabinet, et elle avait posé le quotidien, ouvert à la bonne page, en évidence sur le bureau de son patron.

— J'imagine qu'il ne vous a pas épargné, docteur ?

Valérie repoussa ses lunettes sur son nez avec une petite moue écœurée.

— Je n'ai jamais beaucoup apprécié ce personnage, avoua-t-elle, mais de là à l'imaginer capable de pareille crapulerie !

En parlant, elle avait glissé devant son patron une tasse de café fumant et un croissant chaud.

Valérie Lamb était l'infirmière et l'assistante de Michael, et il se disait souvent qu'elle était aussi la grande sœur qu'il n'avait jamais eue. Il est vrai que Valérie était la grande sœur de tout le monde, prenant les patients sous son aile protectrice, se donnant sans compter pour aider les uns et les autres. Michael l'avait vue amener des malades chez le kiné pendant son heure de déjeuner, afin de leur éviter le tracas des transports en commun. Elle s'occupait des enfants quand leurs mères s'entretenaient avec Michael, savait réconforter les jeunes comme les plus âgés, et son patron s'étonnait toujours qu'une femme aussi petite et aussi menue pût abriter un cœur aussi large.

Voilà des mois que chaque matin elle apportait un croissant à Michael, sachant qu'il partait de chez lui à 6 heures, généralement à jeun, pour aller voir ses patients hospitalisés avant d'entamer ses consultations.

— Raymond gérait le cabinet sur le plan financier, n'est-ce pas ? demanda-t-elle.

Comme elle semblait préoccupée, Michael crut qu'elle s'inquiétait pour son chèque de fin de mois, qui devait lui être remis ce vendredi. Valérie avait à charge deux adolescents difficiles, et une vieille mère sans ressources qui habitait avec eux. Son emploi au cabinet assurait le pain quotidien de la famille, ainsi que le loyer et tous les frais annexes. Evidemment, Michael ferait en sorte que cette sinistre affaire ne l'affectât en rien.

Mais ce n'était pas le souci de Valérie, loin de là, car elle reprit :

— Je voulais vous dire que si la situation financière devient un peu difficile dans les semaines à venir à cause de ce Stokes, vous me verserez mon salaire plus tard. J'ai quelques économies qui me permettront de faire face.

Michael déglutit avant de réussir à afficher un sourire qu'il voulait rassurant.

— Merci, Val, mais ce ne sera pas nécessaire, je pense. Je vais devoir m'occuper des comptes du cabinet pendant quelque temps, mais vous n'aurez pas à en souffrir, et les patients non plus.

La vérité était tout autre. La malhonnêteté de Raymond risquait d'affecter tous les aspects de la vie de Michael. Car son gestionnaire l'avait dépouillé de la totalité de ce qu'il possédait, ou presque. Dès l'aube, ce matin-là, Michael avait appelé des agents de change et des sociétés d'investissement sur la côte Est, et ses interlocuteurs avaient confirmé ses pires craintes.

Il ne savait pas encore exactement quel montant avait été subtilisé : les personnes interrogées n'avaient pas eu le temps de se livrer à un calcul de détail, mais apparemment, ces dernières semaines, Stokes avait réalisé la plus grande partie de ses investissements avant de disparaître. Restaient des placements auxquels il n'avait pu toucher, mais ils étaient dérisoires en comparaison de ceux qu'il avait détournés.

Il avait d'ailleurs agi intelligemment, réglant les factures qui auraient attiré l'attention de Michael si elles étaient restées impayées. En revanche, il avait laissé en suspens tout ce qui n'était pas trop évident, et vidé les comptes qui devaient couvrir ces dépenses. Michael avait donc ravalé son amour-propre pour obtenir à la force du poignet une nouvelle ligne de crédit de la part d'Arthur Berina. Celui-ci la lui avait accordée après bien des difficultés, non sans lui avoir exprimé clairement que si d'aventure, il lui fallait accroître encore son découvert, il devrait s'adresser ailleurs.

La voix de Valérie tira Michael de ces désagréables pensées.

— Il y a eu plusieurs appels pour vous, ce matin : en voici la liste. Et votre premier rendez-vous devrait avoir lieu dans vingt minutes. Il s'agit de Mme Nikols, qui veut que vous examiniez son bébé. Je vous ai préparé son dossier.

Elle le plaça devant son patron avant de quitter la pièce.

Michael parcourut la liste des appels téléphoniques. L'inspecteur Roper, de la brigade financière, y figurait en tête, ce qui lui arracha une grimace. Il le rappellerait en priorité. Suivaient des personnes appartenant aux sociétés d'investissement qu'il avait contactées quelques instants plus tôt. Sans doute lui apportaient-elles les précisions demandées.

Ensuite, trois patients le priaient de les rappeler au plus

vite. Venait enfin un employé de mairie, Garth Silvers, qui travaillait aux services sociaux municipaux. Michael l'avait rencontré à plusieurs reprises au sujet d'une enfant qu'il soupçonnait de subir des violences de la part de ses parents.

Inquiet, il commença par rappeler cet homme. Pourvu qu'il ne fût rien arrivé de grave à la fillette ! Mais Garth le rassura vite : l'enfant était partie chez sa grand-mère, et tout se passait bien, du moins pour l'instant.

Il reprit, manifestement mal à l'aise cette fois :

— Docteur, la raison de mon appel est personnelle. Nous avons reçu à la mairie une plainte au sujet d'une maison avec un jardin appartenant à une certaine Isabelle Rafferty... Il s'agit, je crois, de votre belle-mère ?

Michael le confirma, se demandant avec appréhension ce qui allait suivre.

— Les voisins de Mme Rafferty ont signé une pétition pour qu'elle nettoie son jardin, reprit Garth, pesant de toute évidence ses mots. D'après eux, il ne peut plus rester en l'état. Le feu pourrait prendre, les rats risquent de s'y installer, de proliférer et d'envahir le voisinage. Plusieurs personnes sont venues déposer plainte au service municipal concerné, assurant qu'elles sont prêtes à intenter un procès à la propriétaire du jardin si le nécessaire n'est pas fait. Je voulais, bien entendu, vous en parler d'abord, et voir si on pouvait agir avant que la situation ne s'envenime.

Michael leva les yeux sur le paysage champêtre joliment encadré qui ornait le mur de son bureau. Décidément, c'était la journée-catastrophe. Quelle nouvelle calamité allait encore lui tomber dessus ?

— Merci de votre appel, Garth... Je vous promets d'arranger cette affaire sans délai, déclara-t-il avec plus d'assurance qu'il n'en ressentait.

Voilà des mois que Polly et Norah tentaient vainement de convaincre Isabelle de faire nettoyer son jardin.

— Dites aux voisins que le jardin sera impeccable dans moins d'une semaine, assura-t-il encore avant de raccrocher.

Comment affronter ce problème délicat? Michael verrait ce qu'il convenait de faire avec Polly. A l'évidence, cette pétition mortifierait sa femme.

Il appela ensuite l'inspecteur de la brigade financière, et apprit avec soulagement qu'il ne serait joignable que dans l'après-midi. Michael aurait ainsi le temps d'évaluer avec plus de précision les montants dérobés par Raymond.

Il en terminait avec le troisième des patients qui l'avaient appelé, quand Valérie frappa à la porte pour annoncer que Mme Nikols attendait dans la première salle d'examen.

Avalant à la hâte une gorgée de son café devenu froid, Michael se rendit rapidement auprès de la nouvelle maman et du petit bébé qu'il avait mis au monde quelques jours plus tôt. Maintenant commençait la partie de sa journée qu'il appréciait le plus : ces heures passées avec des patients qui réclamaient toute son attention, et l'empêchaient de penser à autre chose.

Il travailla toute la matinée sans relâche et, à 12 h 30, quand le rythme des rendez-vous se ralentit, il dévora rapidement un sandwich et un fruit apportés par Valérie, avant de composer le numéro de son domicile. Polly dormait souvent très tard, le matin, à cause des somnifères dont elle ne pouvait se passer. Il avait voulu l'en sevrer, mais n'y était pas parvenu.

Elle décrocha à la troisième sonnerie, apparemment bien réveillée.

— Je viens de lire dans le journal cet article sur Raymond, déclara-t-elle, en reconnaissant la voix de Michael. Il semble qu'il a complètement ruiné certains de ses clients. Il leur a tout volé.

Sa voix trahissait une angoisse certaine, et elle demanda :

— C'est notre cas, Michael?

Il aurait dû lui répondre par l'affirmative : ils avaient tout perdu. Au lieu de quoi, il se fit rassurant.

— Il nous a dérobé une part substantielle de nos investissements, mais il n'y a rien de véritablement tragique, Polly, et je devrais pouvoir nous refaire une santé financière assez vite.

Ce n'était pas tout à fait faux. S'agissant de leur train de vie, et des dépenses courantes, il gagnerait rapidement de quoi payer ses dettes. Cependant, ils ne disposaient plus de confortables réserves sur lesquelles compter en cas de coup dur.

Polly déplaça le sujet de la conversation, et il en fut soulagé.

— Comment Raymond Stokes a-t-il pu commettre une infamie pareille, Michael? Il semble qu'il ait même raflé l'argent de sa femme... D'après l'article que j'ai sous les yeux, il ne lui reste que leur maison, et encore celle-ci est-elle lourdement hypothéquée. Comme elle doit souffrir, cette pauvre femme, sachant que son mari a filé avec une autre! Comment peut-on se comporter avec autant de bassesse envers sa propre épouse?

Ce n'était pas une question : Polly ne comprenait tout simplement pas.

— Je pense qu'on ne connaît jamais vraiment les gens, répliqua Michael qui se représentait sa femme, assise au comptoir de la cuisine dans son peignoir en éponge blanc, le journal étalé devant elle.

« Même ceux qui nous sont le plus proches », ajouta-t-il pour lui-même, tandis qu'il disait à haute voix :

— Je considérais Raymond comme mon ami, mais ce qu'il a fait montre que je ne le connaissais pas du tout.

— Avaient-ils des enfants, sa femme et lui?

— Non.

Ce sujet pouvant se révéler dangereux, il ne fallait pas que Michael s'y laissât entraîner.

Polly ne dit rien pendant les instants suivants, et quand elle reprit la parole, ce n'était plus pour parler enfant, Dieu merci.

— Tu connaissais la femme de Raymond ? Jennifer, je crois, non ?

— Jennifer, en effet, répliqua Michael, aussitôt soulagé. Oui, nous avons été présentés lors d'un déjeuner.

— Comment est-elle ?

— Petite, boulotte et assez charmante. Nous n'avons guère parlé. Je me souviens m'être dit qu'elle convenait bien à Raymond : lui était très bavard, et elle, au contraire, très réservée.

— Un peu comme nous, répliqua Polly qui cherchait de toute évidence à amener la conversation sur un registre léger. Moi, je parle, toi, tu écoutes et tu ne dis rien. Et à part t'être fait voler comme dans un bois, comment se passe ta journée, doc ?

Elle était toute guillerette à présent, et Michael allait la mettre d'humeur morose en lui parlant d'Isabelle et de la pétition de ses voisins. Quel dommage ! Hélas, il le fallait.

Il le fit donc, et comme prévu, Polly en fut exaspérée. En vérité, elle était humiliée, vexée.

— C'est tout de même un poids d'avoir une mère pareille ! gémit-elle. Parfois, j'ai l'impression qu'elle fait tout pour nous embarrasser. Elle sait que je me soucie de ce que pensent les voisins. Et puis cette maison, ce jardin, j'y tiens ! C'est toute mon enfance !

Michael regarda furtivement sa montre.

— Je le sais bien, chérie. Nous en reparlerons tout à l'heure, et nous réfléchirons à une solution. A présent, il faut que je raccroche. Un patient m'attend.

— Est-ce utile que je me mette en cuisine pour te préparer un repas ce soir ?

Polly voulait faire de l'humour, mais sa voix était mordante, et rappelait inutilement à Michael les nombreuses fois où il avait manqué le dîner, ces temps-ci. Certes, il avait tort de travailler si tard, mais il lui était intolérable de se retrouver seul dans la salle à manger face à Polly, avec la place vide de Suzannah à sa droite...

— Je rentrerai vers 18 heures.

— Je me demande si je sais encore cuisiner, ironisa de nouveau Polly.

Sa voix était toujours acerbe, et Michael lui en voulut pour la culpabilité qu'elle faisait resurgir en lui.

Pourtant, il n'avait aucun droit d'en vouloir à Polly. Dans ce cas en particulier, c'est lui qui se mettait dans son tort.

Il finit par raccrocher, refoulant ces douloureux sentiments dans les tréfonds nébuleux de son esprit. Enfin, il allait retrouver ses malades, et se concentrer sur eux !

Il était 17 heures, et Valérie venait de partir, quand il reçut le dernier patient : une fillette de quatre ans, Clover Fox. Son père, Jérôme, s'était présenté à la consultation une heure plus tôt sans rendez-vous, assurant à Valérie qu'il attendrait le temps qu'il faudrait pour que Michael pût voir sa fille. Installé à Vancouver depuis quelques mois seulement, il n'avait pas de médecin traitant.

Valérie avait eu pitié de lui et, bien sûr, Michael avait accepté de le recevoir.

La petite fille maigrichonne s'accrochait aux jambes de son père. Elle avait des yeux pâles pleins de défi, et son nez coulait. De plus, elle toussait : une toux sèche, qui semblait lui arracher la poitrine. Après avoir lu rapidement le questionnaire que Valérie avait fait remplir par le père, Michael leva un regard souriant sur la gamine.

— Alors, Clover, on me dit que tu ne vas pas très bien ? Tu es une grande fille, pourtant ? Quel âge as-tu ?

La petite jeta sur lui des yeux furtifs et apeurés puis, d'un geste hésitant, pointa quatre doigts.

— Quatre ans ! Eh bien, tu en as de la chance !

Michael se tourna ensuite vers le père, un fort beau

garçon, costaud et bien bâti, pour l'interroger sur l'état général de sa fille.

— Le malheur veut qu'elle attrape tout ce qui passe, expliqua Jérôme Fox avec un soupir, caressant de sa grosse main les cheveux de la fillette.

Michael remarqua qu'il avait les paumes calleuses d'un travailleur manuel.

— La nuit, elle tousse, et souvent je la trouve chaude, poursuivit l'homme. Enfin, ce matin, elle s'est réveillée avec cette éruption de petits boutons sur le dos et la poitrine.

— Va-t-elle à la crèche ou chez une nourrice ?

— Non, c'est moi qui m'occupe d'elle.

— Votre femme travaille à plein temps ?

Jérôme secoua sa tête couronnée de cheveux blonds. Son visage s'était assombri, tout à coup.

— Non. Tiffany est partie. Il y a quinze jours, maintenant. Mais nous nous débrouillons, tous les deux... Pas vrai, Clover ?

La fillette hocha la tête, avant d'enfouir vite son visage contre la poitrine de son père.

— Je vois, dit Michael qui éprouva un élan de compassion pour cet homme et cette petite fille aux yeux tristes.

Pas de femme, pas de travail, et une enfant souffreteuse à charge... La vie n'était pas facile pour tout le monde.

— Je cherche du travail, docteur, reprit Jérôme, sur la défensive. J'étais employé sur des chantiers de construction, et je me suis installé ici parce qu'une entreprise m'avait embauché. Malheureusement, elle a fait faillite. Dès que j'aurai trouvé un emploi, j'inscrirai Clover à la crèche, ou je lui trouverai une nourrice compétente.

Ses épaules s'affaissèrent en une attitude accablée, et il ajouta, réprimant un soupir :

— Ce n'est pas très facile de chercher du travail en

s'occupant de Clover toute la journée. Surtout quand elle est malade.

— J'imagine, en effet.

Michael sourit encore à la fillette, lui indiquant du geste la table d'examen.

— Tu vas t'allonger là, mon chou, pour que je puisse voir ce qui te tracasse.

Clover secoua frénétiquement la tête, s'agrippant à son père. Celui-ci lui parla doucement, tendrement, avant de la soulever pour la déposer sur la table. Elle se débattit, fit la grimace comme si elle allait hurler, mais aucun son ne sortit de sa bouche.

Michael, qui avait l'habitude des enfants, prit le temps de l'amadouer. Il lui montra son stéthoscope, et lui donna son petit marteau pour qu'elle pût jouer avec. Mais quand il voulut lui examiner la gorge, elle serra brutalement les mâchoires, et faillit le mordre au doigt, en même temps qu'elle lui flanquait un bon coup de pied qui, heureusement, ne l'atteignit qu'à la cuisse. De toute évidence, la petite fille avait un tempérament combatif, ce qui valait d'ailleurs mieux pour elle.

— Elle a en effet un peu de fièvre, mais ses poumons sont normaux, annonça-t-il après l'avoir auscultée. Quant à l'éruption de petits boutons, elle est d'origine virale et sans gravité.

En parlant, il regardait Jérôme aider la fillette à se rhabiller.

— Lui faudra-t-il des remèdes? demanda ce dernier avec une réelle anxiété. Je vous pose la question parce que je suis un peu juste, en ce moment... Tiffany est partie en vidant notre compte commun. Je me suis inscrit au chômage, mais il y a toujours un délai avant de toucher les allocations.

En fait, Jérôme semblait aux abois, et il ajouta :

— J'ai laissé mes coordonnées en différents endroits, au cas où il y aurait des petits boulots en attendant, mais pour l'instant, rien ne s'est présenté.

Michael, qui comprenait mieux que personne ce qu'on ressentait avec un compte en banque vide, déclara :

— Clover n'a pas besoin d'antibiotiques. Le virus disparaîtra tout seul. Gardez-la au chaud, il ne faut pas qu'elle se fatigue. Supprimez le lait de son alimentation, car il provoque des mucosités, mais donnez-lui à boire beaucoup d'eau avec des vitamines C. Ajoutez de l'ail dans sa nourriture : l'ail purifie le sang.

Sur quoi, il ouvrit un tiroir de son bureau.

— Tenez, voici des échantillons de vitamine C, et un flacon de sirop contre la toux. Si Clover ne va pas mieux d'ici un jour ou deux, n'hésitez pas à me la ramener.

— Certainement, docteur, et merci mille fois de nous avoir reçus sans rendez-vous. Merci aussi pour les médicaments.

Jérôme s'était levé, et glissa les boîtes dans la poche de sa grande veste élimée.

Clover s'agrippa à ses jambes, mais son regard s'éclaira lorsque Michael lui tendit un petit album de coloriage, et quatre crayons de couleur. Un stock était à sa disposition pour les jeunes patients.

— Qu'est-ce qu'on dit au docteur, Clover ? demanda son père d'un ton pressant.

— J'aime pas le vert, répliqua immédiatement la gamine, tendant le crayon incriminé à Michael qui éclata de rire.

— Elle n'est pas toujours facile, soupira Jérôme.

Néanmoins, à force de persuasion, il obtint de la gamine qu'elle articulât un « merci » clair, bien que maussade.

Michael avait noté la gentillesse mais aussi la fermeté dont usait le père avec la fille. De même, les vêtements de l'enfant n'étaient pas neufs, mais très propres. Tout comme ceux de Jérôme, d'ailleurs. C'est alors qu'une idée germa dans sa tête.

— Vous seriez intéressé par des petits boulots, avez-vous dit ? demanda-t-il à Jérôme.

— Absolument, répliqua aussitôt celui-ci. Je suis prêt à accepter n'importe quoi. Je peux fournir des références de mon ancien employeur et de certains particuliers qui m'ont fait travailler.

Michael lui parla alors d'Isabelle et de son jardin, insistant sur le caractère parfois difficile de sa belle-mère.

— Le mieux serait que je vous y conduise tout de suite et que je vous présente, proposa-t-il. Vous regarderez le jardin, et verrez si vous voulez vous en occuper. Si ma belle-mère est d'accord, vous pourrez commencer le travail dès que Clover sera d'aplomb. Vous avez une voiture ?

— Oui. Une camionnette que j'ai garée devant le cabinet.

— Voici l'adresse de ma belle-mère. Je vous y retrouve.

Michael écrivit les coordonnées d'Isabelle sur une feuille d'ordonnance, et raccompagna le père et l'enfant jusqu'à la porte.

Il ne lui fallut que quelques minutes pour récupérer les dossiers à mettre à jour au cours de la soirée, et il quitta le cabinet à son tour, après avoir branché l'alarme.

En chemin, il appela Polly depuis son portable, et lui expliqua son idée.

— Maman n'acceptera jamais ! s'exclama la jeune femme.

Michael entendait un bruit d'assiettes, et un robinet qui coulait. Polly devait préparer le dîner. Elle reprit :

— Mais si quelqu'un peut la persuader de nettoyer son jardin, c'est bien toi. Maman a toujours tout désapprouvé chez moi, sauf mon mariage avec un médecin.

— N'en sois pas si sûre ! rétorqua Michael d'un ton taquin. Un jour, elle m'a dit que si tu avais épousé un dentiste, elle aurait fait des économies substantielles, alors qu'un médecin ne lui était pas d'une grande utilité : d'abord parce qu'elle était rarement malade, ensuite parce qu'elle avait une bonne assurance complémentaire.

— Ma mère est odieuse !

Elle se radoucit pour annoncer :

— Le dîner est presque prêt, Michael. Aussi, ne te laisse pas convaincre de boire une bière avec elle. D'accord ?

— Ne t'inquiète pas, je ne rentrerai pas tard.

Il venait de bifurquer dans la rue où habitait Isabelle, et s'efforça de regarder la maison et le jardin avec les yeux des voisins. Oui, décidément, il comprenait leur pétition !

Isabelle vivait dans un quartier bourgeois, non loin du centre, et sa maison, comme celles du voisinage, datait des années 50. Elle était donc entourée d'un lopin de terre assez vaste, comme c'était l'habitude à l'époque. Les autres maisons de la rue étaient coquettement repeintes, avec des jardins impeccables — pelouses tondues, plates-bandes fleuries, arbres et arbustes bien taillés. Celle d'Isabelle n'en détonnait que davantage, tant elle était délabrée, au milieu du terrain vague qui lui servait de jardin, où s'amoncelaient les restes et épaves de plus de vingt ans d'existence. Pour ne rien arranger, sous l'auvent courant autour de la maison s'élevaient des empilements de caisses et de cartons remplis des vieilleries les plus hétéroclites : tapis usés, journaux et revues périmés, vaisselle cassée, batterie de cuisine cabossée, etc.

Quand Michael sortit de sa voiture, Jérôme sauta de sa vieille camionnette, et libéra Clover, assise dans son siège d'enfant.

— J'ai fait pipi dans ma culotte, annonça aussitôt celle-ci.

Un peu tard, Michael comprit qu'Isabelle n'apprécie-rait sans doute pas qu'il lui amenât une enfant qui souf-frait d'une éruption virale. Pas plus qu'elle ne serait enchantée à l'idée de voir Jérôme nettoyer son jardin.

Néanmoins, il avança courageusement jusqu'à la porte et sonna.

5.

— Entrez donc, Michael. Et qui est votre ami ?

Isabelle était très grande — plus d'un mètre soixante-quinze —, elle possédait une voix assez autoritaire, et elle avait une indiscutable présence. Lorsque Michael lui présenta Jérôme, elle hocha la tête, le dévisageant avec attention derrière ses lunettes ultra sophistiquées.

— Ravie de vous connaître, jeune homme. Je vous avais vu, garé devant mon allée, et je me demandais ce que vous attendiez. C'est votre petite fille ?

Elle avait abaissé les yeux sur Clover qui soutint son regard, l'air buté.

— Comment t'appelles-tu, mon enfant ? Et ces petits boutons que tu as sur le cou ? Ce n'est pas contagieux, au moins ?

Clover ne répondant pas, Isabelle demanda sèchement :

— Le chat t'a mangé la langue ?

— J'ai fait pipi dans ma culotte, annonça l'enfant sur un ton de dignité offensée.

Isabelle réprima une exclamation.

— Tu es trop grande pour faire des saletés pareilles !

— Elle m'a demandé de m'arrêter, intervint aussitôt Jérôme, mais il y avait trop de circulation. Pouvons-nous utiliser vos toilettes ?

Il montra le sac en papier qu'il tenait à la main, tout en ajoutant :

— J'ai de quoi la changer.

Isabelle lui indiqua d'un ample geste le couloir tapissé de papier turquoise, dans son dos.

— Allez-y. Les toilettes sont au fond.

Dès que le père et la fille eurent disparu, elle reprit, à l'adresse de son gendre :

— Cette éruption, je ne risque pas de l'attraper, au moins ?

Michael lui assura que non.

— Heureusement. Entrez, venez donc vous asseoir dans le salon.

Michael la suivit et prit place sur le canapé défoncé. Ce salon le rendait toujours claustrophobe, tant il était encombré. Comment Polly, si artiste, avec son amour de l'ordre et de la beauté, pouvait-elle être la fille d'Isabelle ?

Celle-ci, qui se moquait pas mal de ce qui était beau ou laid, ne jetait jamais rien, et continuait à acheter dans de douteuses salles des ventes des meubles et des objets hétéroclites qu'elle casait n'importe où, sans souci des couleurs ni des volumes. Dans toutes les pièces, outre des cartons remplis de vieux journaux et revues entassés contre les murs, s'empilaient des caisses contenant des objets divers qui n'avaient pas encore trouvé leur place. Bref, un vrai capharnaüm noyé dans une odeur de fumée rance et froide.

Sa belle-mère s'installa face à Michael dans un vieux fauteuil déglingué, et alluma une cigarette.

Michael avait renoncé depuis longtemps à convaincre Isabelle de ne plus fumer. Chaque fois qu'il avait abordé le sujet, elle lui avait répondu, imperturbable, qu'il fallait bien mourir de quelque chose.

— J'ai rendez-vous pour aller danser aux Ormes dans une heure, annonça-t-elle, mais nous avons le temps de boire une bière. Vous en voulez une ?

— Non, merci. Il ne faut pas que je m'attarde : Polly m'attend pour dîner.

Michael réfléchissait à la manière d'aborder le sujet délicat du nettoyage du jardin. Peut-être, s'il commençait par flatter Isabelle, les choses passeraient-elles mieux.

— Ainsi, vous allez danser ? En tout cas, je vous trouve superbe, Isabelle.

Il la savait coquette, mais il était sincère. Sa belle-mère était encore fort séduisante. Ce soir-là, elle portait une robe vert amande très seyante, qui s'arrêtait à mi-mollet, laissant voir ses jambes fines gainées de bas noirs. Elle avait chaussé des sandales à hauts talons noires aussi, et ses cheveux teints en blond étaient impeccablement coiffés et laqués. A soixante-sept ans, Isabelle était une belle femme, robuste, saine et fière de paraître plus jeune que son âge. Là encore, la génétique avait des caprices confondants ! La mère et la fille n'auraient pu être plus différentes.

— Pourquoi me l'avoir amené ? demanda Isabelle, pointant du menton le couloir, où retentissait le bruit de cataracte de la chasse d'eau.

Michael expliqua rapidement qu'il soignait Clover, et que Jérôme, son père, cherchait du travail. Puis il croisa les doigts avant d'ajouter :

— J'ai pensé que, si vous étiez d'accord, je pouvais l'embaucher pour nettoyer votre jardin. En effet, ce matin, j'ai entendu dire que vos voisins avaient signé une pétition, Isabelle. Ils en ont assez de toutes les vieilleries accumulées derrière la maison. Ils se sont plaints aux services municipaux concernés.

Michael aurait voulu feindre une juste indignation à l'endroit de ces vilains voisins afin d'amadouer sa belle-mère, mais celle-ci le prit au dépourvu en éclatant d'un rire sonore.

— Une pétition, dites-vous ? Grand bien leur fasse !

J'ai toujours pris ces gens pour des poules mouillées, mais parfois, ils vous réservent des surprises. Si je fais nettoyer le jardin, ils paieront ?

Michael eut un sourire grimaçant. Isabelle possédait toutes les audaces, et il l'en admirait d'autant.

— Non, admit-il, c'est moi qui paierai. J'ai une réputation à soutenir, et votre jardin risque de la mettre à mal, ajouta-t-il, taquin.

Isabelle savait fort bien qu'il se moquait de sa réputation comme d'une guigne, mais aucun d'eux n'ignorait que Polly, elle, y tenait beaucoup.

Elle se remit à rire de bon cœur, puis déclara :

— Eh bien, si vous payez, ne vous gênez pas... Moi, je n'y vois pas d'inconvénient. Quel serait l'intérêt d'avoir un gendre riche si je n'en profitais jamais ?

La remarque ne manquait pas d'ironie, en ce moment où Isabelle avait certainement une compte en banque mieux garni que celui de son gendre.

Jérôme et Clover firent leur réapparition. Isabelle renouvela son offre de bière au premier, qui accepta. Elle s'éclipsa dans la cuisine et en revint avec deux canettes fraîches, et un jus de fruits avec une paille pour Clover.

— J'ai cru comprendre que vous alliez nettoyer mon jardin, jeune homme ?

— Si vous êtes d'accord, madame. Je vous promets de faire de mon mieux.

Sur quoi Jérôme hésita, avant d'ajouter :

— Vous croyez que je pourrais prendre Clover avec moi ? Je n'ai personne à qui la confier. Elle ne nous dérangera pas... Pas vrai, chérie ?

L'enfant secoua la tête en tirant bruyamment sur sa paille.

Michael retenait son souffle. La demande de Jérôme risquait de tout compromettre. Polly disait que sa mère n'aimait pas les enfants. D'après elle, elle n'avait pas été une bonne grand-mère pour Suzannah.

Mais de nouveau, Isabelle surprit son gendre en acceptant sans rechigner.

— Pas de problème, amenez-la. A condition qu'elle ne passe pas son temps à entrer et sortir de la maison.

Michael n'en revenait pas !

Vingt minutes plus tard, de retour chez lui, il expliqua à Polly combien sa mère s'était montrée conciliante, et celle-ci en fut contente sans cacher pour autant son scepticisme.

— J'ai du mal à croire qu'elle s'est laissé convaincre aussi facilement. Comment est-il, ce Jérôme ?

— Grand, costaud, trente-cinq ans environ, très blond, et bien bronzé. C'est un beau garçon.

— Eh bien, la voilà, l'explication ! Maman a toujours eu un faible pour les adonis. Quand commence-t-il ?

— Sans doute après-demain. Clover devrait aller mieux, d'ici là.

— Clover ? Quel nom ridicule, pour une gosse ! Qui le lui a donné ?

— Sa mère, certainement. Une mère qui a quitté le père et l'enfant il y a quelques semaines, d'après ce que m'a confié Jérôme.

Polly secoua la tête sans faire de commentaire.

Michael remplit alors deux verres de vin. La table était dressée avec élégance. Polly, avec son sens inné des couleurs, avait choisi une nappe d'un jaune à peine ocré, sur laquelle elle avait disposé des serviettes bleues. Au centre de la table trônait un pot en terre cuite rempli de jacinthes d'un somptueux violet-pourpre. Quant à la vaisselle, elle était simple, pure, et d'une rare élégance avec son filet rappelant le ton des fleurs.

— Je n'avais jamais vu ces assiettes.

Michael en souleva une pour l'admirer.

— Je les ai reçues hier seulement, expliqua Polly. Je

les avais commandées, et la boutique les a fait venir d'Italie pour moi. Regarde, elles sont toutes différentes.

Michael contempla celle qu'il tenait. C'était le moment ou jamais d'annoncer à Polly que le temps des extravagances de ce genre était révolu. Ils avaient de la vaisselle à ne savoir qu'en faire, ne recevaient quasiment jamais et, ce soir-là, c'était le premier dîner qu'ils partageaient depuis au moins une semaine.

— Elles sont sublimes, tu ne trouves pas ? insistait Polly, caressant doucement la surface d'une des assiettes. Les beaux objets me procurent tant de plaisir...

Michael porta son regard sur elle. Sa nouvelle coupe de cheveux mettait en valeur ses traits si délicats, et elle affichait un sourire que démentait l'infinie tristesse au fond de ses yeux... En cet instant, il comprit qu'il n'aurait pas le courage de lui assener la vérité, à savoir qu'ils étaient au bord de la ruine, et que le plus sage était de rapporter ces ravissantes assiettes à la boutique qui les avait vendues. Car la facture resterait vraisemblablement impayée.

Au lieu de quoi il but une gorgée de vin, s'assit et mangea la ratatouille, le poulet et la délicate salade d'endives que sa femme avait préparés. Mais il était bien loin de savourer ces mets.

Ils étaient face à la lourde table en chêne, et un ténor italien déversait sa voix riche, voluptueuse, dans les enceintes de la chaîne hi-fi. La nuit tombait lentement, étirant les ombres des meubles disposés avec goût. Polly avait entouré le pot de jacinthes de bougies qu'elle alluma. A leur lueur vacillante, elle semblait infiniment jeune et désirable.

Michael aurait dû la prendre dans ses bras et la couvrir de baisers passionnés.

Mais il sentit le poids de cette maison l'accabler, l'attirant vers le fond comme une lourde pierre attachée autour de son cou : la solitude horrible de la chambre d'enfant, en haut de l'escalier, la place vide à sa droite, tout cela l'emplit soudain d'un chagrin violent. Suzannah se tortillait sur sa chaise, et son énergie, sa vitalité emplissaient toute la pièce... Souvent elle faisait une tache sur la nappe ou éclaboussait le pantalon de son papa, et une fois que Michael lui racontait des histoires drôles, elle avait tellement ri qu'elle s'en était étranglée et avait vomi sur la table ! Parfois, elle posait son petit pied sur la cuisse de son père, et quand il la taquinait, elle gloussait de rire, criant de sa petite voix aiguë :

— Oh, ce papa, il est si bête !

Heureusement, le téléphone sonna à cet instant, obligeant Michael à s'arracher au désespoir.

— Laisse sonner, il y a le répondeur, lui dit Polly.

Mais il était déjà debout. Un moment après, il passait la tête par l'entrebâillement de la porte pour annoncer :

— Navré, Pol, un de mes patients vient d'avoir un accident. Il faut que je file...

Elle ne protesta pas, le regardant seulement avec une expression figée.

Michael refoula son irritation. C'était son travail, après tout ! Elle savait qu'il n'avait pas le choix : quand survenait une urgence, il fallait y aller. Il s'en fut chercher ses clés dans l'entrée et revint dans la salle à manger.

— Dieu sait à quelle heure je rentrerai... Ne m'attends pas.

Il se pencha pour embrasser sa femme sur la bouche, mais elle détourna la tête, et il n'effleura que sa joue. Haussant les épaules, il fila mettre sa veste et sortit, honteux d'éprouver autant de soulagement.

Une fois dans la voiture, il glissa une cassette de musique classique et poussa le volume sonore au maximum.

**

Deux jours plus tard, Polly remontait lentement la rue où habitait sa mère, pour se garer le long de la clôture délabrée du jardin. La matinée était superbe, et la jeune femme se disait qu'elle allait faire la paix avec Isabelle, après l'affaire du dîner d'anniversaire manqué. Mais en réalité, seule la curiosité que lui inspirait Jérôme Fox l'attirait.

Elle releva ses lunettes de soleil sur ses cheveux, et demeura un moment à observer l'homme au travail dans le jardin. Lui ne l'avait pas remarquée, et Polly en profita pour le regarder avec attention.

C'est vrai qu'il était beau garçon : Michael n'avait pas menti. Bien qu'il ne fût pas particulièrement grand, il semblait très costaud, avec des bras aux muscles longs, bien découplés. Il était mince, bronzé, et son T-shirt gris était maculé de transpiration. Son jean délavé serrait ses hanches étroites, laissant deviner des cuisses puissantes. Des cheveux blonds et drus dépassaient de sa casquette en toile, et il avait un visage aux traits harmonieux. Pour l'instant, il soulevait des vieilles planches pourries pour les décharger avec aisance dans la benne qu'avait fait venir Michael.

Polly sortit de voiture et tira sur sa minijupe en jean.

— Bonjour, lança-t-elle. On voit déjà la différence ! Vous abattez un sacré travail.

Jérôme se retourna et elle s'avança pour lui tendre la main en souriant.

— Je suis Polly Forsythe. Ravie de vous connaître.

— Jérôme Fox. Enchanté, madame Forsythe.

Il ôta son gant de travail pour serrer la main tendue, et rendit son sourire à Polly. Ses dents étaient régulières et d'un blanc éblouissant, dans son visage hâlé. Et il avait des yeux bleu intense.

— Vous êtes la femme du Dr Forsythe ?

— Oui. Et je vous en prie, appelez-moi Polly. Vous

70

n'imaginez pas combien je suis heureuse que l'on nettoie ce jardin. C'était une honte pour tout le monde !

Jérôme hocha la tête en souriant.

— Je dois reconnaître qu'on y trouve de tout.

— Votre petite fille va mieux ? Michael m'a dit
qu'elle était souffrante.

— Votre mari nous a donné des remèdes qui ont fait
merveille. C'est un excellent médecin.

— Merci, je le lui dirai. Eh bien, je vous laisse,
monsieur Fox.

— Appelez-moi Jérôme, je vous en prie.

— D'accord, Jérôme.

En s'avançant vers la maison, Polly demanda
encore :

— Savez-vous si ma mère est chez elle ?

— Oui, elle est là.

Jérôme fronça les sourcils pour ajouter :

— Elle est avec Clover qui est rentrée boire parce
qu'elle avait soif, tout à l'heure. Dites-lui de revenir
auprès de moi. Je ne voudrais pas qu'elle ennuie
Mme Rafferty.

— Entendu.

Polly grimpa les quelques marches du perron de la
cuisine, prenant garde de ne pas s'appuyer sur la balus-
trade branlante. Puis, après avoir frappé à la porte, elle
l'ouvrit.

— Maman ? C'est moi.

— J'ai vu ta voiture arriver.

Isabelle était assise à la table devant une tasse de
café, une cigarette à la main. A côté d'elle, une petite
fille pas jolie, hissée sur plusieurs annuaires téléphoniques, tenait entre les doigts une feuille de papier
roulé simulant une cigarette, avec, devant elle, une
tasse de lait à peine coloré de café. Elle se tenait exactement comme Isabelle, les jambes croisées de la même
façon, et copiait ses gestes quand elle fumait.

— Voici Clover, la fille de Jérôme, annonça Isabelle, indiquant l'enfant.

Puis elle désigna la cafetière pour ajouter :

— Tu en veux ? Je viens de le faire.

Polly prit une tasse dans le placard, et vérifia subrepticement qu'elle était propre. Les placards de sa mère étaient souvent infestés de cafards ou de fourmis, ce qui la rendait folle. Isabelle, de toute évidence, s'en souciait comme d'une guigne. La jeune femme s'assit ensuite à la table, déplorant en son for intérieur que la fille de Jérôme Fox n'eût pas hérité du physique avantageux de son père. Clover était une enfant à l'allure ingrate, avec des cheveux pâles et de petits yeux larmoyants.

Pour se faire pardonner son jugement sans aménité, Polly lui sourit, disant gentiment :

— Ton papa te réclame, dehors. Tu devrais aller le rejoindre.

La fillette posa sur elle un regard méfiant, sans lui rendre son sourire ni bouger d'un centimètre de son perchoir. Elle porta à ses lèvres son imitation de cigarette, et fit semblant d'inhaler une profonde bouffée. Après quoi, elle souffla lentement. Ce faisant, elle regardait Polly avec insolence, exactement comme le faisait Isabelle.

Polly aurait pu s'esclaffer. Au contraire, elle fut choquée, et même indignée. Autant que Norah, elle réprouvait le tabagisme de sa mère. Les deux sœurs avaient tout fait pour convaincre Isabelle d'arrêter. Sans succès. Et maintenant, elle encourageait une enfant à imiter cette lamentable pratique ! C'était criminel !

— Laisse donc Clover, elle est très bien ici, disait maintenant Isabelle qui inhala voluptueusement sa fumée avant de l'exhaler en un nuage bleuté.

Polly agita la main avec irritation pour clarifier l'air autour d'elle, avant de faire valoir, agressive :

— La fumée n'est pas bonne pour elle, maman. Cette gosse a été malade. Elle serait mieux dehors qu'à rester ici à respirer ce poison. Les études ont montré que les fumeurs passifs courent autant de risques que les actifs, tu le sais... Et les enfants sont particulièrement vulnérables à la fumée.

Sa mère avait le don de faire ressortir en elle un côté moralisateur qu'elle détestait !

— Oh, il ne faut pas croire tout ce qu'on raconte, rétorqua Isabelle, imperturbable. Inutile de monter sur tes grands chevaux, Polly, j'ai laissé les fenêtres ouvertes.

Isabelle fit tomber sa cendre à côté du cendrier, portant sur sa fille un regard plein de défi. Clover l'imita aussitôt, et l'adulte reprit en riant :

— Suzie aussi faisait semblant de fumer quand elle était petite, souviens-toi.

Oh, Polly n'avait pas oublié... Elle avait passé des heures à expliquer à Suzannah les dangers du tabac, sans pour autant jeter le blâme sur sa mère qui fumait comme un pompier.

Et pourquoi Isabelle s'était-elle toujours obstinée à appeler l'enfant « Suzie », alors que son prénom était Suzannah ? Polly lui en avait fait la remarque des centaines de fois, et aujourd'hui, cela l'irritait encore plus qu'auparavant.

En vérité, Polly supportait mal sa mère. Soit elle avait envie de lui faire la leçon, soit elle prenait sur elle pour ne pas se mettre en colère... C'était triste, mais qu'y faire ?

— Désolée de ne pas avoir eu ton message pour le dîner d'anniversaire de Norah, maman, se força-t-elle à dire. Michael était en voyage, et j'ai passé l'après-midi à faire des courses.

— Ce n'est pas très grave, répliqua Isabelle, regardant sa fille avec attention. Mais explique-moi comment on peut passer un après-midi entier à courir d'une boutique à l'autre ! Ça me dépasse. Je vois que tu t'es fait couper les cheveux ?

— Ça te plaît ?

— Il faut s'y habituer. Tu ne les as pas eu aussi courts depuis ton adolescence. Et les mèches sont plus claires.

Pourquoi sa mère ne pouvait-elle pas lui dire, pour une fois, que sa coupe lui allait bien, et qu'elle était jolie ainsi ? Polly en était désespérée, tout comme la désespérait le fait qu'elle attachât tant d'importance au jugement d'Isabelle.

— J'avais envie de changer, murmura-t-elle, avalant une gorgée de café.

A cet instant Clover s'empara de sa tasse et but bruyamment, puis, tenant toujours son simulacre de cigarette, elle se tortilla pour descendre de son perchoir et fila vers la porte. L'instant d'après, celle-ci claquait sur elle.

— C'est un curieux petit canard, fit observer Isabelle. Elle ne sourit jamais. C'est vrai que sa mère les a quittés ? Elle dit que sa maman est partie, et qu'elle s'entend bien avec son papa.

Enfin un sujet sans risque ! Polly hocha la tête.

— Apparemment, c'est vrai. Sa femme a quitté Jérôme il y a quelques semaines, d'après ce que m'a dit Michael.

— Certaines créatures ne devraient jamais avoir d'enfant ! s'exclama Isabelle avec une juste indignation. Les animaux ont davantage d'instinct maternel.

Sa mère avait dit cela au moins mille fois déjà, songea Polly avec amertume, et elle-même aurait aimé lui dire son fait : car Isabelle n'avait pas été une mère modèle, loin de là, promenant ses enfants un peu partout au gré de ses fuites, les obligeant à s'habituer à de nouvelles écoles dans des environnements nouveaux...

Non, elle ne s'était jamais beaucoup souciée de ses filles, et les avait toujours fait passer après ses désirs, ses impulsions, ses passions... et ses disputes avec son mari !

— Michael semblait épuisé, l'autre soir, reprit Isabelle. Il travaille trop. Tu devrais l'obliger à prendre des vacances. Pourquoi ne partez-vous pas tous les deux à Hawaii ? Dieu sait que vous en avez les moyens !

De nouveau, Polly se fit violence pour ne pas dire à sa mère de se mêler de ses affaires. Au lieu de quoi, elle déclara avec un calme feint :

— Michael aime son travail, et je ne pourrais pas le faire ralentir, même si je le voulais.

Et puis, en ce moment, l'idée de partir en vacances seule avec lui la terrifiait. S'ils passaient de longues heures en tête à tête, pourraient-ils continuer à ignorer l'abîme qui s'était creusé entre eux et menaçait leur couple ?

6.

Ne supportant plus la cuisine mal tenue de sa mère, et moins encore que celle-ci lui fît la leçon sur des problèmes qui ne la regardaient pas, Polly s'en fut rincer sa tasse à l'évier, et la plaça sur l'égouttoir avant de lancer :

— Je file, maman. Michael dit qu'il faut peut-être payer Jérôme au jour le jour, parce qu'il a probablement besoin d'argent.

Elle fouilla dans son sac à la recherche de son carnet de chèques, en détacha un et le signa.

— Tu n'auras qu'à le remplir, dit-elle, le tendant à Isabelle.

Celle-ci prit le chèque avant de déclarer :

— Je ne vois pas d'objection à ce que Michael paie pour le nettoyage du jardin : c'est lui qui en a eu l'idée. En revanche, c'est moi qui réglerai la peinture.

Polly écarquilla les yeux sans comprendre.

— Quelle peinture ?

— Celle qu'il faudra pour repeindre l'extérieur de la maison, évidemment ! Allons, ne prends pas cet air ébahi...

Visiblement, la stupéfaction de sa fille enchantait Isabelle.

— Ce matin, j'ai décidé qu'un rafraîchissement ne ferait pas de mal à la maison, expliqua-t-elle, très contente d'elle. Si ce jeune homme accepte de s'en occuper, je descendrai en ville cet après-midi choisir la peinture.

Pour une nouvelle, c'en était une ! Polly n'en croyait pas ses oreilles. Le délabrement extérieur de la maison meurtrissait son amour-propre depuis des années, et elle avait souvent supplié Isabelle d'y remédier. En vain, bien entendu.

Encore incrédule, elle demanda :

— Qu'est-ce qui motive cette décision subite ?

— C'est le printemps. Et puisque Jérôme est là, autant en profiter.

Polly s'abstint de tout commentaire : il ne fallait surtout pas qu'Isabelle pût changer d'avis. Avec un peu de chance, dans la foulée, elle accepterait également un bon nettoyage de printemps dans la maison... Qui sait ? On commencerait par débarrasser chaque pièce des cartons de vieilleries accumulés contre les murs, puis on attaquerait la cave.

— Peindre l'extérieur est la meilleure idée de l'année, maman. As-tu une couleur en tête ?

— Bleu. Ou peut-être turquoise.

Doux Jésus ! songea Polly. Isabelle était bien capable d'exiger une maison turquoise !

— Et le blanc, cela ne te dit rien ? suggéra-t-elle, l'air de ne pas y toucher. Les murs blancs, et les encadrements de fenêtres et le bord du toit vert foncé ? Ça pourrait être joli...

Elle retint son souffle. Il ne fallait surtout pas contrarier Isabelle, qui risquerait alors de revenir sur sa décision.

— Blanc, dis-tu ?

Isabelle réfléchit un moment avant de secouer la tête en fronçant les sourcils.

— Non. Le blanc, c'est ennuyeux. Il faut une couleur qui chante. Mais au fond, ce n'est peut-être pas une bonne idée de repeindre. D'abord, cela va m'entraîner

78

dans des frais considérables, et puis il faudra des semaines de travail, si je n'ai qu'un peintre. Pour tout te dire, je ne sais pas si je supporterai quelqu'un ici toute la journée pendant si longtemps. Je tiens à ma tranquillité.

Un élan de panique assaillit Polly. Non, Isabelle n'allait pas se raviser ! Ce serait trop triste ! Il lui vint alors une idée de génie.

— Ecoute, maman, tu paieras la peinture, tandis que Norah et moi t'offrirons la main-d'œuvre. Ce sera notre cadeau pour la fête des Mères.

Isabelle se targuant de savoir compter, Polly vit tout de suite que cette idée ne lui déplaisait pas. Pourtant, elle secoua encore la tête.

— C'est l'idée de voir quelqu'un ici tous les jours qui me tarabuste. Je te le répète, j'aime ma tranquillité.

Polly se fouilla la cervelle à la recherche d'une solution... et elle la trouva vite.

— Tu sais quoi, maman ? J'aiderai Jérôme. J'adore peindre, et nous bouclerons l'affaire en moitié moins de temps.

Elle se sentait tout excitée, soudain. Pendant quelque temps, ses journées auraient enfin un but, et elle se lèverait le matin en sachant que faire. Voilà si longtemps qu'elle tuait le temps qui s'étirait en longueur et la remplissait de désespoir !

Mais Isabelle secouait encore la tête.

— Allons, Polly, tu n'y songes pas ! Tu es déjà tellement occupée ! C'est bien simple, tu n'es jamais chez toi.

La critique n'était pas nouvelle, mais au lieu d'y répondre par l'agressivité, Polly se contenta d'être franche.

— Je n'ai pas envie d'être à la maison, maman. Tout, chez moi, me rappelle Suzannah, et je ne le supporte pas.

Les mots étaient sortis de sa bouche malgré elle, et elle attendit fébrilement qu'Isabelle lui rappelle, sur un ton de reproche, qu'elle possédait une maison luxueuse et aurait eu tort de se plaindre de son sort.

Mais Isabelle se contenta d'avaler bruyamment deux gorgées de café avant de pencher la tête sur le côté.

— Tu parlais de peindre les murs en blanc avec les encadrements de fenêtres vert foncé, hmm...? Tu as toujours été l'artiste de la famille, c'est vrai, et ce pourrait être assez joli, du blanc et du vert.

Dieu du ciel! songea Polly. Sa mère devenait-elle raisonnable?

— Tu veux donc vraiment faire ces travaux? demanda-t-elle, encore vaguement incrédule.

— Oui, pourquoi? demanda Isabelle, comme si c'était la chose la plus évidente du monde. Mais avant de nous emballer, allons en parler à Jérôme. S'il consent à se charger du travail, j'arriverai peut-être à vous obtenir un bon prix, à ta sœur et à toi.

Jérôme se montra enthousiaste, et accepta de se charger du travail pour un prix très raisonnable. Plus important, il accepta aussi de se faire aider par Polly. Le jardin serait propre d'ici au lendemain soir, estimait-il. Les travaux de peinture pourraient commencer tout de suite après.

Polly, tout excitée, discuta des différentes modalités avec Jérôme, en présence de sa mère : ils loueraient un échafaudage, et il leur faudrait décaper l'ancienne peinture qui s'écaillait partout, mais la tâche ne serait pas trop difficile.

— Viens, maman, proposa ensuite la jeune femme avec fébrilité, allons acheter la peinture tout de suite, et prendre le matériel qu'il nous faut.

— Tu as peur que je change d'avis, c'est ça? dit Isabelle avec un clin d'œil entendu à sa fille. D'accord, j'arrive. Juste le temps de mettre du rouge à lèvres, et nous sommes parties. Clover, tu veux faire une promenade dans la jolie voiture de Polly?

Pourquoi sa mère invitait-elle la gamine? se demanda Polly. A son grand dam, Clover quitta en courant le tas de terre qu'elle creusait avec une fourchette, son petit jean tout sale, ses mains et son visage maculés de noir.

— Va donc te débarbouiller avant de partir, lui ordonna Polly un peu sèchement.

Curieux comme cette fillette de quatre ans lui inspirait de l'antipathie, elle qui avait toujours aimé les enfants... Avec un sentiment de culpabilité, elle sourit à Jérôme, disant :

— N'ayez pas peur, nous prendrons soin d'elle.

— Merci. Clover a besoin d'être avec des femmes. Sa maman lui manque.

Cette rage destructrice, imprévisible, qui terrassait Polly de temps à autre l'assaillit de nouveau. Pourquoi avait-elle perdu son enfant alors que d'autres ne voulaient pas des leurs? N'aurait-il pas mieux valu que Clover mourût à la place de Suzannah, puisque la mère de la première avait choisi de l'abandonner?

Polly se fit violence pour ne rien laisser paraître de ses émotions, mais son tourment intérieur dut se lire sur son visage, car Jérôme la fixa sans comprendre. Elle se détourna alors brusquement et gagna rapidement sa voiture. Tremblant de tous ses membres, elle se glissa au volant, et quand ses deux passagères s'installèrent dans le véhicule, la voix aiguë de la petite fille lui fit l'effet d'un acide que l'on aurait versé sur une plaie ouverte.

Michael venait de raccompagner un patient lorsque Valérie frappa à la porte de son bureau.

— J'ai le Dr Gilbert en ligne sur la deux. Il souhaiterait vous parler.

Michael prit le téléphone. Il connaissait bien Luke Gilbert et sa femme, Morgan Jacobsen, tous deux gynécologues de renom, et dont la route croisait souvent la sienne, à l'hôpital St Joseph.

Après de chaleureuses formules de politesse, Luke déclara, hésitant soudain :

— Michael, j'ai une faveur à vous demander.

Pourquoi cette voix tendue, gênée ? Luke était plutôt flegmatique et sûr de lui, habituellement.

— Bien sûr, je vous écoute.

— Il s'agit de mon petit-fils, Duncan Hendricks, le fils de ma fille Sophie...

Cette fois, le ton préoccupé indiquait clairement que le problème était grave. Luke poursuivit :

— Duncan a cinq ans, et on vient de diagnostiquer...

Le gynécologue s'arrêta pour s'éclaircir la gorge : il avait du mal à poursuivre.

— On vient de diagnostiquer un astrocytome dans l'hémisphère cérébral gauche. Stade d'évolution trois.

Le même diagnostic que Suzannah ! Des émotions conflictuelles assaillirent aussitôt Michael. D'abord la compassion que lui inspiraient Luke et sa famille, une compassion que seul pouvait éprouver quelqu'un qui avait vécu un cauchemar semblable. Mais à cela s'ajoutait un obscur rejet, car intimement, Michael ne voulait surtout pas s'impliquer dans une telle tragédie. Or, c'est précisément ce que lui demandait Luke, qui déjà reprenait :

— J'ai parlé à Rosof, au centre anticancéreux. Il m'a dit que vous étiez le mieux à même de suivre le traitement de Duncan, parce que vous connaissez très bien les thérapies traditionnelles et alternatives. C'est pourquoi je me demandais si vous accepteriez mon petit-fils comme patient. Je... je comprends à quel point cela sera difficile pour vous, Michael... Cela réactivera de si pénibles souvenirs, mais...

Michael n'avait d'autre choix que d'accepter. Luke, un confrère et ami, lui demandait un service personnel. Comment le lui refuser ?

— Bien sûr, je ferai de mon mieux pour votre petit Duncan, Luke, répondit-il avec plus de conviction qu'il n'en éprouvait. Je vais demander à Valérie de vous donner un rendez-vous. 9 heures, demain matin, cela conviendrait, vous pensez ?

Luke assura que oui, et Michael lui posa ensuite toute une batterie de questions sur Duncan afin d'estimer les progrès de la maladie. La tumeur, comme celle de Suzannah, était inopérable parce que située trop profondément dans le cerveau. Duncan subissait actuellement une radiothérapie.

Luke soupira enfin sans illusion.

— Nous connaissons les statistiques dans le cas qui nous intéresse, Michael. Ce type de cancer est incurable par les méthodes traditionnelles. J'ai recherché tout ce qui a été publié sur le sujet. Alors, je me dis que peut-être une thérapie alternative pourrait être efficace...

Michael aurait tout donné pour le rassurer. Hélas, il ne le pouvait pas.

— N'ayez pas trop d'espoir, lui conseilla-t-il d'un ton lourd. Certains traitements peuvent aider le patient à mieux supporter les troubles causés par la tumeur, mais à ma connaissance, rien n'en vient à bout pour l'instant.

— Je le pensais, dit Luke avec un soupir déchirant. C'est que Duncan est un gosse astucieux, intelligent, et nous ne lui avons pratiquement rien caché de son état. Nous jugeons important qu'il sache comment il est traité. Et ce qui nous tue, c'est son optimisme. Il croit dur comme fer qu'il va guérir. Je redoute le moment où il comprendra que ça n'est pas le cas.

— Je vois.

Luke réveillait chez Michael des souvenirs si douloureux ! A neuf ans, Suzannah aussi était une enfant brillante. Elle enchantait son père par l'intérêt qu'elle portait à son métier, et il avait toujours répondu honnêtement à ses questions, sans lui cacher les aspects les plus difficiles de son travail de médecin.

Quand elle était tombée malade, Michael, sur sa demande, lui avait fait des dessins pour lui montrer l'emplacement de sa tumeur, et lui avait expliqué comment celle-ci allait se développer. Il avait tenu également à ce que son médecin traitant lui expliquât pas à pas les thérapies auxquelles elle était soumise. Après tout, ne s'agissait-il pas de son corps, de sa santé?

C'est ainsi qu'à la fin, Suzannah elle-même avait décidé d'abandonner la thérapie traditionnelle. Et Michael avait eu un mal infini à l'accepter.

Elle avait d'abord demandé à sa radiothérapeute si les rayons la guériraient. Celle-ci lui avait expliqué que rien n'était garanti. En l'état actuel des connaissances, les rayons constituaient seulement le meilleur traitement possible. Alors, Suzannah, qui était fille de médecin et au fait de la question, avait demandé les statistiques de guérison.

La radiothérapeute, comme Michael, savait ce type de tumeur incurable. La radiothérapie ralentissait seulement son développement. Provisoirement, les symptômes se stabiliseraient, mais l'espérance de vie moyenne dans le cas d'astrocytome comme celui de Suzannah et de Duncan était de un an, tout au plus.

C'est à ce moment que la franchise n'avait plus été possible pour Michael : il ne voulait pas que sa fille sût qu'il lui restait si peu de temps à vivre.

Mais Suzannah avait fini par s'en douter, et c'est elle qui avait demandé à arrêter les rayons. Elle avait opté, à la place, pour un régime alimentaire spécial, assorti de traitements alternatifs.

— On peut toujours espérer une rémission spontanée, Luke, dit Michael.

— Oui, bien sûr.

Les deux médecins savaient combien c'était rare.

— Merci, dit encore Luke, je vous suis infiniment reconnaissant, Michael. Sophie et Jason Hendricks, son mari, seront à votre cabinet demain matin avec Duncan.

Le première impression de Michael, lorsqu'il vit les Hendricks, fut de les trouver incroyablement jeunes. Surtout pour des personnes qui avaient déjà un garçonnet de cinq ans. Il apprit vite que Sophie n'avait que vingt-quatre ans, et Jason, vingt-cinq. Ils formaient un couple splendide, et leur enfant était superbe, avec ses traits très réguliers, et ses immenses yeux bleu clair qui évoquaient des morceaux de ciel.

Tous trois attendaient déjà quand Michael arriva. Voyant les deux parents se tenir la main, il se demanda combien de temps s'écoulerait avant que la monstruosité du drame qu'ils vivaient ne les isole l'un de l'autre, comme cela s'était passé entre lui et Polly.

— Pardon d'être en retard, dit-il, serrant la main des adultes.

Et il leur expliqua qu'il avait été retenu à l'hôpital.

— Je sais ce que c'est, dit Sophie avec un sourire tendu. Papa n'est jamais à l'heure. Il a failli ne pas être là à temps quand mon frère Jacob est né.

La jeune femme, blonde comme les blés et menue mais bien faite, avait de grands yeux gris où se lisait une terreur aveugle. Jason, son mari, possédait le physique d'un joueur de football : très grand, avec de larges épaules et d'épais cheveux châtains taillés en brosse. Un muscle à sa tempe tressautait, incontrôlable. Malgré leur jeunesse, l'un et l'autre avaient déjà une solide expérience de l'angoisse.

Dans la pièce, la tension était palpable. Michael tira une chaise pour s'asseoir près du petit groupe, afin de faciliter le contact. Il sourit à Duncan, qui le regarda avec attention de ses yeux bleus déconcertants. Et l'enfant avança sa menotte, tout confiant, lorsque Michael lui tendit la main. Il avait perdu ses cheveux à la suite de la radiothérapie, mais qu'il fût chauve n'enlevait rien à sa beauté. Au contraire, il paraissait encore plus angélique.

— Tu ressembles beaucoup à ton grand-père Luke, Duncan, lui dit Michael en guise de préambule.

Les yeux de l'enfant s'éclairèrent.

— Vous le connaissez ?

— Bien sûr. Les docteurs se connaissent tous.

— Mon grand-papa Luke, il fait naître les bébés, comme Morgan. Morgan, c'est ma grand-mère, mais elle me permet de l'appeler Morgan.

Duncan rayonnait de fierté, soudain. Puis il demanda :

— Et vous, vous soignez quoi ?

— Je suis ce qu'on appelle un généraliste. C'est-à-dire que je vois toutes sortes de malades.

— Et vous les guérissez, pas vrai ?

Le cœur de Michael s'étreignit.

— Quand je peux, oui.

— Quand je serai grand, je veux être un docteur qui fait naître les bébés, ou alors menuisier, annonça le garçonnet.

Quand je serai grand...

En cet instant, Michael, s'il avait pu choisir, aurait de loin préféré être menuisier.

— Tu pourras peut-être être les deux, répliqua-t-il, s'efforçant de prendre un ton enjoué.

— Pourquoi pas ? Mais d'abord, il faut que cette tumeur dans ma tête s'en aille, dit le gamin avec un parfait naturel. Vous allez me faire beaucoup de piqûres ? Parce que j'aime pas les aiguilles...

— Absolument pas. Cela arrivera peut-être une ou deux fois, mais certainement pas aujourd'hui. Ce matin, je me contenterai de bavarder avec toi, ton papa et ta maman, puis je t'examinerai. Ensuite je lirai ce dossier que vous m'avez apporté, et j'essaierai de trouver comment faire pour que tu te sentes mieux.

L'enfant hocha la tête avec un sourire soulagé.

— Tant mieux. J'aime pas avoir besoin de cannes pour marcher, et mon traitement m'embête : il me donne mal au cœur.

— Je sais. Les rayons, c'est toujours comme ça.

— Morgan m'a donné un poisson. Il s'appelle Oscar.

Manifestement, Duncan en avait assez de parler de sa maladie. Incapable de résister à son charme et à sa spontanéité, Michael demanda :

— C'est un poisson rouge ?

— Oui, il est bien gras, et il dévore quand je lui donne à manger. Et puis après, il plonge dans l'eau.

Duncan se mit à rire, adorable, tellement attachant...

Michael le fit parler de son poisson pendant un moment avant de reporter son attention sur Sophie et Jason. Il leur posa des questions sur les symptômes dont souffrait le garçonnet, les médecins qu'ils avaient déjà consultés, les médicaments qu'on lui avait prescrits, son alimentation, son rythme de vie.

Suivit l'examen proprement dit, auquel l'enfant se prêta sans faire d'histoire. La tumeur avait affecté sa motricité, comme s'y attendait Michael.

— Je vais indiquer des thérapies alternatives qui t'aideront à mieux te porter, Duncan, expliqua Michael, une fois l'examen terminé. D'abord, il faudra que tout le monde chez toi modifie son mode d'alimentation.

Il inscrivit sur une feuille d'ordonnance les titres de deux ou trois livres de cuisine, et le nom d'un nutritionniste qui pourrait aider les parents à réussir la transition. Puis il répondit à leurs questions, et parla des bienfaits des méthodes de visualisation.

Quand Jason partit avec l'enfant, Sophie attendit qu'ils ne puissent plus l'entendre pour formuler la question que redoutait Michael.

— Y a-t-il une chance de guérir Duncan avec ces thérapies alternatives, docteur ?

Du regard, elle suppliait Michael de la rassurer. Hélas...

7.

Au prix d'un effort surhumain, Michael parvint à conserver le ton détaché du professionnel.

— Impossible de vous répondre, Sophie. Il faut nous contenter de croire et d'espérer que Duncan ira de mieux en mieux. Et nous devons l'aider à y croire aussi.

La jeune femme se crispa.

— Oh, c'est qu'il n'en doute pas un instant! Il est absolument certain qu'il guérira, et c'est bien ce qui me tue. Connaissant les statistiques, parfois je...

D'une main lasse, elle essuya une larme sur sa joue.

— Parfois, reprit-elle, je n'en peux plus tellement c'est dur... L'optimisme de mon fils me déchire!

— Je comprends.

Michael aurait dû la réconforter en la prenant par les épaules. Au lieu de quoi, il eut l'impression que quelque chose de très ténu, de très fragile, se briserait en lui s'il effleurait cette jeune femme, et qu'alors, il se ridiculiserait en pleurant lui aussi à chaudes larmes. Un réflexe d'autodéfense l'obligea à se retrancher derrière son bureau où il tripota fébrilement des papiers, attendant que Sophie parvînt à se reprendre.

— Merci de nous avoir reçus, docteur, articula-t-elle enfin.

Et Michael se méprisa pour n'avoir pas su lui exprimer sa sympathie. Il fit de son mieux pour sourire, s'en voulant de son hypocrisie.

— Dites à Valérie de vous donner des rendez-vous toutes les semaines pour que je suive Duncan, déclarat-il. Nous mettrons tout en œuvre pour l'aider, Sophie.

Celle-ci hocha la tête, et quand la porte se fut refermée sur elle, Michael s'affaissa dans son fauteuil de cuir. Son cœur battait sourdement dans sa poitrine, ses mains étaient glacées et il était au bord de la nausée.

Il s'obligea à lire le dossier de Duncan, mais tout lui était si intolérablement familier ! Les scanners, les prélèvements sanguins, les bilans, tout...

Combien de temps s'écoula-t-il avant que Valérie n'annonçât le patient suivant ? Il n'aurait su le dire. Au prix d'un effort de volonté considérable, il réussit à se dresser, refoulant ses émotions dans les zones les plus obscures de son cerveau, et il réendossa son rôle de médecin.

Il était plus de 19 heures, ce soir-là, lorsqu'il rentra chez lui. La journée avait été longue, et il se sentait très las.

Une délicieuse odeur de cuisine l'accueillit, ainsi qu'une musique de jazz endiablée qui résonnait dans toute la maison. Polly n'avait pas mis de disque de jazz depuis des lustres !

— Michael ? appela-t-elle. Je suis dans la cuisine.

Après avoir suspendu sa veste de tweed au vestiaire, Michael la rejoignit. Elle remuait quelque chose dans une casserole, sur le fourneau, et tourna la tête pour sourire à son mari.

— La journée a été dure, j'imagine, doc ?

Elle semblait pleine d'entrain. Dieu qu'elle était jolie dans son étroite jupe longue de toile grise, avec un haut tunique de soie vert foncé !

— Très dure, oui.

Il y avait une trace de coulis de tomate sur la joue de

90

sa femme. Michael la frotta de son pouce, puis l'embrassa rapidement sur les lèvres.

— Que nous mijotes-tu ?

Ses lèvres avaient bon goût, et Polly, quelles que soient les circonstances, était toujours fraîche et appétissante. Quel bonheur de la retrouver si saine, si manifestement en bonne santé, après avoir vu des malades toute la journée !

— Un gratin de courgettes et un pain de poisson. Et il y a de la salade au réfrigérateur.

Une lueur d'excitation scintillait dans les yeux d'ambre de la jeune femme, qui ne tarda pas à s'exclamer :

— Devine ce qui est arrivé aujourd'hui, Michael ? Maman a décidé de faire repeindre l'extérieur de sa maison par Jérôme, quand il aura fini de nettoyer le jardin ! Tu imagines un peu ? Et nous sommes allées toutes les deux acheter la peinture, cet après-midi. Elle voulait choisir une couleur turquoise, mais j'ai réussi à la convaincre de prendre du blanc, avec du vert foncé pour les encadrements de fenêtres.

— En voilà une nouvelle !

Michael s'appuya sur le comptoir, souriant à sa femme.

— C'est épatant qu'Isabelle s'entende avec Jérôme et lui donne davantage de travail, reprit-il. Il en a grand besoin.

Polly hocha la tête avant d'annoncer :

— Et devine quoi ? Je vais repeindre la maison avec lui ! On commence après-demain, à condition qu'il ne pleuve pas. Avoue que c'est génial ! J'ai appelé Norah, qui a du mal à croire que maman ait pris une décision pareille !

— Tu vas repeindre la maison avec Jérôme, dis-tu ?

Michael avait froncé les sourcils.

— Est-ce bien raisonnable, Polly ? Il s'agit d'un travail physiquement éprouvant, il faudra grimper sur un échafaudage. Je ne crois pas que ce soit indiqué pour toi...

Sa femme lui lança un regard incrédule avant de lever les yeux au ciel en s'exclamant, toute bonne humeur disparue :

— Ecoute, Michael, pour une fois que j'ai envie de faire quelque chose ! J'ai besoin de m'occuper à un travail créatif ! Tu ne le comprends pas ?

— Pourquoi ne pas reprendre le dessin ?

D'un geste, Michael indiqua la porte de l'atelier, mais il savait déjà qu'il avait eu tort de faire cette suggestion. Et flûte ! Ces derniers temps, quoi qu'il pût dire, il commettait une maladresse ou un impair.

Comme prévu, Polly rétorqua avec irritation :

— Je ne sais plus dessiner ! Tu ne t'en es pas rendu compte ? Si j'ai eu du talent autrefois, il a disparu !

Elle fusilla son mari du regard pour assener encore :

— Tu ne vois rien, Michael... Toi, tu pars à ton travail tous les jours, ta vie a un but, un centre d'intérêt. La mienne, non. En tout cas, elle n'en a plus.

Michael, qui savait ce qui allait suivre, aurait tant voulu ne pas l'entendre. C'était toujours si douloureux ! Mais comment faire pour qu'elle se tût ?

— Suzannah était le but et le sens de ma vie, reprenait lentement Polly, détachant chacun des mots. Depuis que nous l'avons perdue, je suis désœuvrée, sans rien qui m'oblige à me lever le matin.

Ses immenses yeux couleur d'ambre scintillaient de larmes contenues, et malgré sa voix qui tremblait, elle n'en poursuivit pas moins :

— Sans ma fille, je ne suis plus une artiste, je ne suis plus une mère, je ne suis plus rien.

— Tu es toi-même, Polly ! tenta de protester Michael, tant les propos de sa femme lui faisaient mal. Et tu es ma femme !

Elle secoua la tête.

— Cela ne me suffit pas, Michael. Je veux un autre enfant, je te l'ai toujours dit, mais tu n'es pas d'accord.

Elle porta sur son mari un regard chargé de reproche, et il se raidit, attendant la suite.

Contre toute attente, Polly fit dévier le sujet :

— Il faut que je trouve quelque chose pour remplir le vide de ma vie... Même si cela te paraît dérisoire, repeindre la maison de maman pourrait m'aider. C'est une activité physique qui ne demande pas beaucoup de cervelle. Tant mieux, parce que par moments, j'ai l'impression que mon esprit s'est transformé en éponge.

Michael aussi avait parfois le sentiment qu'une partie de son intelligence était morte en même temps que Suzannah. Au début, il éprouvait du mal pour les choses routinières les plus simples, et sans Valérie, il n'aurait jamais retrouvé les noms de ses patients. Mais avec le temps, sa tête lui revenait lentement.

Il se ressaisit pour tenter de faire entendre à Polly le fond de sa pensée. Mais était-ce bien utile ? Parfois, il lui semblait qu'ils ne se comprenaient plus l'un l'autre, qu'ils étaient devenus des étrangers et que la chose était irrémédiable.

— Je pense à ta sécurité, déclara-t-il pourtant. Travailler sur un échafaudage est dangereux, et je ne voudrais pas qu'il t'arrive malheur.

Curieusement, sa sollicitude adoucit Polly, qui posa la main sur son bras pour dire, comme on parle à un enfant qu'on veut calmer :

— Rien ne m'arrivera, Michael. Je ferai très attention, je te le promets. Et réjouis-toi pour moi, je t'en prie : c'est la première fois depuis longtemps que j'éprouve de l'enthousiasme.

La supplique qui perçait dans sa voix déchira Michael, et le sentiment de culpabilité qu'il connaissait si bien recommença à le tarauder.

— Dans ce cas, fais-le, Pol. Je ne demande qu'une chose : que tu retrouves ta joie de vivre.

Alors il attira la jeune femme dans ses bras pour la tenir serrée, enfouissant son visage dans ses cheveux, sentant contre lui son ossature si fragile, et ses formes douces qu'il aimait tant. Mais tout de suite, la terreur s'insinua en lui, alliée à une forme de honte et à un pénible sentiment d'impuissance.

Il ne pouvait pas protéger de tout cette femme qu'il adorait. Il avait beau être fort, être médecin, cela ne changeait rien : il ne pouvait garantir contre le mal les êtres qu'il chérissait le plus.

Polly avait noué les bras autour de son cou. Il embrassa ses cheveux, s'enivrant de la fraîcheur de son parfum, fermant son esprit à tout excepté aux sensations qu'elle éveillait en lui. Elle rejeta la tête en arrière et lui sourit : un sourire plein de langueur, une invite... Michael se pencha pour s'emparer de sa bouche.

Leur baiser se fit passionné. Polly avait envie de lui, c'était clair, elle ouvrait les lèvres sous les siennes, et leurs deux langues entamaient un ballet voluptueux, si excitant ! Michael serra la jeune femme plus étroitement contre lui, s'émerveillant de ce corps qu'il connaissait si bien, de ces seins fermes contre sa poitrine, de ces hanches étroites oscillant contre son ventre.

Il glissa une main dans le dos de Polly pour empaumer ses fesses. A travers la toile de la jupe, il sentait la minuscule culotte, et la chaleur qui s'en dégageait. L'image du corps nu et offert de Polly l'assaillit, faisant naître en lui l'élan presque douloureux du désir. Elle remuait contre lui, provocante, et leurs langues s'excitaient, affolées.

— Tu crois que le dîner peut attendre, amour ? marmonna-t-il tout contre ses lèvres.

Un gémissement de plaisir lui échappa lorsqu'elle hocha la tête sans répondre.

Il lui entoura la taille d'un bras, fit passer l'autre sous ses genoux et, la soulevant, la transporta dans le salon, jusque sur le douillet canapé. Les rideaux étant tirés, la pièce baignait dans la pénombre du crépuscule. Avec des gestes délicats, pleins de douceur, Michael remonta la longue jupe sur la taille étroite de la jeune femme, puis fit glisser la tunique par-dessus sa tête. Sa lingerie était en dentelle et satin noir, et il la laissa en place pour mieux s'extasier de sa séduction, alors qu'elle était presque nue. C'était sa femme...

Il se débarrassa de sa cravate, puis de sa chemise.

— Tu es si belle, ma Polly, murmura-t-il, ôtant son pantalon et son caleçon.

Puis il s'allongea sur elle, la couvrant de son corps, sentant sa douceur excitante, le soyeux de sa peau, obligeant son esprit à se concentrer sur des images qui peu à peu l'entraînaient dans une déferlante de désir.

Polly caressait sa poitrine, à présent, enfouissant les doigts dans la toison drue qui la recouvrait. Puis elle noua les bras dans son dos en même temps qu'elle écartait les cuisses pour lever les jambes et les poser sur ses reins. Une vague de chaleur humide envahit Michael.

— Maintenant, Michael, oui, prends-moi...

La voix était rauque, chargée de désir, et Polly cambrait les reins pour mieux s'offrir, mordillant le menton de Michael, puis son cou, avide.

— Je te veux, ne me fais pas attendre, je t'en supplie, Michael...

Son sexe gonflé, palpitant, appuya durement sur le petit slip en dentelle, et bientôt Michael écarta ce dernier, juste ce qu'il fallait pour pénétrer la jeune femme.

Cette chaleur... Cette douceur... Cette chair humide, étroite...

Polly se cambra de nouveau, et il glissa plus profond en elle.

Un préservatif. Il lui en fallait un. Ils étaient là-haut, dans le tiroir de sa table de nuit...

Michael se maudit en silence, alors que son corps tout entier vibrait sourdement de désir. Voilà si long-temps que...

— Il faut que j'aille chercher une protection, chérie.

Il se dégagea pour se dresser, mais elle serra les bras autour de ses épaules.

— Non, Michael, je t'en prie, n'y va pas. Je vais avoir mes règles. Aime-moi maintenant, fais-moi l'amour !

L'espace d'un instant aveugle, frénétique, il faillit se laisser aller, mais de nouveau la terreur l'assaillit, froide, dure. Si Polly se retrouvait enceinte...

— J'en ai pour une seconde...

Le temps qu'il redescendît en courant, le charme était rompu. Polly n'avait pas bougé, mais la passion l'avait désertée. Il eut beau l'embrasser, la caresser, tenter de l'exciter par tous les moyens, une distance presque palpable s'était créée entre eux, telle une ombre froide et angoissante, impossible à dissiper.

Pourtant Michael fit de son mieux. Sa sensualité, comme toujours, réagissait à la beauté de sa femme, et quand il fut de nouveau en érection, il enfila le préser-vatif avant de la pénétrer, voulant de tout son cœur, de toutes ses forces, qu'elle prît son envol avec lui. Hélas au bout d'un long moment de ce va-et-vient lent et sen-suel, qu'elle aimait tant autrefois, elle murmura :

— Je ne peux pas avoir de plaisir, Michael. Jouis, toi...

Elle avait parlé comme quelqu'un de battu, vaincu. C'était un échec. Un de plus pour leur couple.

Le désir déserta Michael comme si on avait débran-ché en lui une prise de courant.

— Je t'aime, Polly, souffla-t-il.

C'était la vérité, mais elle ne réparerait pas ce qui était brisé entre eux. Michael tint la jeune femme serrée contre lui quelques instants encore, avant de se lever et de gagner la salle de bains.

Toute la soirée, ils furent extrêmement polis l'un envers l'autre.

Deux jours plus tard, alors que le soleil matinal chauffait déjà et que le parfum des lilas embaumait, Polly se souvenait dans ses moindres détails de cette misérable soirée. En dépit du beau temps, un sentiment de frustration mêlée de colère l'envahit de nouveau.

Vêtue d'un short en jean et d'une chemise à carreaux, les cheveux protégés par une casquette de toile, elle était assise au sommet de l'échafaudage dressé contre le mur latéral de la maison d'Isabelle. Armée d'un grattoir, elle s'attaquait aux restes de vilaine peinture grise qui s'écaillait un peu partout.

Au-dessous d'elle, Jérôme parlementait avec sa fille tout en replaçant les piquets de la clôture qu'il avait remise en état.

Dans son impatience à commencer à peindre, Polly avait offert d'attaquer le décapage de la vieille peinture. Et comme toujours, l'avantage, avec le travail manuel, c'est qu'on avait l'esprit libre pour penser à autre chose. Polly plissa le nez. Ce n'était pourtant pas toujours bénéfique... Ainsi, elle ne cessait de songer à Michael et à leur vie sexuelle qui allait s'amenuisant. L'autre soir, elle avait eu envie de lui, elle l'avait désiré de toutes les fibres de son être. Mais cette fichue histoire de préservatif lui avait fait l'effet d'une douche froide.

Tout à son ressentiment, Polly se remit à gratter le mur avec une énergie renouvelée. Pourquoi avait-il fallu que Michael gâche tout ? N'était-il pas capable de laisser la passion et le désir les engloutir tous les deux ?

Comme autrefois. Autrefois, tout était si facile entre eux... Ils s'aimaient, se désiraient, faisaient l'amour aussi librement qu'ils respiraient. Et le désir les prenait n'importe quand, n'importe où... Ainsi, à cette soirée chez les Fieldings, quand...

— Comment ça va, là-haut?

Polly sursauta et dut se tenir au bord de l'échafaudage pour ne pas basculer de surprise.

— Attention de ne pas tomber! Désolé de vous avoir fait peur...

D'en bas, Jérôme la regardait, les yeux dissimulés derrière des lunettes de soleil.

— Je vous rejoins. Je viens de finir la clôture. Je vous monte quelque chose à boire? Il fait déjà chaud.

— En effet, et c'est assez inattendu... Dites, il y a davantage à gratter que je n'imaginais.

— A deux, ça ira vite, assura Jérôme. Que voulez-vous boire?

— J'ai apporté des petites bouteilles d'eau minérale. Elles sont dans le réfrigérateur. Prenez-en une pour vous, et montez-m'en une autre.

Isabelle était sortie. A l'arrivée de sa fille, ce matin, vers 9 heures, elle avait annoncé qu'elle irait faire des courses, puis qu'elle déjeunerait avec des amis. A la suite de quoi, elle était partie toutes voiles dehors, superbe avec son chapeau de paille et son ensemble en seersucker bleu clair.

Il faut dire qu'Isabelle était toujours élégante. Chaque fois qu'elle la voyait sortir fraîche, nette et impeccable, du chaos de sa chambre à coucher, Polly n'en revenait pas.

Un court moment après, Jérôme grimpait l'échelle pour s'installer sur l'échafaudage avec une grâce athlétique. Il tendit à Polly la bouteille d'eau demandée, puis entreprit de gratter la peinture.

— Papa, tu as vu mes bulles de savon?

Assise sur un petit siège en plastique au milieu du jardin, Clover tenait à la main un verre d'eau savonneuse et une paille qu'Isabelle lui avait donnés avant de partir. Un moment plus tôt, Polly avait entendu Jérôme lui interdire de s'approcher du mur de la maison contre lequel était dressé l'échafaudage. C'était dangereux, avait-il expliqué.

Or, voilà que la fillette s'était levée pour aller se poster juste en dessous de l'échelle. Et elle lança d'une voix geignarde :

— Je veux monter avec toi, papa.

Polly abaissa son regard sur l'enfant, et dut se pincer pour ne pas lui ordonner vertement d'aller jouer plus loin. Près de l'échelle, sous l'échafaudage, c'était dangereux, Jérôme l'avait dit.

Ce dernier, sans une trace d'impatience, ordonna gentiment mais fermement :

— Mets-toi plus loin, chérie. Je t'ai demandé de ne pas t'approcher de l'échelle.

— Mais je veux monter avec toi ! geignit encore Clover, le pied sur le premier barreau de l'échelle.

De nouveau, Polly se fit violence pour ne pas gronder la fillette, tandis que Jérôme, image vivante de la patience, lui redemandait gentiment de s'écarter, ajoutant qu'il descendrait auprès d'elle si elle obéissait.

Clover le fit, et son père dégringola de son perchoir pour la prendre dans ses bras et lui murmurer des mots gentils. Puis il l'embrassa dans le cou, et l'enfant éclata de rire.

Polly observait la scène, les sourcils froncés. Pourquoi éprouvait-elle tant d'aversion pour Clover ? Ce n'était qu'une petite fille, tout de même !

Elle absorba une gorgée d'eau, s'efforçant de se raisonner, sans cesser d'observer Jérôme et Clover, en contrebas.

Il était normal qu'une petite fille s'ennuie toute seule, et cherche à attirer l'attention de son père. Mais cela risquait de ralentir considérablement le rythme du travail. Et de nouveau, Polly fut gagnée par l'irritation.

Jérôme la rejoignit bientôt sur l'échafaudage, et déclara :

— Elle trouve le temps long, ici. Il faudrait qu'elle soit avec d'autres enfants, quand je travaille.

Sur quoi, il recommença à gratter. Et puis, à brûle-pourpoint, il demanda :

— Vous avez des enfants, Polly ?

Les gestes de celle-ci se ralentirent aussitôt. Elle aurait dû s'attendre à cette question, qui pourtant la prenait au dépourvu. Y répondre lui causait toujours une intense souffrance. Mais Jérôme ne pouvait pas savoir...

8.

— J'avais une petite fille... Suzannah. Elle est morte il
y a un an, en février. Elle avait neuf ans.

— C'est terrible !

Bien que compatissant, Jérôme ne manifestait pas la
gêne de la plupart des gens, lorsque Polly leur parlait de
Suzannah.

— J'avais un frère qui est mort à huit ans, ajouta-t-il
au bout d'un moment. Il s'appelait Billy. Il avait seulement onze mois de plus que moi, et nous étions comme
des jumeaux. Nous couchions dans le même lit, portions
les mêmes vêtements... Je pense toujours à lui. J'essaie de
l'imaginer en adulte : quelle serait sa voix, s'il serait
aussi grand que moi... C'est pareil pour Suzannah, j'imagine ?

Polly le fixa, les yeux écarquillés, et réussit à hocher la
tête.

Il l'avait si bien comprise, et de façon si intuitive
qu'elle en était saisie, elle, tellement habituée à la gau-
cherie embarrassée des gens quand ils apprenaient le
drame de sa fille. Et puis, elle sentait bien leur soulagement lorsqu'elle changeait de sujet. Et voilà que ce jeune
ouvrier lui manifestait, de façon ô combien inattendue,
cette compréhension presque instinctive qu'elle n'avait
jamais trouvée chez ses propres amis.

Et pas seulement chez eux, songea-t-elle avec une lucidité teintée d'amertume : chez Michael aussi, lui qui refusait obstinément de parler de Suzannah depuis qu'elle était morte.

Que son mari ne voulût pas évoquer avec elle les précieux souvenirs de leur enfant l'avait blessée au plus profond de son être.

— De quoi est-elle morte, votre fille ? demandait à présent Jérôme sans cesser de peindre.

— Tumeur au cerveau.

— Billy a eu une leucémie.

— Il y avait d'autres enfants dans votre famille ?

— Oh, oui ! Nous étions sept : quatre garçons et trois filles, mais nous n'avons pas été élevés ensemble. Après la mort de Billy, les services sociaux nous ont confiés à des familles d'accueil, et nous avons été séparés.

Polly ne dit rien pendant un moment, puis finit par soupirer.

— Comme vous avez dû souffrir ! D'abord, vous avez perdu votre frère, puis toute la famille a éclaté...

Son compagnon haussa les épaules.

— On s'y est fait. Aujourd'hui, je comprends que c'était la meilleure solution. Mes parents étaient alcooliques, voyez-vous. La vie avec eux n'était pas toujours facile. Il n'y avait pas grand-chose à manger, on ne pouvait pas compter sur eux. Pendant longtemps, j'ai cru que Billy était tombé malade parce que nous avions faim. Aujourd'hui, bien sûr, je sais que cela n'a aucun rapport, mais on se fait des idées bizarres quand on est gosse.

Sur ces mots, Jérôme risqua un regard vers sa fille qui s'amusait maintenant avec un arrosoir.

— Clover m'a demandé l'autre jour si sa maman était partie parce qu'elle avait été vilaine avec elle, reprit-il.

— Que lui avez-vous répondu ?

— D'abord, j'ai été pris de court. Je n'imaginais pas qu'elle puisse éprouver, si jeune, une culpabilité pareille ; et j'ai fini par lui dire que sa maman l'aimait beaucoup et qu'elle n'avait pas voulu la laisser. Mais elle savait que Clover serait bien avec moi. Et j'ai ajouté que les papas n'abandonnaient jamais, jamais, leurs petites filles.

Il avait parlé avec une force qui en disait plus long que ses mots.

— C'est une belle réponse, Jérôme.

— Merci, murmura-t-il avec un regard reconnaissant. Je vous le dis, les gosses s'y entendent pour nous déconcerter.

Durant l'heure suivante, les deux adultes partagèrent leurs souvenirs d'enfance, interrompus assez fréquemment par Clover qui réclamait l'attention de son père. Polly s'étonna de se livrer si facilement à quelqu'un qu'elle connaissait à peine : ainsi, elle raconta tout naturellement que son père et sa mère se disputaient souvent, jadis, puis se séparaient avant de se réconcilier, et combien cette vie tumultueuse les avait déstabilisées, Norah et elle.

Jérôme semblait en phase avec elle, et il lui parla des différentes familles d'accueil dont il avait partagé la vie pour des durées chaque fois incertaines.

— A force de changer de foyer, on a l'impression de ne pas compter pour grand-chose, conclut-il, et parfois même d'être de trop.

— C'est bien ce que nous ressentions, Norah et moi, autrefois. Vous continuez à voir vos frères et sœurs, Jérôme ?

Il secoua la tête.

— On a été tellement ballottés de droite à gauche qu'on a perdu le contact. Oh, je sais où ils sont, et parfois, nous échangeons des cartes de Noël, mais cela ne va pas plus loin... Deux de mes sœurs sont installées dans le nord, et la troisième en Alaska. Quant à mes deux frères, ils ont intégré l'armée canadienne et vivent quelque part en Ontario. Tout le monde est marié, et j'ai des kyrielles de neveux et nièces que je ne connais pas. Dommage qu'aucun ne vive par ici : Clover profiterait de ses cousins, oncles et tantes.

— Suzannah adorait ma sœur, Norah, qui jouait son rôle de tante à la perfection, confia Polly, qui s'abstint de mentionner Isabelle.

Sa mère, en effet, n'avait pas été une bonne grandmère.

— Que fait votre sœur ?

— Elle est sage-femme à l'hôpital St Joseph, et célibataire. Vous ferez sa connaissance, car elle doit passer cet après-midi, en sortant de son travail.

Tous deux redescendirent de l'échafaudage à l'heure du déjeuner, et pique-niquèrent dans le jardin en compagnie de Clover. Polly fit un effort pour amadouer la petite fille, qui demeura cependant distante, lui jetant à la dérobée des regards méfiants, et s'accrochant aux cuisses de son père.

Le repas fini, Jérôme l'installa pour la sieste sur la banquette de sa camionnette. Il avait apporté un oreiller et une couverture, et s'assit à côté d'elle pour lui chanter une berceuse, la main doucement posée sur ses cheveux. Bientôt, Clover dormait à poings fermés.

Depuis l'endroit où elle était, Polly ne les avait pas quittés des yeux. Cette scène d'intimité familiale l'émouvait et lui rappelait les soirs où elle caressait le dos de Suzannah, pendant que Michael lui racontait une de ces histoires farfelues dont il avait le secret et qui enchantaient la fillette. Curieusement, ces souvenirs n'étaient plus chargés de souffrance, mais seulement de nostalgie. Polly éprouvait tout à coup une sorte de bien-être à évoquer les moments heureux passés avec sa fille. C'était nouveau.

Ils reprirent bientôt leur travail sur l'échafaudage, et comme ils n'étaient plus interrompus par Clover qui dormait, il leur fallut moins d'une heure pour achever le décapage du mur. Ils attaquèrent aussitôt la peinture du rebord du toit. Polly n'aimait pas beaucoup le vert cru choisi par Isabelle, mais à mesure que le bois terne disparaissait sous la joyeuse teinte vive, elle s'y habitua et finit par le trouver plutôt seyant.

— Une nouvelle carrière s'ouvre peut-être devant moi, plaisanta-t-elle. Je pourrais vendre mes services en tant que peintre en bâtiment.

— Attendez que nous ayons effectué la moitié du travail, et vous risquez de changer d'avis, fit valoir Jérôme, amusé. Et dites-moi, quelle brillante carrière abandonneriez-vous pour cette nouvelle vocation ?

C'était encore une question qui mettait Polly mal à l'aise.

— Je n'ai pas de vrai métier, avoua-t-elle. Au lieu d'aller à l'université, j'ai fait les beaux-arts, mais je n'ai jamais réellement travaillé.

— Quelle est votre spécialité artistique ?

— Je dessine. Des portraits, principalement, et parfois des académies. Le plus souvent au fusain. Mais j'aime aussi l'aquarelle. Cependant, voilà quelque temps que je ne fais plus rien.

— Pourquoi donc ?

— Depuis la mort de Suzannah, je ne m'en sens plus capable. Je crois que j'ai fait mes meilleurs dessins quand elle était bébé, puis pendant sa petite enfance. Je prenais des photos d'elle, et je m'en inspirais pour travailler quand elle dormait. Lorsqu'elle est entrée à l'école, je me suis inscrite à un cours de dessin deux fois par semaine.

Sans raison, Polly avait les yeux pleins de larmes, soudain. Elle poursuivit néanmoins :

— Depuis un an, j'ai essayé plusieurs fois de recommencer à dessiner, mais je n'y suis pas arrivée. Je crois que je n'ai plus de talent.

— N'ayez crainte, il reviendra.

Comment Jérôme pouvait-il l'affirmer ?

Polly essuya furtivement une larme avant de plonger son pinceau dans le pot de peinture.

— Espérons que vous avez raison, mais j'en doute.

Jérôme reprit, au bout d'un moment de silence :

— C'est pour cela que vous étiez si enthousiaste à l'idée de peindre la maison. Vous verrez, ce travail vous rapprochera de votre art.

Polly crut qu'il la taquinait : la peinture en bâtiment était tellement éloignée de ce qu'elle faisait autrefois ! Mais quand elle lui lança un regard de biais, elle vit qu'il était aussi sincère que sérieux.

— On ne vous a jamais dit que vous étiez un optimiste, Jérôme ?

Il hocha la tête en souriant.

— Si, Tiffany, chaque fois que nous nous disputions.

Il ajusta ses lunettes de soleil sur l'arête de son nez avant de reprendre :

— Avec une vie comme la mienne, il vaut mieux voir le bon côté des choses... Sinon, il n'y a plus qu'à se suicider.

Polly sentit un élan de tendresse l'entraîner vers son compagnon. Quel homme adorable ! Bon, simple, ouvert et si facile...

Il lui donna quelques conseils qui l'aidèrent à travailler plus vite, et de façon plus efficace. L'après-midi avançant, ils finirent par former un solide tandem, abattant davantage de besogne qu'ils n'auraient cru. Isabelle revint vers 14 heures et s'extasia devant l'avancée des travaux. Puis, quand Clover s'éveilla, après une longue sieste, elle lui apporta un jus d'orange ainsi qu'un paquet de galettes, que la fillette dévora de bon appétit.

Autrefois, Isabelle agissait exactement ainsi avec Suzannah, et le fait de la voir renouer avec ces habitudes exaspéra Polly. Jérôme, lui, demeurait imperturbable.

— Toutes ces sucreries ne sont pas bonnes pour ses dents, maman, finit par lancer Polly du haut de son échafaudage. Cette gamine va devenir obèse, à force d'ingurgiter des douceurs !

— Occupe-toi de tes affaires, là-haut, et continue à peindre, rétorqua Isabelle. Dès que Clover sera rassasiée, nous irons nous promener au parc. Pas vrai, petite ? Si ton papa est d'accord, évidemment.

Jérôme était d'accord, et peu après, Isabelle et la fillette disparaissaient par le chemin du fond du jardin.

— C'est gentil à votre mère d'occuper Clover, fit valoir Jérôme. Attendez une seconde, je reviens tout de suite : j'ai oublié de leur donner de la crème solaire. Clover a la peau très fragile, et elle attrape facilement des coups de soleil.

Il descendit l'échelle à la hâte et courut derrière la fillette et Isabelle. Quelques instants plus tard, il était de retour.

— Clover tient sans doute de sa mère, observa Polly. Avec votre peau bronzée, vous ne semblez pas sujet aux coups de soleil.

— Tiffany est brune avec la peau mate. Elle non plus n'attrape pas de coups de soleil. Clover ne tient ni d'elle ni de moi.

— Ce sont les hasards de la génétique, fit remarquer Polly, trempant son pinceau dans la peinture. Suzannah ne me ressemblait en rien, mais elle avait mes yeux. Pour le reste, elle était le portrait de son père.

— Moi, je ne suis pas certain d'être le vrai père de Clover, avoua alors Jérôme. Tiffany avait une liaison avec un autre homme, quand je l'ai rencontrée... Elle n'était pas sûre de n'être pas enceinte au moment où nous avons commencé à vivre ensemble.

Polly le dévisagea, sidérée, et même profondément choquée.

— Et cela ne vous ennuie pas de savoir que Clover n'est peut-être pas votre fille ?

— Non.

Jérôme n'avait pas marqué la moindre hésitation. Il ajouta :

— Pour moi, c'est mon enfant. J'ai assisté à sa naissance, et nous savons tous les deux que je suis son papa.

Polly demeura sans voix, incapable de comprendre comment il pouvait assumer seul la responsabilité d'une enfant qui n'était peut-être pas la sienne. Elle-même en aurait été incapable. Un jour, au cours d'une dispute avec Michael sur le sujet d'un second enfant, il avait suggéré d'en adopter un, et Polly avait su d'instinct qu'elle ne le pouvait pas. Peut-être était-ce égoïste et mesquin de sa part, mais qu'y faire ?

Ils continuèrent à travailler en silence, et au bout d'un moment, elle demanda :

— Pensez-vous que nous aurons fini la corniche de ce côté du toit, aujourd'hui ?

— Bien sûr. Nous formons une bonne équipe : l'artiste et le bricoleur. L'attelage n'est pas mauvais, vous ne trouvez pas ?

Il lui adressa un sourire sans la moindre équivoque, mais qui emplit Polly de chaleur. On devait éprouver semblable bien-être avec un frère, se dit-elle. Ah, comme elle avait regretté de n'avoir qu'une sœur, lorsqu'elle était adolescente !

— Peu de temps après la mort de Suzannah, on m'a fait entrer dans le service de psychiatrie de l'hôpital où je suis restée quelques jours, dit-elle alors.

Elle fut la première surprise de cet aveu.

— Là, poursuivit-elle, j'ai rencontré une psychologue, Frannie Sullivan, et j'ai réussi à lui parler. Je ne sais pas si j'aurais survécu sans elle. Bref, je vous dis cela parce que je trouve que nous nous sommes ouverts très spontanément l'un à l'autre, aujourd'hui... Frannie disait que les gens se protègent toujours derrière une armure pour dissimuler leurs vrais sentiments, que ce soit la tristesse, la peur, ou l'insécurité.

Elle sourit avant d'ajouter :

— C'est vrai, je m'en rends compte souvent. Mais

108

aujourd'hui, avec vous, c'était différent. Je n'ai pas eu besoin d'armure.

Jérôme hocha la tête. Il semblait embarrassé, mais ce qu'il avait entendu ne paraissait pas lui déplaire.

— C'est réciproque, répliqua-t-il. J'étais un peu nerveux parce que vous êtes la femme d'un médecin, et que moi, j'ai à peine terminé l'école... Mais il est facile de vous parler, Polly.

— Merci.

A cet instant, la voix de Norah retentit.

— C'est tout ce que vous avez peint aujourd'hui ? s'écria la sœur de Polly sur le ton de la plaisanterie.

Polly rétorqua, amusée :

— On voit que tu ne peins pas souvent ! Jérôme, cette personne qui nous critique désagréablement est ma sœur, Norah Rafferty. Norah, voici Jérôme Fox.

— Si vous faisiez une pause ? proposa alors Norah. J'ai apporté de la limonade bien fraîche, et des brioches.

— On arrive ! s'exclama Polly. Il fait chaud, là-haut, et le travail manuel creuse.

Elle dégringola à la hâte les degrés de l'échelle, Jérôme sur ses talons, et tous trois s'installèrent à la table de jardin.

— Où est maman ? s'enquit Norah, remplissant trois gobelets en plastique de limonade glacée.

— Elle a emmené Clover, la fille de Jérôme, se promener au parc.

— Quel âge a votre fille, Jérôme ?

— Quatre ans. Polly m'a dit que vous étiez sage-femme à l'hôpital ? Ça doit être excitant, d'aider des bébés à venir au monde. Moi, j'ai assisté à la naissance de Clover, mais j'ai failli tourner de l'œil.

Les deux sœurs éclatèrent de rire.

— Souvent les papas s'évanouissent, en effet, reconnut Norah. Ce n'est pas grave, et je trouve que je fais le plus beau métier du monde. A l'hôpital, je ne vois pas le temps passer. Et vous, Jérôme, que faites-vous, quand vous ne repeignez pas les maisons?

Polly laissa sa sœur et Jérôme faire plus amplement connaissance, sans prendre part à la conversation. Comme d'habitude, Norah n'était pas maquillée. Elle portait un pantalon beige tout à fait quelconque, et une chemise en madras qui ne la mettait pas en valeur; pourtant, en parlant de son métier et en interrogeant Jérôme sur le sien, elle manifestait un enthousiasme qui lui donnait une sorte de beauté rayonnante.

Polly observa Jérôme : de toute évidence, il trouvait Norah belle et attirante, en cet instant. Il ne la quittait pas des yeux, et buvait littéralement chacune de ses paroles.

— Je travaillerais même si je n'étais pas payée, affirmait maintenant Norah. Et je ne me vois pas renoncer à mon métier pour en exercer un autre.

— Je n'ai pas ce genre de vocation, répliqua Jérôme, mais j'aimerais arriver à mettre de l'argent de côté pour monter une mini brasserie. Depuis quelques années, je m'amuse à préparer de la bière selon une vieille méthode traditionnelle, et c'est très intéressant. J'aimerais beaucoup posséder un endroit où les gens feraient leur propre bière en expérimentant des méthodes différentes.

Suivit une discussion animée avec Norah, que Polly eut du mal à suivre. Aussi laissa-t-elle son esprit vagabonder. Du métier de sa sœur, elle en vint à songer au bébé qu'elle rêvait d'avoir et que lui refusait Michael. Comme toujours quand elle y pensait, un sentiment de colère et de frustration l'assaillit. Pourquoi son mari ne voulait-il pas de ce bébé dont elle avait envie depuis si longtemps? Elle avait beau le raisonner, le supplier, et même le menacer, il...

— Polly?

La voix insistante de Norah ramena la jeune femme au présent. Une bonne partie de la conversation lui avait échappé. Elle s'obligea à sourire.

— Pardon, je rêvassais. Je n'ai pas entendu ce que vous disiez.

— Simplement, j'informais Jérôme que demain est mon jour de congé, et j'aurais été heureuse de vous aider à peindre. Si cela ne vous ennuie pas, évidemment.

— Absolument pas, au contraire ! Avec toi, nous irons beaucoup plus vite.

L'enthousiasme de Polly n'était pas sincère : elle était en vérité fort déçue. Elle n'avait aucune envie du concours de sa sœur, désirant garder Jérôme pour elle toute seule.

— Pardon, je te rappelle. Je n'ai pas pu vous voir que
je te disais.

— Aujourd'hui, quelqu'un dirait que Mimmin se
sent un peu seule... Elle a besoin de tous nos soins...
a pensé... si cela se stoic encore une grosse ment...

— vous n'avez pas si contente maintenant vous avez
beaucoup fait...

L'importance de Mitou s'est encore accru... elle était
en train malade... Elle a maintenant perdu sa
démarche de sa entre et ses petits fétiche pour elle
toute seule.

9.

Après le départ de Norah, Polly et Jérôme remontèrent sur l'échafaudage. Oui, cette conversation facile avec son compagnon plaisait infiniment à Polly, elle devait l'admettre, et le travail en devenait bien plus agréable. Voilà si longtemps qu'elle n'avait parlé aussi librement... Comme autrefois, avec Michael...

La peur l'étreignit, soudain. Oui, auparavant, ils avaient tant de liberté dans leurs propos, l'un avec l'autre... Ils partageaient tout, se disaient tout avec une facilité et une spontanéité qui constituaient un ciment solide pour leur couple. Ensuite, tout avait changé, et Polly dévoilait maintenant ses pensées les plus intimes à un homme qu'elle connaissait à peine, alors qu'elle était incapable de le faire avec son mari que pourtant elle aimait ! L'écart qui s'était creusé entre eux n'en paraissait que plus infranchissable.

— Je reviens dans une minute, annonça-t-elle tout à coup à Jérôme, avant de dégringoler les barreaux de l'échelle.

Elle se précipita dans la maison pour appeler Michael à son cabinet, depuis son téléphone portable. Valérie répondit, et quelques instants plus tard, Michael était en ligne. Pour masquer son angoisse, Polly prit un ton badin :

— Docteur Forsythe, je suis une de vos admiratrices. Pourrions-nous nous rencontrer ?

— Cela devrait être possible.

A la réserve dans la voix de son mari, Polly sut qu'il se trouvait avec un patient. Elle reprit :

— Dînons ce soir à 20 heures, au Veggie, voulez-vous ?

— Excellente idée. Comment marche la peinture ?

— Le vert n'est pas précisément mon genre, mais ma mère est enchantée.

Michael se mit à rire avant d'ajouter :

— Fais attention quand tu montes à l'échelle.

— N'aie pas peur.

Polly raccrocha, songeuse. Car il y avait des choses bien plus dangereuses que de monter sur une échelle.

Polly avait choisi ce restaurant dans Denman Street pour son atmosphère intime et calme. Le maître d'hôtel venait de prendre leurs commandes, et ils buvaient un verre de vin en apéritif. Un piano jouait en sourdine, et la jeune femme, détendue, se sentait très à son avantage. En revenant de chez sa mère, elle avait pris un long bain chaud et parfumé, s'était fait les mains pour réparer les dégâts occasionnés par les travaux de peinture, puis avait essayé toutes les tenues de sa penderie, avant d'opter pour cette robe toute simple en jersey de soie ivoire qu'elle portait ce soir.

Michael était arrivé en retard, comme d'habitude. Il était plus de 19 h 30 lorsqu'il avait surgi dans la maison, tout confus, avant de se ruer dans la salle de bains pour se doucher et se changer.

A présent, Polly, qui lui faisait face, le trouvait beau et séduisant. Mais quelque peu préoccupé, également. Elle remarquait pour la première fois des petites rides aux coins de ses yeux.

— Il faut que nous parlions, Michael.

— Hélas, oui, il le faut, Pol.

Avec un soupir, Michael posa ses lunettes sur la nappe blanche, mais au lieu de fixer sa femme, son regard s'évada vers la fenêtre.

— Il faut que nous discutions de cette histoire d'argent, reprit-il. J'ai tardé à te tenir au courant tant que j'ai pu, mais...

— Histoire d'argent, dis-tu?

Polly, qui avait réfléchi toute la soirée à la meilleure façon d'aborder avec lui les problèmes apparus aujourd'hui, pendant ses conversations avec Jérôme, ne comprenait pas. Elle fronça les sourcils, et soudain l'évidence s'imposa.

— Ah, tu veux parler de l'affaire de Raymond Stokes?

Michael hocha la tête.

— J'ai vu les gens de la brigade financière, ce matin. Ils m'ont confirmé que l'on ne récupérerait vraisemblablement pas l'argent détourné par Raymond, même si on arrive à le localiser.

— Mais tu m'as dit que nous n'étions pas menacés? Que notre situation financière n'était pas catastrophique?

— Elle ne l'est pas. Du moins pas encore. Cependant il va falloir faire attention, Polly. Et d'abord réduire nos dépenses au moins pendant quelque temps. Quant à moi, je travaillerai davantage, et je prendrai plus de patients pour récupérer ce que nous avons perdu.

Polly porta sur lui un regard incrédule.

— Tu travailles déjà beaucoup trop, Michael! Tu n'es quasiment plus jamais à la maison.

Le constat ressemblait à une accusation, mais Polly ne disait que la vérité. Comment Michael pourrait-il travailler plus, alors qu'il s'épuisait déjà à la tâche?

Un serveur posa devant eux leurs assiettes. Polly attendit qu'il se fût éloigné pour reprendre, avec une impatience mal contenue:

— Ne vaudrait-il pas mieux faire un emprunt qui nous

permettrait de franchir ce cap difficile sans que tu te sur-
mènes davantage ?

— Un emprunt ? répéta Michael avec un petit rire
creux. J'ai déjà emprunté pour couvrir nos frais du mois
dernier, et nous sommes à la limite de notre endettement.
D'ailleurs la banque refuse d'hypothéquer davantage la
maison.

Polly posa sa fourchette. Ce qu'elle mangeait avait du
mal à passer, tout à coup.

— Que... qu'essaies-tu de me dire, Michael ? Que
nous sommes ruinés ?

— Non, bien sûr que non !

Il avait protesté avec impatience, sans chercher à être
rassurant.

— Je dis seulement qu'il va falloir réduire nos
dépenses de façon draconienne, le temps que je reconsti-
tue les économies qui nous permettaient de vivre très lar-
gement, avant la fuite de Raymond. Et toi, tu devras faire
attention à ne pas trop dépenser pendant ce temps-là.

Polly n'avait jamais entendu son mari parler avec
autant d'amertume et d'emportement, et elle comprit
alors que les soucis l'accablaient. Le moment était donc
mal choisi pour évoquer leurs difficultés de couple,
même si elles étaient graves et la rendaient malheureuse.
Michael était déjà soumis à trop forte pression. Le tourmenter encore avec des problèmes d'ordre sentimental
pourrait s'avérer désastreux.

Aussi, même si c'était pénible et angoissant, il faudrait
continuer à vivre ensemble cahin-caha, avec beaucoup de
non-dits, en attendant que les difficultés financières
fussent réglées et que Michael fût plus disponible pour
entendre la vérité sur la triste réalité de leur vie conjugale.

— Tu peux compter sur moi, je ferai tout pour t'aider,
s'entendit-elle répondre.

Déjà elle se sentait coupable d'avoir tant dépensé ce

mois-ci : il y avait eu le tailleur, et les divers vêtements et accessoires, puis le service de vaisselle, la montre pendentif pour Norah, et puis, et puis... En vérité, Polly ne se souvenait même plus de tout ce qu'elle avait débité avec sa carte bancaire. Au fil des mois, elle avait pris l'habitude de dépenser sans compter, et jamais, Michael ne lui avait fait la moindre remarque à ce propos.

A présent, elle avait honte. Pourquoi ? Parce qu'elle ne comprenait pas comment elle avait autant changé. Sur le plan de l'argent, depuis quelque temps, au lieu d'être pour son mari une partenaire adulte et responsable, elle s'était comportée comme une enfant gâtée, avide et capricieuse. Et c'est bien ainsi qu'il l'avait traitée, d'ailleurs.

Du coup, elle en éprouva un sentiment de colère.

— Pourquoi m'avoir caché la gravité de la situation, Michael ? demanda-t-elle âprement. Je suis ta femme, j'ai le droit de savoir. Nous sommes partenaires, embarqués sur le même bateau, et censés partager le meilleur comme le pire, me semble-t-il.

— Le meilleur, il n'y en a pas eu beaucoup ces temps-ci, Polly, et sans doute ne voulais-je pas t'imposer, en plus du reste, ces soucis financiers. Tu... tu semblais mieux, ces dernières semaines. J'avais peur de te voir replonger...

— Je semblais mieux, dis-tu ? Mais, Michael, je ne suis tout de même pas une malade ! Perdre Suzannah n'a pas été une maladie dont je guérirai un jour ou l'autre ! Comment oses-tu me traiter comme un patient ou... ou comme une enfant dont il faut satisfaire tous les caprices ?

Sa voix avait monté, et de nombreux regards convergeaient vers leur table. Quelle importance ? Polly était hors d'elle à cause de la condescendance qu'elle avait sentie chez son mari. Dans sa rage, elle était prête à lui assener tous les griefs qu'elle nourrissait contre lui. Ne la blessait-il pas dans son cœur et dans son corps, en négligeant leur couple comme il le faisait ?

Michael dut la sentir prête à exploser, car il déclara, toujours maître de lui :

— L'endroit est mal choisi pour discuter de tout ceci. Si tu as fini, Polly, partons, veux-tu ?

— Je n'ai plus faim, murmura-t-elle, incapable de manger davantage, bien qu'elle eût à peine touché au contenu de son assiette.

Michael se leva, et alla régler l'addition à la caisse. Le temps qu'ils se retrouvent tous les deux dans la rue, Polly s'était calmée. Mais elle savait que, tôt ou tard, elle devrait parler avec son mari des problèmes qui la torturaient, et pour la première fois depuis qu'ils étaient mariés, elle avait peur de l'affronter.

Ils regagnèrent la voiture en silence, et ne parlèrent pas davantage durant le trajet jusqu'à la maison. L'atmosphère était tendue, entre eux. A peine arrivé, Michael disparut dans son bureau, marmonnant des mots vagues au sujet de dossiers à mettre à jour.

Polly monta dans sa chambre et avala le somnifère dont elle voulait se déshabituer et, peu de temps après, elle sombrait dans un sommeil lourd. Elle n'entendit pas Michael se coucher à côté d'elle, et à son réveil, le lendemain matin, il était déjà parti pour l'hôpital.

Elle prit une douche rapide avant de filer à toute allure chez sa mère. Dieu, comme il était rassurant d'avoir un travail, un endroit où se rendre, des gens à qui parler ! Pendant quelques heures, elle pourrait ainsi oublier que son mariage allait droit à la catastrophe.

Norah était déjà sur place. Jérôme aussi.

Tous trois travaillèrent en échangeant des plaisanteries qui les amusèrent beaucoup, et si Polly riait un peu trop fort, si ses mots d'esprit étaient un peu forcés, les deux autres ne parurent pas s'en apercevoir.

Le lendemain, Norah retourna à l'hôpital, aussi Polly travailla-t-elle seule avec Jérôme. Toute la semaine qui suivit, elle peignit du matin jusqu'au soir, s'épuisant physiquement comme elle ne l'avait jamais fait, et s'interdisant de penser à ses problèmes de couple. Le soir, elle rentrait chez elle trop fatiguée pour préparer un vrai repas, et se contentait d'un potage et d'une salade avalés en vitesse, avant de se mettre au lit.

A présent, elle parvenait à dormir sans médicament. A peine couchée, elle plongeait dans un sommeil profond et réparateur. Quant à Michael, elle le voyait fort peu. Il travaillait davantage qu'avant, et ne protesta même pas lorsque Polly et Jérôme décidèrent de peindre le dimanche après-midi.

Le silence de la maison s'abattit sur Michael comme un linceul sombre et pesant. Une demi-heure plus tôt, Polly avait passé la tête par la porte de son bureau, annonçant qu'elle partait peindre chez sa mère. Voilà plusieurs heures déjà qu'il prenait connaissance de documents importants publiés par le ministère de la Santé, et quand le bruit de la voiture de Polly décrut dans la rue, il repoussa la masse de papiers en désordre sur sa table, et se dressa pour déambuler nerveusement d'une pièce à l'autre.

C'était dimanche... Autrefois, il adorait ce repos dominical. Il se levait tôt, et préparait son unique spécialité culinaire : des galettes au sarrasin. Puis, accompagné de Suzannah, il montait une tasse de café à Polly pour l'inciter à se lever. Ensuite, tous trois prenaient leur petit déjeuner avant de partir à l'église.

Autres temps... Aujourd'hui, ce bonheur avait disparu, lui laissant au cœur un désespoir sans fond, et la certitude toujours croissante qu'il était en train de perdre la seule femme qu'il eût jamais aimée.

Brusquement, il dut se faire violence pour ne pas jeter son poing dans la vitre de la fenêtre.

Il se détourna et, gagnant vivement le vestibule, prit sa

veste et ses clés de voiture. Il irait prêter main-forte aux urgences de l'hôpital. On y avait toujours besoin de bonnes volontés, et le personnel commençait à s'habituer à le voir proposer ses services, les jours fériés, quand il n'était pas de garde.

L'amitié de Polly et de Jérôme se consolidait au fil des jours. Ils riaient ensemble des choses les plus anodines : ainsi, le jour où Polly avait eu les cheveux constellés de peinture blanche, ou lorsque Jérôme avait laissé tomber son pinceau sur le chat noir de la voisine. Bref, il existait maintenant entre eux une intimité aussi douce que réconfortante.

Isabelle avait pris Clover en affection. Polly n'en revenait pas. La gamine appelait sa mère « Tatie », et « Tatie » l'emmenait maintenant tous les jours au parc, le matin ou l'après-midi. Ainsi, Jérôme travaillait plus tranquillement et plus vite. L'attitude d'Isabelle ne laissait pas d'étonner Polly, sa mère n'ayant pas précisément une nature désintéressée, et la petite Clover n'étant pas une enfant des plus attachante.

Un beau jour, ce fut Norah qui découvrit la vérité. Elle avait pris l'habitude de passer le matin en partant à l'hôpital, et le soir en rentrant. Or, cet après-midi-là, elle se trouvait dans la cuisine d'Isabelle avec Polly, et toutes deux diluaient du jus d'orange surgelé dans un pichet d'eau. Il faisait particulièrement chaud, en cette fin avril, et Isabelle, comme d'habitude, était partie au parc avec Clover.

— Il y a un groupe de messieurs d'un certain âge qui jouent aux échecs, là-bas, annonça Norah. Ils se retrouvent tous les jours dans le même coin. J'imagine que Clover fournit un prétexte à maman pour traîner autour d'eux.

Norah secoua la tête avant d'ajouter en riant :

— On peut faire confiance à maman pour savoir où dénicher d'éventuels soupirants, pas vrai ?

Mais Polly ne trouvait pas cela drôle.

— Franchement, elle passe les bornes ! Elle n'a donc rien de mieux à faire de son existence que de jouer les adolescentes aguicheuses ? Il serait temps qu'elle grandisse !

Norah prit les gobelets en plastique pour se diriger vers la porte.

— Maman est comme elle est, Pol. Elle ne changera pas, alors autant l'accepter. En outre, ce qu'elle fait rend service à Jérôme, aussi ne nous plaignons pas.

Polly suivit sa sœur à l'extérieur en écumant. Ah, Norah avait beau jeu d'excuser Isabelle ! On voyait bien qu'elle n'avait jamais eu d'enfant ! Elle ne savait pas combien il avait été gênant de voir Isabelle parader devant Suzannah avec un homme, puis un autre, et un autre encore...

La petite avait un jour demandé :

— C'est vrai que ce sont mes oncles ?

Et Polly avait frémi à l'idée du moment où l'enfant comprendrait que sa grand-mère était une femme volage.

Dehors, il faisait toujours chaud, bien que l'après-midi touchât à sa fin. Jérôme, qui transpirait, avait ôté sa chemise, et il n'était plus vêtu que d'un jean coupé à mi-cuisse. Le soleil avait décoloré ses cheveux blonds, leur donnant des reflets argentés, et son torse musclé luisait dans la lumière déclinante. Il avala d'un trait son verre de jus d'orange et, redressant la tête, fixa le mur qu'ils achevaient de peindre.

— On devrait en avoir terminé demain matin, annonça-t-il. Il ne nous reste plus qu'à appliquer la seconde couche sur le mur de derrière. Ensuite, je ferai les retouches des encadrements, mais ça ne sera pas long. Si nous allions déjeuner en ville, demain ? On mangera des hamburgers et on boira de la bière pour fêter la fin des travaux. C'est moi qui invite !

Norah secoua la tête.

— Impossible pour moi, malheureusement. Je suis de service à l'hôpital.

— Moi, j'accepte ! s'exclama Polly. C'est une excellente idée, Jérôme.

— Dans ce cas, je demanderai à Isabelle si elle peut se joindre à nous, ajouta tout de suite l'interpellé.

L'enthousiasme de Polly baissa d'un cran, et Norah s'extasia :

— La maison est devenue superbe ! Vous avez vraiment fait du beau travail, tous les deux. Quant à vous, Jérôme, quels sont vos projets ? Vous avez un autre travail en vue ?

Sans attendre de réponse, elle ajouta précipitamment :

— Si je vous pose la question, c'est parce qu'il y a une affichette, à l'hôpital : on recrute un homme d'entretien, et le salaire proposé est très correct.

— C'est rudement sympa de me le signaler ! s'exclama Jérôme avec un sourire qui dévoila ses dents immaculées. J'ai contacté différentes entreprises de construction, dernièrement, mais il semble que personne n'embauche pour le moment. Vous pensez que j'ai une chance de décrocher ce job ?

— Pourquoi pas ? Je suis sûre que Michael pourrait vous fournir de bonnes références.

Norah marqua une hésitation avant d'ajouter, toute timide, soudain :

— Moi aussi, si vous voulez. En fait, si je vous conduisais tout de suite à l'hôpital ? Vous prendriez connaissance de l'offre d'emploi, et vous parleriez au chef du service entretien, que je connais bien.

Polly éprouva aussitôt une pointe de ressentiment mêlé à... non, voyons, ce n'était pas de la jalousie ! Elle écarta aussitôt cette idée absurde.

— Allez-y donc, Jérôme, dit-elle, je continuerai à peindre un moment seule. Maman s'occupe de Clover, vous n'avez pas à vous inquiéter pour elle. Toutes deux ne reviendront sans doute pas avant une bonne heure.

Isabelle ne quitterait pas le parc tant qu'il s'y trouverait des messieurs intéressants pour lui faire la cour, songeat-elle avec accablement.

— Dans ce cas, d'accord, répondit Jérôme. Le mieux est que je pose ma candidature le plus tôt possible. Quelle chance ce serait d'avoir un vrai boulot régulier !

Il rentra à la hâte dans la maison pour se laver et se rhabiller et un court moment après, il partait avec Norah.

Après leur départ, Polly éprouva un curieux sentiment d'abandon. Elle se remit cependant à peindre, mais le cœur n'y était plus, et au bout d'un moment, elle abandonna son pinceau pour descendre de l'échafaudage. Alors, retirant ses gants de travail, elle sortit son téléphone portable de son sac, et s'assit dans l'herbe pour composer le numéro du cabinet de Michael. Autrefois — autant dire une éternité — elle l'appelait si souvent, à l'improviste ! Et toujours il prenait le temps de bavarder avec elle et Suzannah, même s'il était très occupé avec un patient...

Pourquoi ne l'appelait-elle presque plus ? Elle avait dû le faire à peine une ou deux fois, depuis que la peinture de la maison avait commencé.

— Valérie ? Bonjour, c'est moi... Il est très bousculé ? L'entrée en matière était devenue un rituel.

— Je vous le passe tout de suite.

— Polly ? demanda tout de suite Michael. Qu'y a-t-il ? Rien de grave, au moins ?

Il semblait harassé.

— Tout va bien, mon médecin préféré, répliqua-t-elle, prenant un ton délibérément aguicheur. Nous avons presque fini de peindre la maison de maman, et je voulais te demander de passer, afin d'inspecter les travaux et de nous adresser éventuellement les félicitations.

— Je suis navré, Pol, c'est impossible. Je suis complètement débordé. Bob Larue est en vacances, et je le remplace auprès de ses patients. Ne t'occupe pas de moi pour dîner, je grignoterai quelque chose dans la cuisine en rentrant.

Suivit un court silence. Comme Polly ne disait toujours rien, il finit par ajouter, avec une impatience perceptible :

— Bon, je te quitte. Je suis avec un malade...

— D'accord.

Polly, dont l'estomac s'était douloureusement noué, reprit :

— On se verra aux calendes grecques, j'imagine.

— Couche-toi sans m'attendre, chérie, j'ai encore les visites à faire, après la consultation.

Polly coupa la communication, et rangea lentement l'appareil dans son sac. Puis elle leva les yeux sur la maison de sa mère, resplendissante maintenant qu'elle était repeinte de frais.

Le lendemain, elle n'aurait plus de travail. Du fait de leurs tracas financiers, il était hors de question qu'elle reprît sa vie de femme oisive et dépensière, tuant le temps en courant les boutiques pour acheter n'importe quoi. Mais elle ne pourrait pas davantage rester à la maison. La simple pensée d'y demeurer seule, à voir s'écouler les heures, la mettait littéralement en transes.

Que diable allait-elle faire de sa vie ?

Malgré la fatigue physique, Polly dormit très mal, cette nuit-là. A 3 heures du matin, elle s'éveilla en sursaut d'un rêve terrifiant : elle se trouvait enfermée à double tour dans une pièce sans fenêtre, alors qu'un dangereux inconnu s'apprêtait à se ruer sur elle.

S'apercevant que Michael n'était pas dans le lit, à son côté, elle fut envahie par un sentiment d'infinie désolation. Elle se leva, et enfila son peignoir de coton pour descendre au rez-de-chaussée.

124

Le bureau était encore éclairé. Elle en ouvrit à demi la porte. Affalé sur le canapé, en T-shirt et pantalon de survêtement, Michael fixait le poste de télévision, où passait un vieux film en noir et blanc dont la copie usée mouchetait l'écran. Il avait coupé le son et, visiblement, ne regardait pas ce qui défilait devant ses yeux.

Perdu dans ses pensées, il était l'image vivante de la tristesse.

10.

Polly s'avança dans la pièce.

— Michael? Tu ne te sens pas bien?

Tiré de ses pensées, il réussit à sourire, et tendit la main à sa femme pour l'attirer sur le canapé. Puis il lui entoura les épaules de son bras.

— Je réfléchissais au cas d'un malade, chérie. Et toi? Tu n'arrives pas à dormir?

— Non. J'ai fait un mauvais rêve... Tu as eu un cauchemar, toi aussi?

Il secoua la tête.

— Je ne suis pas encore monté me coucher.

Polly fronça les sourcils.

— Il est 3 heures du matin, et tu te lèves à 6. Ce n'est pas raisonnable, Michael. Il faut dormir, quand on travaille aussi dur.

— Je sais, oui...

— C'est ce problème d'argent qui te tracasse?

— Non, j'avoue que je n'y pensais même pas...

En réalité, c'était Duncan Hendricks qui le préoccupait. L'enfant était venu à sa consultation, au cours de l'après-midi, et quelque chose chez lui enlevait à Michael son objectivité. Le garçonnet était si optimiste, si confiant, tellement persuadé qu'il allait guérir que Michael en était accablé.

La radiothérapie était finie depuis peu, et si Duncan en

était encore fatigué, et souffrait toujours de nausées, il ne tarderait pas à se sentir mieux.

Temporairement, hélas ! Car le mal finirait par l'emporter. Ce n'était qu'une question de temps... Et chaque instant de son agonie réactiverait chez Michael le souvenir du calvaire de Suzannah, lui donnant l'impression d'être pris à un horrible piège : comme si une bizarrerie temporelle l'obligeait à revivre les moments les plus tragiques de son existence.

— Que regardes-tu ?

La question de Polly le ramena au présent, et il fixa l'écran de télévision.

— Je ne sais pas. C'est Bette Davis, non ? En tout cas, elle lui ressemble.

C'est à peine s'il s'était aperçu que la télévision fonctionnait.

Polly saisit la télécommande et arrêta l'appareil, puis elle se tourna pour fixer son mari droit dans les yeux.

— Il faut que nous parlions de nous, Michael. Voilà des semaines que je recule pour mieux sauter, mais le bon moment ne se présente jamais. Quelque chose ne va pas dans notre couple... Quelque chose qui s'aggrave tous les jours.

Michael voulut protester, mais elle posa un doigt sur ses lèvres, l'obligeant à se taire.

— Nous ne communiquons plus, reprit-elle. Je ne te vois quasiment pas. Tu montes te coucher quand je suis endormie, et à mon réveil, tu es déjà parti. Nous ne faisons plus l'amour, et... et par moments, j'ai... j'ai l'impression très nette que tu m'évites. Je me trompe, Michael ?

— Allons, Polly, ne dis donc pas de sottises !

Franchement, il n'avait pas besoin de ce genre de reproches maintenant. Il avait assez de soucis comme ça !

— Je t'ai expliqué que je devais travailler davantage pour recapitaliser ce que nous avons perdu, riposta-t-il avec irritation. D'ailleurs, toi aussi, tu as été très prise, avec les travaux chez Isabelle. Ceci explique cela... Quand nous sommes ensemble, comme ce soir, nous sommes le plus souvent fatigués.

— Tu as toujours beaucoup travaillé, fit valoir Polly. Néanmoins, nous nous téléphonions trois ou quatre fois par jour, auparavant. Tu trouvais le temps de le faire, même si tu étais débordé. Aujourd'hui, c'est fini. Et en plus, chaque fois que je mentionne le nom de Suzannah, tu changes de sujet. Si nous ne pouvons même pas évoquer notre propre fille, de quoi pouvons-nous parler, Michael ?

Elle se tut, et la pensée de Michael s'évada vers Duncan. Comment expliquer à Polly que le sentiment de sa propre incompétence le paralysait, parce qu'il était incapable de l'exprimer verbalement ?

Comme il ne disait rien, Polly poussa un soupir las.

— Je sais que tu t'y es toujours farouchement opposé, mais je te le demande une nouvelle fois : va parler avec Frannie. Je suis sûre que tu as besoin d'un soutien psychologique, et j'ai confiance en elle. C'est une personne fine et intelligente.

Cette fois, c'en était trop. La fatigue et l'exaspération délièrent la langue de Michael, qui s'exclama avec violence :

— Non, je n'irai pas voir Frannie Sullivan. Elle a fait merveille avec toi, je le reconnais, et je lui en suis reconnaissant... Mais si une méthode a bien marché pour toi, elle ne sera pas forcément bénéfique avec moi. Chacun fait son deuil à sa manière, Frannie a dû te le dire.

Dans un mouvement d'humeur, il dégagea son bras des épaules de sa femme pour se reculer. Dieu, qu'il avait envie d'être seul, de partir n'importe où ! Mais à cette heure de la nuit, où aller pour fuir cette insupportable conversation ? Et Polly qui continuait, bien qu'il lui eût clairement signifié qu'il en avait assez !

— Frannie m'a dit aussi que certaines personnes ne font jamais leur deuil. Elles enfouissent leur chagrin au plus profond d'elles-mêmes, et il les ronge, gâchant ainsi leur vie. J'ai l'impression que c'est ce qui se passe, chez toi. Et en même temps, tu t'éloignes de moi, et tu refuses de voir ce qui arrive à notre couple.

Michael étouffa un juron.

— Cesse de jouer les psychiatres, veux-tu? Pourquoi parler sans arrêt de notre couple? En ce qui me concerne, je trouve qu'il ne va pas si mal.

C'était faux, il le savait, mais il se sentait incapable de l'admettre devant Polly. Il ajouta d'un ton faussement détaché :

— Tu ne crois pas que tu dramatises un peu?

Il n'eut pas plus tôt posé cette question qu'il sentit qu'elle allait prendre la mouche.

Et, de fait, elle bondit sur ses pieds et se tourna vers lui, les mains sur les hanches, les yeux scintillant de fureur.

— Comment oses-tu me parler sur ce ton condescendant! Non, je ne dramatise pas! Je regarde seulement la réalité en face, chose que tu es incapable de faire, depuis quelque temps!

Des larmes surgirent dans ses yeux, et elle ajouta, moins violente :

— De toute façon, je ne peux plus discuter avec toi. Tu ne veux pas de soutien psychologique, et tu... tu me rends si folle que je n'ai même plus envie de te parler!

Sur quoi elle s'élança vers la porte, et il sut qu'elle allait pleurer toutes les larmes de son corps.

Il s'effondra sur le canapé, se répétant qu'il s'en moquait. Lui, il ne demandait qu'une chose : qu'on le laisse, qu'on lui fiche la paix... Et si le prix à payer était la fureur de Polly, eh bien, soit, qu'elle se mît en colère! Sans doute irait-elle mieux après... Mais il ne pouvait pas rester éternellement sur ce canapé, et il était hors de question de monter se coucher.

Michael s'en fut chercher ses chaussures de sport, les enfila, et sortit sans bruit de la maison.

Il pleuvait sur Vancouver : pas une grosse pluie, mais un fin crachin glacé et pénétrant. Les lampadaires de la rue chuintaient dans l'humidité, et toutes les maisons était sombres et silencieuses. Michael n'avait pas couru depuis des mois, et ses muscles comme ses poumons protestèrent dès qu'il eut franchi les cent premiers mètres. Mais il persévéra, et courut, courut encore sans plus s'apercevoir qu'il cherchait son souffle, ni que la pluie l'avait trempé jusqu'aux os.

Le bon sens lui dictait pourtant qu'il n'était pas prudent de courir ainsi sans entraînement, et que les risques d'accident cardiaque n'étaient pas négligeables. Même sans dramatiser, il souffrirait d'horribles courbatures pendant plusieurs jours, et serait épuisé d'ici quelques heures quand il lui faudrait partir travailler.

Mais, obstinément, il continua à courir jusqu'à ce que la souffrance physique lui apportât l'oubli bienfaiteur.

Le lendemain, Polly se réveilla la bouche sèche et la tête lourde. Il en allait toujours ainsi lorsqu'elle avait pris un somnifère. Michael, bien entendu, était déjà parti. Et de surcroît, il ne s'était pas couché dans le lit conjugal. Il avait donc utilisé la chambre d'amis. Un sentiment de défaite et de désespoir envahit la jeune femme, en même temps qu'elle mesurait, avec les yeux froids du matin, ce que leur couple était devenu. C'était d'autant plus grave que Michael refusait d'envisager sérieusement tout ce qu'elle jugeait indispensable pour améliorer leurs relations. Et elle-même ne supporterait plus bien longtemps la situation. Fallait-il admettre l'échec définitif de leur mariage ? Pour la première fois, l'idée d'une séparation s'imposa à elle sans qu'elle la repoussât avec horreur.

Elle prit une longue douche chaude et n'arrêta l'eau

que lorsque son mal de tête eut cédé. Elle n'avait pas envie de retourner chez sa mère, moins encore de fêter la fin des travaux avec Jérôme au restaurant. Mais les heures s'annonçaient longues et vides ici, dans cette maison déserte. Chez Isabelle, le temps passerait plus vite. Polly jeta un regard rapide par la fenêtre : après la petite pluie de cette nuit, le temps s'était rétabli, et le soleil brillait. On pouvait donc achever la peinture de la maison.

En arrivant chez sa mère, elle vit que l'échelle était en place : juché sur l'échafaudage, Jérôme s'était déjà mis au travail.

Clover pédalait sur un vieux tricycle dans l'allée du jardin. Polly lui sourit en lui lançant un bonjour aimable. Comme à son habitude, l'enfant l'ignora.

— Bonjour ! lança joyeusement Jérôme depuis son perchoir. J'ai commencé les retouches avant que nous attaquions la seconde couche du dernier mur.

— Je vais m'y mettre, annonça Polly en enfilant ses gants.

Elle alla chercher son matériel et s'en fut derrière la maison, où se trouvait le mur inachevé.

Après avoir trempé son rouleau dans la peinture, elle entreprit de le passer sur la surface devant elle, avec ces gestes amples et réguliers que lui avait appris Jérôme, et qui étaient devenus presque automatiques. Depuis la cuisine lui parvenaient les échos de la radio de sa mère — une musique de western. Plus loin, dans la rue, retentissait l'aboiement monotone d'un chien. Pourvu que Jérôme eût bientôt terminé les retouches des encadrements de fenêtres ! Polly avait besoin de parler, ce matin, afin de s'occuper l'esprit et ne plus penser à son mari ni à leur mariage si pitoyable.

Une sorte de terreur glacée lui nouait le ventre chaque fois qu'elle songeait à la réaction de Michael, la nuit dernière. Il avait tout refusé d'admettre, tout ce qu'elle lui avait fait valoir ; pour un peu, on eût dit qu'à ses yeux, il n'y avait aucun problème, et donc qu'il était absurde de se mettre à chercher des solutions.

Cette indifférence, ou plutôt cette façon d'être si lointaine et incompréhensible, peinait profondément Polly. La mort de Suzannah avait-elle sonné le glas de leur amour ?

Tout à ses pensées chagrines, elle ne prêta guère attention à Jérôme qui s'adressait à sa fille avec sa sollicitude et son calme habituels.

— S'il te plaît, Clover, ne sors pas dans la rue avec ton tricycle. Des camions passent, et pourraient ne pas te voir. Tu m'as entendu, chérie ?

Polly continuait à peindre, s'efforçant de ne pas s'appesantir sur ses difficultés de couple. Et elle commençait à se dire qu'une bonne tasse de café lui remettrait les idées en place. Elle n'avait pas eu le cœur de prendre un petit déjeuner chez elle, avant de partir. Elle finirait donc ce morceau de mur, avant d'aller boire un café en compagnie de sa mère, dans la cuisine.

— Clover, rentre dans le jardin ! lança encore Jérôme, dont la voix se faisait plus impérative. Clover ! Reviens ! J'entends une voiture...

Le ton était alarmé. Le sachant sur l'échafaudage, Polly posa vivement son rouleau.

— Je vais la chercher ! cria-t-elle.

Comme elle passait l'angle de la maison, elle entendit le grincement horrible de l'échelle qui dérapait contre le mur. Le hurlement de Jérôme déchira l'air, et au moment où Polly l'eut dans son champ de vision, l'échelle atteignait le sol, où elle s'écrasa avec fracas.

— Jérôme ! hurla-t-elle, le voyant projeté à terre avec une violence inouïe.

Il gisait sur le flanc, et lança un cri semblable à celui d'un animal blessé. Polly frissonna d'effroi.

— Jérôme ! Oh, Jérôme ! cria-t-elle encore, se précipitant pour s'agenouiller auprès de lui.

Les traits déformés par la douleur, il cherchait désespérément son souffle. Sa jambe formait un angle bizarre avec sa cuisse, et Polly retint sa respiration en le voyant tenter de se redresser : il avait le fémur brisé, de toute évidence, et du sang apparaissait sur la jambe de son pantalon.

Isabelle sortit en courant de la maison, s'écriant :

— Doux Jésus ! J'ai entendu l'échelle glisser... Il s'est fait très mal ?

— Appelle le SAMU ! Vite ! Il s'est fracturé la jambe... Et reviens avec une couverture !

En parlant, Polly avait ôté son sweat-shirt, qu'elle glissa autour des épaules de Jérôme, fouillant sa mémoire pour se rappeler ce qu'il convenait de faire en cas d'accident.

Elle était femme de médecin, pourtant ! Comment ignorait-elle les rudiments les plus élémentaires des premiers secours ? Une seule chose était sûre : il fallait réchauffer Jérôme, et surtout ne pas le bouger.

Isabelle disparut à la hâte dans la maison. Jérôme réussit à prendre une inspiration, mais l'air, en sortant de ses poumons, fit un bruit de râle. Il serra les dents, pour articuler en gémissant :

— Et Clover ?

— Ne vous en faites pas, je m'en occupe.

Polly, qui tremblait de tous ses membres, réussit à se remettre debout. Tout de suite, elle vit l'enfant qui franchissait le portail du jardin sur son tricycle. Celle-ci pédalait à toute vitesse vers l'endroit où gisait son père, puis elle ralentit à mesure qu'elle s'en rapprochait, ses yeux pâles écarquillés, fixant le blessé.

Brusquement, son petit visage se déforma en un rictus affolé :

— Papa ? Lève-toi, papa ! Je veux que tu sois debout...

Sur quoi, la fillette éclata en sanglots.

Jérôme souffrait manifestement le martyre. Il voulut

134

répondre à Clover, mais l'effort était trop grand. Polly le vit fermer la bouche pour ne pas gémir et risquer d'effrayer sa fille. La douleur devenant trop intense, des sons inarticulés lui échappèrent, tels des vagissements angoissés.

— Clover chérie, n'aie pas peur..., dit Polly, qui voulut saisir la petite par les épaules.

Celle-ci se déroba, et Polly dut la laisser aller.

— Ne pleure pas, bredouilla-t-elle encore, ton papa s'est fait mal à la jambe... L'ambulance va arriver, et les gens de l'hôpital vont le soigner.

Isabelle reparut, courant toujours. Elle portait une couverture sur le bras.

— Le SAMU sera ici dans deux minutes. Ils disent de ne pas bouger Jérôme, mais de faire en sorte qu'il n'ait pas froid.

Sur quoi, avec l'aide de Polly, elle enveloppa avec précaution le blessé dans la couverture. Le visage de celui-ci était couleur de cendre, et ses lèvres avaient bleui. Bien que la sueur perlât à son front, il frissonnait et ses mains étaient glacées. Une fois encore, il voulut parler, et il fallut du temps pour que les mots, mal articulés, franchissent sa bouche.

— ... occuperez... de ... Clover?

— Bien sûr, nous nous en occuperons! s'exclama Polly. Ne vous inquiétez pas, j'en fais mon affaire, je vous le promets.

De nouveau, Polly tenta de poser la main sur l'épaule de l'enfant, qui fit aussitôt un bond de côté pour se laisser tomber sur le sol, près de son père. Et ses sanglots redoublèrent, si violents qu'ils la secouaient tout entière.

— Pa... pa... pa...pa..., hoquetait-elle.

Jérôme flottait à la limite de l'inconscience, et il sembla à Polly que les secours mettaient un temps interminable à arriver. Enfin, une sirène annonça l'ambulance. Isabelle se précipita dans la rue pour avertir le chauffeur qu'il pouvait entrer dans le jardin.

Le personnel médical — un homme et une femme — sauta du véhicule, et l'homme demanda tout de suite à Jérôme de lui expliquer ce qui s'était passé. Voyant que le blessé n'était pas en état de répondre, l'homme et la femme s'agenouillèrent auprès de lui, avant de répéter leur question à Polly qui leur expliqua les circonstances de l'accident.

Ils firent respirer de l'oxygène à Jérôme, puis coupèrent la jambe de son pantalon. Le gros os de la cuisse faisait une bosse, sous la peau : on eût dit qu'il voulait la percer. Polly eut mal au cœur, tout à coup.

La femme annonça bientôt :

— Il souffre aussi d'une fracture du poignet, et il a plusieurs côtes cassées. J'ai stabilisé le thorax. Tu es prêt, Ed ? On l'embarque rapidement.

S'adressant à Jérôme, elle expliqua :

— On vous conduit aux urgences, nous y serons très vite. Et nous ferons en sorte que vous n'ayez pas trop mal, pendant le transport.

Aussitôt dit, aussitôt fait. Bientôt, Jérôme disparaissait dans le véhicule de secours.

— Dites-lui que nous suivons dans ma voiture avec Clover, dit Polly à la femme.

Isabelle avait pris Clover dans ses bras, et la fillette, loin de chercher à se libérer, pleurait éperdument en appelant son père, accrochée au cou de la mère de Polly.

Polly connaissait par cœur la route jusqu'à l'hôpital, mais elle tremblait si fort que la conduite lui apparut comme un exploit.

Le temps pour elle de garer son véhicule sur l'aire de stationnement réservée aux visiteurs, Jérôme avait déjà été transporté au service des urgences.

11.

Isabelle et Clover sur ses talons, Polly franchit prestement les larges portes coulissantes, pour se trouver dans le tohu-bohu feutré du service des urgences.

Leslie Yates, une infirmière qu'elle connaissait, était de service à la réception. Heureuse de tomber sur un visage connu, Polly lui expliqua rapidement la situation, avant de demander si on avait averti Michael.

— Oui, assura Leslie. M. Fox ayant dit que le Dr Forsythe était son médecin traitant, nous l'avons immédiatement appelé. Il arrive. Le Dr Burlotte et son équipe sont auprès de M. Fox, dans la salle 2. Asseyez-vous, ajouta l'infirmière en indiquant la salle d'attente, on vous tiendra au courant dès qu'il y aura du nouveau.

Polly et Isabelle obéirent. Clover avait cessé de pleurer, et Isabelle l'installa sur une chaise entre elles deux. Son petit pantalon était mouillé : de toute évidence, elle avait fait pipi, et son pauvre petit visage exprimait la détresse à l'état pur. Pour la réconforter, Polly voulut lui prendre la main, mais l'enfant la lui retira aussitôt.

L'arrivée de Michael la soulagea infiniment. Dès qu'elle le vit, elle courut à sa rencontre, oubliant tous leurs différends. Il la prit dans ses bras si forts, si puissants, et la tint un moment contre lui. Comme c'était bon de sentir son corps solide, inébranlable, contre le sien qui tremblait comme une feuille ! Polly en était éperdue.

— Il est tombé, Michael, bredouilla-t-elle dès qu'elle en eut la force... Il est tombé de l'échelle, et s'est cassé la jambe... le fémur, plutôt. Il saignait... Et il a une fracture du poignet, aussi... Oh, c'était affreux. Il avait l'air... il... il ne pouvait plus parler...

Sa voix se brisa, tandis qu'elle refoulait les larmes qui l'étranglaient.

— Calme-toi, chérie, calme-toi. Jérôme est entre de bonnes mains. Bonjour, Isabelle. Salut, Clover. Je file voir ce qu'il en est, et je reviens vous tenir au courant.

Michael aida Polly à se rasseoir, avant d'assurer encore qu'il n'en avait que pour quelques minutes.

Il disparut, et l'attente commença, insupportable pour Polly. Enfin, ce fut une infirmière, et non pas Michael, qui vint les renseigner.

— M. Fox doit être opéré d'ici un moment. Le Dr Forsythe s'entretient avec l'anesthésiste-réanimateur. Il vous fait dire qu'il ne tardera pas à vous rejoindre. M. Fox souffre d'une double fracture du fémur, il a le poignet droit fracturé aussi, et plusieurs côtes cassées.

A cet instant, Michael apparut.

— On vient de le monter en salle d'opération, annonça-t-il. Il en a pour plusieurs heures.

Sur quoi, s'accroupissant pour être à la hauteur de Clover, il reprit, en fixant celle-ci droit dans les yeux :

— On va réparer ton papa, mais cela prendra un petit moment, et tu ne pourras pas le voir avant. Maintenant, comme tu as été une petite fille très courageuse, si je t'offrais une glace ?

Clover hocha la tête et, glissant de son siège, prit spontanément la main de Michael. L'adulte et l'enfant partirent en direction de la cafétéria.

— On dirait que Jérôme va être coincé à l'hôpital pendant pas mal de temps, dit alors Isabelle à la cantonade. Qui va s'occuper de Clover, pendant ce temps ?

— J'ai promis à Jérôme que nous le ferions, répliqua Polly qui se tourna pour faire face à sa mère. Cela ne te dérangera pas trop de la garder chez toi, maman ?

C'était la solution qui s'imposait, et la plus logique. Isabelle avait passé beaucoup de temps avec la gamine pendant que son père et Polly peignaient, si bien que Clover la connaissait bien et s'y était attachée.

Or, celle-ci s'exclama avec irritation :

— Franchement, ça ne m'arrange pas du tout ! Bien sûr, je suis navrée pour Jérôme et pour Clover, je le suis même infiniment, mais il n'est pas question que la petite habite avec moi...

— Dieu du ciel ! Et pourquoi ?

La colère montait en Polly, qui dut faire un effort pour ne pas le montrer.

— Je ne te comprends pas, maman ! poursuivit-elle. La petite t'appelle « Tatie », elle t'aime, alors qu'elle se moque de moi comme d'une guigne et de façon ostensible ! Or, je sais que Jérôme n'a personne à qui la confier : sa famille habite loin, et il vit à Vancouver depuis trop peu de temps pour y avoir noué des amitiés solides. Garder la petite quelque temps serait pour toi un trop gros sacrifice ?

Isabelle pointa le menton en avant, foudroyant sa fille d'un regard plein de défi.

— Je regrette de devoir te mettre les points sur les i, Polly, mais puisque tu refuses de comprendre, sache que j'ai un nouvel ami qui passe la plupart de ses nuits chez moi. Certes, Eric est fort bien élevé, mais je ne veux pas de Clover dans nos pattes. Tu peux comprendre ça, non ?

Se trouver ainsi confrontée à la vie sexuelle de sa mère désarçonna Polly, qui bredouilla :

— Eric, dis-tu ? Qui est cet Eric ?

— Il s'appelle Eric Sanderson, il était dans les affaires, et a pris sa retraite il y a quelques années.

— Où diable l'as-tu rencontré ?

Polly, en posant la question, s'aperçut qu'elle renversait les rôles, parlant comme une mère qui surveille sa fille adolescente. Tant pis, c'était plus fort qu'elle.

— Au parc, il y a quinze jours, en promenant Clover. Il s'y rend tous les jours pour jouer aux échecs.

— Quinze jours ? répéta Polly, ahurie. Tu as rencontré ce type il y a seulement quinze jours, et tu couches déjà avec lui ?

— Oh, ne joue pas les duchesses offensées, ma fille ! riposta sèchement Isabelle. Il faut vivre avec ton siècle. Et ce n'est pas comme si je risquais de tomber enceinte. D'ailleurs, Eric ou pas Eric, je n'ai plus l'âge de m'occuper d'un enfant à plein temps. Je vous ai élevées, Norah et toi, et je crois avoir bien gagné ma liberté. Navrée, mais Clover devra s'installer chez toi. Je l'emmènerai au parc de temps en temps, l'après-midi, mais il est hors de question qu'elle habite chez moi.

— J'avais presque fini par oublier combien tu es égoïste, maman !

Les mots avaient franchi ses lèvres sans qu'elle pût les retenir.

— Cette gosse me déteste, poursuivit-elle. Tandis que toi, tu l'as chouchoutée depuis le début, et elle t'accepte spontanément !

Polly prit une inspiration sifflante avant d'assener ce qu'elle gardait sur le cœur depuis si longtemps.

— Mais j'aurais dû me douter de ta réaction : tu n'avais guère le temps de t'occuper de Suzannah, autrefois. Alors, pourquoi ferais-tu un effort pour une petite étrangère ?

Isabelle accusa le coup, mais redressant les épaules, elle porta sur sa fille un regard lourd de dédain.

— Ne me parle pas sur ce ton, je te prie, Polly ! Allons, c'est... c'est en partie parce que Clover me rappelle tant Suzannah que je me suis attachée à elle. Tu

140

sembles croire que ta fille ne manque qu'à toi. L'enfant chérie était aussi ma petite-fille, et je l'aimais, même si je ne passais pas beaucoup de temps avec elle.

— Clover te... rappelle Suzannah?

Polly était scandalisée. Comparer les deux fillettes lui apparaissait comme le pire des sacrilèges. Comment sa mère nourrissait-elle une pareille pensée?

Soudain, son indignation céda la place à une fureur insensée contre Isabelle. Mais il valait mieux ne pas faire d'éclat... Car alors, elle n'aurait plus été en mesure de se retenir, et aurait assené à sa mère tous les griefs qu'elle avait accumulés contre elle pendant des années. Or, l'endroit était mal choisi pour une scène de ce genre. Michael travaillait dans cet hôpital : pas question de lui faire honte devant le personnel.

D'ailleurs, où était Michael, à ce propos? Où avait-il disparu avec cette fichue gamine, juste au moment où Polly avait le plus besoin de lui? Car elle ne supportait plus d'être seule avec sa mère, tout à coup. Ce tête-à-tête la tuait.

Elle vit enfin son mari qui remontait le couloir sans se presser, Clover accrochée à lui d'une main, tenant une sucette glacée de l'autre.

Polly sauta de son siège, et se hâta vers l'adulte et l'enfant, s'efforçant de retrouver sa contenance. De nouveau, elle était au bord des larmes. Mais cette fois, c'étaient l'égoïsme de sa mère et son indifférence qui la faisaient pleurer.

Elle s'adressa à Clover sur le ton aussi enjoué qu'elle put.

— Tu sais, Clover, tu vas venir t'installer chez Michael et moi quelque temps, en attendant que ton papa guérisse. C'est épatant, non?

Michael regarda sa femme sans comprendre, mais l'expression butée et farouche de celle-ci le dissuada de l'interroger.

— J'ai pas envie.

Le petit visage de la fillette était tout contrarié. Elle avait pincé la bouche, mais elle ne pleura pas. Cependant, la perspective de vivre avec Polly ne lui plaisait pas davantage qu'à cette dernière.

— Tu sais quoi ? reprit Polly. On va rentrer à la maison, prendre un bon bain, et enfiler des vêtements propres, d'accord ?

L'enfant sentait l'urine, et elle avait les joues mâchurées de larmes et de crème glacée. Son nez coulait, et ses yeux pâles semblaient tout collés ; bref, avec ses cheveux filasses qui s'échappaient de ses barrettes en plastique, elle n'avait franchement rien d'une jolie petite fille.

L'image de Suzannah s'imposa à l'esprit de Polly, se superposant à la vision de cette gamine ingrate. Suzannah, si belle, si typée avec ses épais cheveux de jais, ses yeux de chat immenses, ourlés de longs cils soyeux... Suzannah dont le corps d'enfant était déjà si gracieux, si longiligne... Un nouvel accès de fureur terrassa Polly. Comment Isabelle osait-elle comparer Clover à Suzannah ?

Michael s'accroupit pour se trouver à la hauteur de la fillette.

— Clover, les médecins s'occupent de guérir ton papa, déclara-t-il. Toi, si tu veux l'aider à se rétablir, il faut que tu rentres à la maison avec Polly. Ainsi, ton papa ne se fera pas de souci pour toi.

Clover soutint son regard et finit par hocher la tête à regret.

— Gentille petite fille, dit encore Michael en se redressant.

Il prit ensuite Polly par les épaules, et poursuivit :

— Jérôme ne sortira pas du bloc avant au moins trois ou quatre heures, et il faut que je retourne au cabinet. La salle d'attente était pleine, quand je suis parti,

142

tout à l'heure. Les chirurgiens me téléphoneront lorsqu'ils auront terminé, et je vous appellerai tout de suite à la maison, Clover et toi.

Sur ces mots, il se pencha pour effleurer les lèvres de sa femme, et passa une main affectueuse sur les cheveux de Clover.

— Cette petite fille a besoin d'un bon dodo, dit-il encore. Je l'ai vue bâiller, tout à l'heure. C'est que la matinée a été rude pour elle.

Et pour moi donc ? songea Polly. Elle réprima néanmoins cette pensée égoïste, honteuse de l'avoir formulée mentalement.

— Je tâcherai de rentrer tôt, Pol, poursuivit Michael, et je te donnerai un coup de main.

— Oh, oui, je t'en prie, fais un effort ! s'exclama Polly, à qui cette journée semblait ne jamais devoir finir.

Elle allait maintenant se retrouver coincée à la maison avec une enfant récalcitrante, et serait bien obligée de s'occuper d'elle, de satisfaire à ses demandes, de subir sa mauvaise tête.

Sur ces entrefaites, Isabelle rejoignit sa fille et son gendre.

— Peux-tu raccompagner maman chez elle, Michael ? demanda Polly, évitant soigneusement de regarder l'intéressée. C'est sur ton chemin.

C'était aussi sur le sien, mais Polly ne supportait pas l'idée de passer un quart d'heure de plus avec sa mère.

— Je m'arrêterai au supermarché pour acheter de quoi faire manger Clover, ajouta-t-elle. Il nous faut du lait, du jus de fruits, des potages en conserve, et puis aussi des vêtements de rechange pour elle.

C'était indispensable, ses placards de réserves alimentaires ne contenant plus rien qui convînt à un enfant. Quant aux vêtements, il en restait encore un carton ayant appartenu à Suzannah, et que Polly, à l'époque, avait rangés parce qu'ils étaient devenus trop petits. Sans doute ne conviendraient-ils pas à Clover... Mais la vérité était plutôt que Polly ne supporterait pas de voir les vêtements de sa fille portés par une autre enfant... Surtout celle-là !

— Pas de problème, répliqua Michael, je reconduis Isabelle. A ce soir, vous deux. Bravo d'avoir été si courageuse, Clover. Tu es une vraie grande fille.

Polly attendit que sa mère et Michael fussent partis pour se diriger vers la porte à son tour. Elle voulut prendre la main de Clover, mais de nouveau, la petite l'ignora ostensiblement, fourrant sa menotte dans la poche de son pantalon. Elle se jura que ce serait sa dernière tentative, tandis que la fillette, stoïque, marchait à côté d'elle, vers l'aire de stationnement où attendait la voiture. De fait, elle ne l'effleura que pour boucler sa ceinture de sécurité, lorsque l'enfant fut installée dans le véhicule.

Il faisait très chaud dans l'habitacle, et Polly fronça le nez, tant l'odeur d'urine était présente. Elle ouvrit toutes les vitres, remerciant le ciel que les sièges soient de cuir : il suffirait de les essuyer avec un chiffon mouillé, si d'aventure ils étaient tachés.

Clover ne prononça pas un mot pendant le trajet jusqu'au supermarché, et elle ne s'exprima pas davantage quand, dans le magasin, Polly s'efforça de sonder ses goûts en matière d'alimentation.

Tant et si bien que la jeune femme frémit intérieurement en voyant d'autres clients jeter des regards pleins de pitié sur cette gamine sale, morose, et taciturne, avant de lui lancer des coups d'œil accusateurs et pleins de mépris.

« Mon Dieu, pourvu qu'ils ne la prennent pas pour ma fille ! songea-t-elle. Je ne veux pas qu'on croie qu'elle est à moi ! »

Sa mesquinerie emplit Polly de honte, mais ses sentiments ne changèrent pas pour autant. Le magasin comportait un rayon de confection enfantine bon marché. Elle choisit rapidement un lot de trois culottes de coton, un autre de chaussettes, plusieurs shorts et des T-shirts dans des couleurs assorties. Elle fourra aussi dans son Caddie une chemise de nuit en jersey de coton, ainsi qu'un jean et un sweat-shirt. Clover la regardait faire, mais quand Polly lui demanda son avis sur les couleurs, elle refusa catégoriquement d'ouvrir la bouche.

Elle passa alors à la caisse, régla ses achats, puis regagna rapidement la voiture. Vingt minutes plus tard, elle l'immobilisait dans l'allée de son jardin, en sortait, et contournait le capot pour libérer Clover et l'aider à sauter de son siège. Celle-ci regarda d'abord lentement autour d'elle, avant de laisser échapper, d'une voix où la crainte se mêlait au respect :

— Elle est grande, ta maison !

C'était la première fois qu'elle parlait depuis qu'elle était seule avec Polly, et celle-ci ne put s'empêcher de sourire.

— Oui, elle est assez grande, en effet. Viens, rentrons vite nos achats.

Clover déploya un zèle inattendu dès que Polly eut ouvert le coffre de la voiture. Elle se débattit avec un filet de pommes beaucoup trop lourd pour elle, tandis que la jeune femme transportait de gros sacs d'alimentation jusque devant la porte d'entrée. Elle les posa pour sortir ses clés. Une fois la porte ouverte, elle fit pénétrer l'enfant dans le vestibule, et entra à son tour pour gagner directement la cuisine, la petite sur ses talons. Celle-ci regardait tout, les yeux écarquillés comme des soucoupes.

Après avoir posé les sacs d'épicerie sur le plan de travail près de l'évier, Polly saisit celui qui contenait les vêtements d'enfant.

— C'est bon, Clover, déclara-t-elle. Montons à l'étage, on va faire un brin de toilette avant le déjeuner.

Dans la salle de bains, elle remplit la baignoire d'eau tiède, et y ajouta une dose généreuse d'essence moussante parfumée.

— Ma maman, elle a de ça, déclara Clover, indiquant l'élégant flacon, avant d'entreprendre de se déshabiller.

En voyant le petit corps frêle, fragile, le cœur de Polly se serra un instant, mais déjà la fillette enjambait le bord de la baignoire et s'immergeait dans la mousse odorante avec un soupir de pure béatitude.

Polly lui tendit une éponge et une brosse à long manche, puis la laissa un moment jouer dans l'eau avant de lui laver la tête. Clover se montra stoïque durant le shampooing, et aussi lorsque Polly lui rinça les cheveux avec le jet. Une fois sortie de l'eau, en revanche, elle refusa qu'elle l'aide à s'habiller.

— Je sais faire toute seule ! déclara-t-elle avec obstination, enfilant tant bien que mal une petite culotte, puis un short, avant de batailler avec un T-shirt.

Ensuite, avec une férocité qui stupéfia Polly, elle s'attaqua à ses cheveux à coups de brosse.

De retour dans la cuisine, Polly fit chauffer une soupe en conserve, et ouvrit un pot de beurre de cacahuète. C'était la première fois qu'elle le faisait depuis la mort de Suzannah, et l'odeur familière éveilla en elle une cascade de souvenirs.

Clover avala deux cuillerées de soupe et un quart de tartine de beurre de cacahuète, le tout entrecoupé de bâillements intempestifs. De toute évidence, la fatigue lui coupait l'appétit. Polly la conduisit au premier dans la chambre d'amis.

— Tu peux dormir ici, Clover, annonça-t-elle. Ce sera ta chambre tant que tu seras avec nous.

Il n'y eut pas de réponse. Habituée maintenant au

mutisme de la fillette, Polly promena son regard dans la pièce ensoleillée. Il était clair que ces derniers temps, Michael y avait dormi plus souvent que dans la chambre conjugale. Un pantalon froissé et une chemise traînaient sur un dossier de chaise, un caleçon et des chaussettes retournées avaient échoué sous l'appui de fenêtre, et plusieurs revues médicales jonchaient le sol, à côté du lit.

Tant que Clover vivrait ici, il devrait se faire violence et coucher à côté d'elle, songea-t-elle avec dépit, tout en rassemblant les affaires éparses.

Elle dégagea ensuite le couvre-lit, se demandant s'il ne serait pas plus prudent de protéger le matelas avec une alèse en plastique. Oh, et puis la barbe ! Tout à coup, comme Clover, elle n'en pouvait plus.

— On va faire la sieste, annonça-t-elle.

La fillette ne se le fit pas dire deux fois, et grimpa dans le lit. Elle nicha sa tête confortablement dans l'oreiller, et prit son pouce. Avant même que Polly l'eût bordée, elle dormait.

Après avoir fermé la porte sans bruit, elle gagna sa propre chambre. Elle prit d'abord une douche, espérant que l'eau chaude effacerait le stress de la matinée. Une fois séchée, elle s'allongea sur son lit : elle se reposerait quelques instants seulement...

Son rêve fut impressionnant, angoissant... Elle avait seize ans, et souffrait d'un mal incurable, dont elle savait qu'elle allait mourir. La seule personne capable de la sauver était une vieille femme, mais Polly ne parvenait pas à la trouver. Elle la cherchait frénétiquement à travers d'immenses supermarchés, mais au lieu de la vieille femme, c'étaient des enfants qui s'accrochaient à elle. Des centaines d'enfants, exclusivement des petites filles qui se serraient tellement contre elle qu'elle en était ralentie dans sa course. Polly les dévisageait, cherchant Suzannah, sachant que si elle repérait sa fille au milieu de toutes ces gamines, tout irait bien pour elle. Hélas, Suzannah demeurait introuvable, et Polly se sentait de plus en plus angoissée...

La sonnerie du téléphone la réveilla, et elle se débattit pour sortir de son rêve et saisir le combiné.

— Pol ? C'est moi.

— Mmm... Michael ? Je... je dormais... une minute, je reprends mes esprits.

Polly s'éclaircit la voix et tenta de retrouver ses marques.

— Quelle heure est-il ?

— 17 h 30. Désolé de t'avoir réveillée. Dis, Pol, je t'avais promis de rentrer tôt, mais j'ai pris du retard avec les rendez-vous, et j'en ai encore pour une bonne heure. J'ai des nouvelles de l'hôpital : l'opération de Jérôme s'est passée au mieux, et il va bien. Il se trouve encore en salle de réveil, mais on ne tardera pas à le transférer dans le service d'orthopédie.

— Oh, je suis si contente que tout aille bien pour lui !

Polly éprouvait décidément du mal à retrouver ses esprits. La tête lourde, tout engourdie, elle n'arrivait pas à croire qu'elle avait dormi si longtemps. Il était vraiment 17 h 30 ? Déjà ? Elle s'était donc assoupie tout l'après-midi, ou presque ? Voilà qui ne lui était plus arrivé depuis des éternités !

— Comment est-ce que ça se passe avec Clover ? demanda Michael.

Clover ! Dieu du ciel ! La question de son mari emplit Polly de culpabilité. Elle avait complètement oublié l'enfant, qui devait être éveillée depuis longtemps ! Que faisait-elle ? Et si...

Cette fois, une angoisse bien réelle l'étreignit.

— Ecoute, Michael, balbutia-t-elle dans l'appareil, il faut que j'aille vite la voir... Elle s'est endormie pour la sieste et... Ecoute, nous parlerons quand tu rentreras, d'accord ?

Sans attendre de réponse, elle raccrocha avant de bondir hors du lit.

Elle avait la responsabilité de la fille de Jérôme, et voilà qu'elle l'avait laissée des heures sans surveillance ! Clover n'avait que quatre ans ! Il pouvait se produire des catastrophes, quand on abandonnait à elle-même une gamine de cet âge, dans une maison qu'elle ne connaissait pas !

Marmonnant nerveusement une prière, Polly saisit le premier peignoir qui lui tomba sous la main : un superbe déshabillé en satin de soie rose que Michael lui avait offert pour Noël. Elle en noua la ceinture, et s'élança hors de sa chambre.

12.

Comme elle le redoutait, la chambre d'amis était vide.

— Clover ? Où es-tu, Clover ?

Le cœur battant, Polly fila dans le couloir, jeta un coup d'œil dans la salle de bains, puis dans l'atelier, la lingerie...

Personne.

La porte de la chambre, en haut de l'escalier — la chambre de Suzannah —, était entrebâillée. Après une courte hésitation, Polly la poussa. Comme chaque fois qu'elle pénétrait dans cette pièce, l'espace d'un instant elle imagina y trouver Suzannah... Suzannah endormie dans son lit, ou souriant depuis la fenêtre, ou encore tourbillonnant dans un rayon de lumière au son de quelque musique audible pour elle seule. L'âme de la petite fille survivrait toujours dans cette chambre, du moins sa mère voulait-elle le croire. Aussi tenait-elle à ce que tout y demeurât exactement comme le matin où Michael avait transporté l'enfant agonisante à St Joseph.

Or, voilà que Clover s'était approprié le petit fauteuil à bascule de Suzannah, et déshabillait une de ses poupées habituellement rangée sur l'étagère avec toutes les autres. Très absorbée, l'enfant marmonnait quelque chose pour elle-même.

Polly éprouva une indignation subite. Quoi ? Cette petite fille ingrate, avec laquelle elle ne se sentait pas la moindre affinité, avait violé ce qu'elle avait de plus cher !

— Clover, que fais-tu ici ? lança-t-elle vertement.

Avançant dans la pièce, elle ajouta sur le même ton :

— Tu n'as pas le droit d'entrer dans cette chambre ! Que je ne t'y reprenne plus... C'est compris ?

De stupeur, Clover lâcha la poupée et se recroquevilla sur son siège, jetant un regard apeuré sur Polly. Puis son petit visage se chiffonna, elle ouvrit grand la bouche et éclata en sanglots bruyants.

Polly se fit aussitôt des reproches.

— Pardon, Clover, s'exclama-t-elle, pardon si je t'ai fait peur... Je t'en prie, ne pleure pas...

Elle ramassa la poupée, la rhabilla avant de la replacer sur l'étagère. Après quoi, prenant la fillette par la main, elle l'entraîna hors de la chambre dont elle ferma la porte soigneusement.

Clover pleurait toujours en gémissant. Que faire pour la calmer ? Polly força sa voix pour se faire entendre par-dessus ses sanglots.

— On va descendre dans la cuisine. Tu voudras peut-être un jus de fruits et des galettes ?

Sans cesser de pleurer, Clover hocha la tête et Polly l'entraîna dans l'escalier. A la cuisine, elle remplit un grand verre de jus de pomme, et ouvrit un paquet de biscuits.

La petite fille se calma un peu, mais de gros sanglots continuaient à la secouer. Polly lui tendit une serviette en papier : elle se moucha, se tamponna maladroitement les yeux, puis grimpa sur l'un des hauts tabourets pour tirer à elle le verre de jus de pomme. Il était trop plein ! Polly le comprit un peu tard. Patatras ! Il se renversa et bascula sur le sol où il s'écrasa avec un bruit assourdissant, projetant partout du liquide sucré, y compris sur le joli peignoir de satin rose !

— Oh, flûte, flûte et flûte ! s'exclama-t-elle, secouant le tissu couvert de taches.

Clover pinça le nez, les yeux rivés sur Polly, et se remit aussitôt à pleurer.

152

A bout de nerfs, la jeune femme s'exclama :

— Ce n'est pas grave, Clover ! Ce n'est que du jus de fruits ! Tu ne l'as pas fait exprès. Moi aussi, il m'arrive de renverser un verre !

Evitant soigneusement les éclats coupants, elle versa du jus de pomme dans un gobelet en plastique, cette fois, et le tendit à l'enfant avant de pousser vers elle le paquet de galettes.

— Tiens, mange, pendant que je répare les dégâts.

Relevant les pans tachés de son peignoir, Polly essuya le liquide collant à grand renfort de papier absorbant, puis elle récupéra les morceaux de verre qu'elle enveloppa dans du vieux journal avant de les déposer dans le seau à ordures. Cela fait, elle leva les yeux sur Clover. Celle-ci, qui n'avait touché ni au jus ni aux biscuits, l'observait, l'air infiniment malheureux, ses pauvres yeux gonflés et rouges, sa petite bouche pincée.

— Tu n'as pas soif ?

L'enfant secoua la tête.

— Je veux mon papa. Il est guéri, maintenant, mon papa ?

Elle avait posé la question d'une voix plaintive, misérable, et reprit :

— Il va venir me chercher bientôt, mon papa ? Il sait où tu habites ?

Tant de détresse serra le cœur de Polly, qui se hissa sur un tabouret à côté de l'enfant.

— Ton papa est à l'hôpital, Clover. Michael a téléphoné pour dire que son opération s'est bien passée. Maintenant, il dort. Il va guérir, mais pas tout de suite. Tu resteras avec nous jusqu'à ce qu'il aille mieux et qu'il sorte de l'hôpital. Il sait que tu es ici, et que nous prendrons bien soin de toi.

Nous ? Polly rêvait-elle ? Avait-elle cru un seul instant que Michael l'aiderait à veiller sur Clover ?

Nous sommes seules, toi et moi, petite, alors mieux

vaut nous habituer l'une à l'autre. Voilà quelle était la vérité, mais comme toute vérité, elle n'était pas forcément bonne à dire... Polly soupira. Michael passait si peu de temps à la maison ! On n'aurait même pas pu lui confier les plantes à arroser. A plus forte raison un enfant dont il fallait s'occuper...

Clover darda sur elle un regard révolté, pointant son petit menton avec un air de défi.

— Demain, mon papa va venir me chercher.

La perspective des jours qui allaient suivre consterna soudain Polly : cette conversation reviendrait encore et encore, à n'en pas douter ! A l'âge de Clover, on n'avait pas la notion du temps. La fillette ne pouvait pas concevoir la durée qui s'écoulerait avant que son père fût en mesure de la reprendre avec lui. S'adjurant d'être patiente, Polly répondit :

— Pas demain, Clover, ni le jour d'après. Tu vas devoir dormir ici plusieurs nuits avant que ton papa soit guéri.

Combien de nuits, combien de jours Polly serait-elle immobilisée ici avec Clover ? Mieux valait ne pas y penser.

L'enfant affichait une expression butée.

— Je veux pas rester dans ta maison, marmonna-t-elle, bougonne. Moi, j'ai ma maison à moi, et je veux mon papa.

— Je le sais bien, soupira Polly, cherchant les mots qui permettraient à l'enfant de comprendre la situation. Mais parfois, nous n'avons pas ce que nous voulons, et dans ces cas-là, il faut faire ce qui est le mieux pour tout le monde. Pour l'instant, le mieux pour toi est de rester ici. A présent, bois ton jus de pomme, et mange une galette.

— Non ! Je veux pas de jus, et je veux pas de galette. Je... je veux... je veux mon papa. C'est pas beau, ici.

Polly observa le petit visage plein de défi. Voilà

qu'elle allait recommencer à perdre patience avec cette enfant. Et cela n'irait qu'en empirant... Elle se prit à maudire sa mère, et la maison de sa mère, et cette idée saugrenue d'avoir voulu la repeindre, et l'échelle qui avait malencontreusement glissé... Pourtant, cette petite fille perdue l'émouvait, lui inspirait de la compassion, bien qu'il n'y eût entre elles deux ni sympathie ni affinités.

Il fallait trouver une façon de rendre la vie supportable, le temps que durerait leur cohabitation forcée. C'était l'intérêt de l'une comme de l'autre. Mettre Clover à la maternelle, fût-ce à mi-temps seulement, était peut-être un début de solution? Mais son instinct de mère souffla à Polly qu'au contraire, la fillette se sentirait encore plus abandonnée.

Elle réfléchit encore, puis déclara :

— Ecoute, Clover, j'ai quelque chose à te proposer : aimerais-tu que Michael te conduise à l'hôpital, ce soir, pour y voir ton papa?

Comme le regard de l'enfant s'était éclairé, elle poursuivit :

— Alors, c'est promis. Il t'y emmènera.

Ce serait bien le diable si Michael n'avait pas des patients à voir à St Joseph, après sa consultation. Et quand bien même, tant pis pour lui : il s'y rendrait avec l'enfant, qu'il pleuve ou qu'il vente !

— En attendant, reprit Polly, on va tâcher de te trouver des jouets, et... Oui, il me vient une idée : si tu faisais des dessins? On les accrocherait aux murs de ta chambre.

Clover secoua la tête avec obstination, mais ne sachant que proposer d'autre, Polly alla tout de même chercher des feuilles de papier ainsi que des crayons-feutres.

— Pourquoi ne pas faire un beau dessin pour ton papa? suggéra-t-elle, étalant sur la table une grande feuille blanche, avant de tendre les feutres à la fillette. Tu le lui apporterais ce soir, en allant le voir...

Clover fit semblant de ne pas voir les feutres pendant

quelques instants, puis, avec un soupir à fendre l'âme, elle leva les yeux au ciel et saisit un feutre rouge pour gribouiller la feuille devant elle. Au bout d'un court moment, elle était à son affaire et le monde autour d'elle avait cessé d'exister. Etouffant un « ouf » de soulagement, Polly en profita pour s'éclipser au premier étage. Elle s'y débarrassa de son peignoir taché qu'elle rinça hâtivement dans le lavabo. Après quoi, elle enfila une culotte et un soutien-gorge assortis, et passa une robe en jean. Puis elle redescendit à la hâte, luttant avec les boutons de sa robe. Quelle bêtise avait pu commettre Clover pendant les brefs instants qu'elle avait passés seule ?

Aucune, manifestement. Elle dessinait toujours, et jouait avec les différents feutres. Sans chercher à attirer son attention, Polly sortit de quoi préparer le repas du soir.

Elle dressait le couvert lorsque Michael arriva. Un regard à la pendule murale la sidéra : le temps avait passé si vite !

— Bonsoir, mesdames, lança Michael d'un ton délibérément pétulant. Comment allez-vous ? En voilà un beau dessin, Clover.

— Je l'ai fait pour mon papa.

Clover avait levé la tête vers Michael, toute souriante. Polly en conçut une pointe d'aigreur. Comment ne pas être agacée que cette gamine ne l'eût pas gratifiée d'un seul sourire durant tout l'après-midi, alors qu'elle avait fait de son mieux pour la distraire ?

Michael lança un clin d'œil entendu à Clover avant d'embrasser Polly sur la joue. De toute évidence, il ne tenait pas à ce que fût évoquée la dispute de la veille, ni les accusations que son épouse lui avait lancées à la tête.

Polly désirait-elle passer l'éponge, elle aussi ? Elle n'en était pas certaine. En revanche, dans l'immédiat, elle n'avait ni le désir ni l'énergie d'affronter Michael comme la veille. Tous deux avaient des problèmes plus urgents à résoudre.

— Peux-tu m'accompagner un instant dans le salon, Michael ? demanda-t-elle.

S'adressant à l'enfant, elle ajouta :

— Pendant ce temps, fais un autre dessin, Clover. Nous revenons dans trois secondes.

Sur quoi, elle arrêta le feu sous ses casseroles, et précéda son mari dans la vaste pièce qui communiquait avec la cuisine.

Une fois la porte fermée, elle se retourna pour faire face à Michael. A son expression tendue mais résignée, il était clair qu'il redoutait qu'elle ne reprît la querelle de la veille. Au lieu de quoi, elle demanda :

— Sais-tu combien de temps Jérôme devra rester hospitalisé ?

Michael se détendit aussitôt.

— C'est difficile à dire. Tout dépend du temps qu'il lui faudra pour retrouver une relative autonomie. Mais je dirais au moins un mois, et plutôt six semaines, surtout s'il n'a personne chez lui pour l'aider.

— Six semaines ! répéta Polly, atterrée. Oh, mon Dieu ! Je croyais que les gens opérés du fémur sortaient de l'hôpital bien plus vite, de nos jours.

— C'est vrai dans la majorité des cas, mais Jérôme souffre d'une double fracture assez compliquée.

Avant de poursuivre, Michael jeta un regard à Clover, par la grande porte de verre qui reliait la pièce à la cuisine. Puis il demanda :

— Tu as l'intention d'assumer complètement la charge de Clover pendant tout ce temps ?

— Je l'ai promis à Jérôme.

Polly essayait de s'habituer à la perspective de six semaines entièrement consacrées à Clover. Mais à franchement parler, la chose lui paraissait presque insupportable.

— Je ne sais pas comment je m'en sortirai, ajouta-t-elle, car nous ne nous entendons pas très bien, elle et moi.

— Dans toute la mesure du possible, je t'aiderai.

Ces mots mirent Polly en fureur. Elle riposta vertement :

— Ne jouons pas avec les mots, veux-tu ? Je te l'ai dit hier soir : tu n'es plus jamais à la maison ! Aussi, ne fais pas des promesses que tu ne tiendras pas !

Michael serra les dents sans répondre, et son mutisme rendit Polly plus furieuse encore. Mais elle éprouvait également quelques craintes.

Naguère, en effet, ils se disputaient âprement, mais comme deux personnes passionnées, emportées, qui savaient que leur relation était assez forte pour résister à de violentes tempêtes. Ils étaient sûrs l'un de l'autre, et ne doutaient jamais qu'ils finiraient par se réconcilier.

A présent, les choses avaient changé. Michael se fermait comme une huître — c'était le cas aujourd'hui — ou bien il tournait le dos sans discuter ni rien résoudre, la laissant perdue, aux prises avec un sentiment d'échec et de frustration.

Et Polly se sentait terrifiée à l'idée qu'ils ne retrouveraient peut-être jamais ce qu'ils étaient en train de perdre, et qui constituait en quelque sorte l'énergie vitale de leur couple. Comment faire pour que Michael s'en rendît compte, pour qu'il comprît à quel point leur relation devenait fragile ?

Elle n'eut pas le temps d'exprimer avec des mots ce qu'elle ressentait : la porte venait de s'ouvrir, et Clover apparut, brandissant une feuille de papier couverte d'un vilain gribouillis.

— J'ai fait un dessin pour mon papa. Regarde, docteur...

L'irruption de la fillette soulageait Michael, Polly n'était pas dupe.

— C'est un bien beau dessin, Clover.

— Je lui ai promis que tu la conduirais voir son papa à l'hôpital après le dîner, Michael. J'espère que ton emploi du temps chargé te le permettra.

158

Polly avait mis du sarcasme dans sa voix, espérant encore percer la cuirasse derrière laquelle son mari se protégeait.

— Et dis à Jérôme que j'ai besoin de vêtements pour Clover, ainsi que de jouets, ajouta-t-elle.

— Je le lui dirai. Allons dîner, Clover, ensuite nous irons à l'hôpital, toi et moi. J'ai des malades à voir, et pendant ce temps, tu feras une visite à ton papa.

Sur ces mots, Michael prit la petite fille par la main pour l'entraîner à la salle à manger.

Polly les suivit, au comble de la frustration.

13.

Pendant le dîner, Michael entretint avec Polly une conversation anodine, racontant des incidents sans importance survenus au cabinet, comme si l'éclat dans le salon et la dispute de la veille ne s'étaient jamais produits.

Il bavarda aussi avec Clover, et la fillette semblait détendue avec lui : elle lui parla des vêtements qu'elles avaient achetés au supermarché, d'un oiseau qui picorait la pelouse, du jus de pomme renversé et de son bain parfumé. Elle tendit même coquettement la main à Michael pour qu'il pût sentir la bonne odeur sur sa peau. Bref, ce n'était plus la même enfant, au grand dam de Polly !

Après le repas, Michael aida la fillette à porter les assiettes dans la cuisine, puis lui montra comment les ranger dans le lave-vaisselle. Manifestement, elle n'avait jamais vu un appareil semblable : il l'impressionna, la fascina même.

Une fois la cuisine en ordre, Polly proposa :

— Si tu allais te laver la figure et les mains, puis te donner un coup de peigne avant d'aller voir ton papa, Clover ?

Pour la première fois, l'enfant suivit la suggestion sans rechigner, et partit en courant dans la salle de bains. Un court moment après, serrant sur son cœur le dessin fait pour son père, elle se postait devant la porte, attendant Michael.

Polly espérait sans se l'avouer que ce dernier lui proposerait de les accompagner à l'hôpital. Il n'en fit rien, se contentant de l'embrasser avant de partir : un baiser chaste, sans rien qui ressemblât à de la passion. Peu après, elle le regarda, par la fenêtre, attacher la ceinture de sa petite passagère.

La voiture s'éloigna, et elle se détourna lentement de la fenêtre. Certes, elle était soulagée que Clover fût partie, mais en même temps, la maison lui paraissait plus vide que jamais !

Michael risqua un regard de biais à la petite fille.

— Il faut nous procurer un siège d'enfant pour la voiture, Clover. La vitre est trop haute pour toi, et tu ne peux rien voir.

— Mon papa, il en a un, dans sa camionnette.

— Peut-être lui demanderons-nous de nous le prêter, le temps que tu resteras à la maison avec Polly et moi.

Clover ne répondit pas, mais son petit front se plissa, et Michael y vit un signe d'angoisse. Pauvre enfant, à qui il arrivait tant de choses à la fois ! Elle ne devait plus bien savoir où elle en était.

— Ton papa se rétablira vite, Clover, mais pour l'instant, il doit rester à l'hôpital. Cela ne t'ennuie pas d'habiter avec nous en attendant qu'il aille mieux ?

— Et ta petite fille à toi ? Quand est-ce qu'elle reviendra ?

La question brutale désarçonna Michael. Sur le coup, il ne sut que répondre. Comment avait-elle entendu parler de Suzannah ? En tout cas, au fil des années, il avait appris au moins une chose sur les enfants : pour que le courant passe, avec eux, il fallait leur parler franchement, sans se cacher derrière des mots à double sens.

— Notre petite fille est tombée très malade, et elle est morte, ma chérie.

162

Les enfants de l'âge de Clover avaient généralement intégré la notion de la mort, et il ne servait à rien de les embrouiller avec des euphémismes stupides. Cependant, Michael ne voulait pas pour autant effrayer Clover. Aussi ajouta-t-il :

— C'est très rare, sais-tu, que des petites filles meurent à cause d'une maladie, et tu n'as pas à t'inquiéter pour toi : cela ne t'arrivera pas.

Apparemment pas troublée, Clover hocha la tête.

— Mon chat à moi, il est mort, et papa l'a enterré derrière notre immeuble. Papa, il a dit qu'il était monté au ciel pour vivre avec les anges.

Même pour Clover, Michael ne renchérirait pas sur le ciel et les anges. Aussi ne répondit-il rien. Mais déjà l'enfant demandait, toujours aussi directe :

— Comment elle s'appelait, ta petite fille ?

— Suzannah.

Articuler ce prénom demandait un effort à Michael. Voilà si longtemps qu'il évitait de le faire...

— Suzannah, répétait maintenant la fillette, Suzannah, c'est un joli nom, Suzannah.

Pendant quelques minutes, l'adulte et l'enfant conservèrent le silence, puis Clover se tourna vers Michael, dardant sur lui un regard incisif.

— La maman de Suzannah, elle était pas contente parce que j'ai pris une poupée de ta fille, déclara-t-elle d'un ton accusateur. Je suis entrée dans sa chambre, et elle m'a dit que j'avais pas le droit.

La chambre de Suzannah ! Polly avait toujours refusé d'y toucher, et ils s'étaient disputés violemment à ce sujet, un jour. Michael voulait la vider et l'aménager différemment, aussitôt après les obsèques. Polly avait hurlé, tempêté, le menaçant des pires choses pour avoir suggéré pareil sacrilège.

Et sans doute avait-elle vu rouge quand l'enfant avait violé son sanctuaire. Michael soupçonnait sa femme de passer du temps seule dans la chambre de leur fille, et cette pensée lui serrait le cœur. Dire que lui-même n'y avait plus mis les pieds depuis...

— Moi, j'ai mes poupées, à ma maison, déclara Clover, maintenant sur la défensive, et mon lapin aussi. Il dort dans mon lit.

Un court silence suivit, puis la petite voix précipitée s'éleva de nouveau, poignante :

— Je veux rentrer à ma maison ! Je veux mon papa et ma poupée, et mon lapin. Tu comprends, docteur ?

Tant de détresse vibrait dans ces mots que le cœur de Michael se serra douloureusement. Ce qu'elle demandait semblait si légitime !

— Tu rentreras à ta maison quand ton papa ira mieux. Pour l'instant, nous allons voir comment il est.

Et Michael fut soulagé lorsqu'il bifurqua pour pénétrer dans l'enceinte de l'hôpital.

Une fois dans le bâtiment, il prit la main de la fillette, et ralentit l'allure pour régler son pas sur le sien. Dans l'ascenseur, il lui montra comment appuyer sur le bouton du service d'orthopédie où se trouvait Jérôme. Au poste des infirmières, on leur apprit que le malade était encore un peu dans le vague, après l'anesthésie. Michael présenta Clover au personnel soignant, puis l'entraîna jusqu'à la chambre de son père.

— Papa ?

Les toutes premières secondes, la fillette douta que ce malade avec la jambe surélevée, le bras piqué de l'aiguille d'une perfusion, fût bel et bien son père. Jérôme sommeillait, mais il ouvrit les yeux en entendant la voix enfantine, et tourna la tête.

— Clover ? Bonjour, chérie... Viens par ici, plus près de moi.

Bien que faible, la voix du blessé était transportée de bonheur, et la fillette courut pour saisir la main qu'il lui tendait. Elle se pencha pour y nicher son visage et sentir son odeur, comme aurait fait un petit chien.

Michael vit des larmes monter aux yeux de Jérôme, lorsque l'enfant déclara d'un ton pénétré :

— Je t'aime, mon papa. Regarde, je t'ai fait un dessin.

Elle brandit sous ses yeux la feuille de papier avant de reprendre, suppliante :

— On va rentrer à la maison, papa ? Oh, s'il te plaît...

Une larme coulait lentement le long de la joue de Jérôme, qui répondit pourtant avec douceur :

— Pas tout de suite, ma chérie.

Puis, avec une infinie patience, il lui montra ses plâtres, et lui expliqua qu'il ne pouvait plus bouger, et que tant qu'il ne marcherait pas, il ne pourrait pas s'occuper d'elle.

— Alors je veux rester ici avec toi, papa !

A regret, Jérôme expliqua encore que non, elle ne pouvait pas rester à l'hôpital, et Clover éclata aussitôt en sanglots. Son père lui caressa la tête, et Michael la souleva pour la déposer sur le lit. Elle se nicha alors au creux du bras gauche de son père, et ne tarda pas à se calmer, même si, de temps en temps, de gros sanglots la soulevaient tout entière.

Enfin, elle effleura le bandage autour de la poitrine de Jérôme, et se pencha pour souffler dessus.

— C'est pour que tu aies moins mal, assura-t-elle en se redressant.

— Merci, chérie, ça va déjà mieux.

Sur quoi, la petite se cala contre son père, et prit son pouce. Bientôt ses paupières se fermaient. Elle dormait.

Michael demanda à voix basse, pour ne pas la réveiller :

— Avez-vous des questions à me poser sur votre état, Jérôme ? Puis-je quelque chose pour vous ?

Ce dernier secoua la tête.

— Le Dr Bellamy m'a tout expliqué très clairement. Mon seul souci, c'est elle, ajouta-t-il, indiquant l'enfant d'un mouvement du menton.

Sa voix tremblait un peu, tant il était préoccupé, et il poursuivit :

— Je ne serai pas en état de m'occuper d'elle avant six à huit semaines, m'a-t-on dit.

Il étouffa un soupir, et son regard se troubla.

— Je me creuse la cervelle pour trouver quelqu'un à qui la confier, mais je n'ai personne. Si vous et Polly ne pouvez pas la garder, il faudra la mettre dans une famille d'accueil, docteur, et je ne sais pas comment elle le supportera. Clover n'a pas encore accepté d'être privée de sa mère. Tous les soirs, elle pleure et la réclame. Et maintenant, elle va s'imaginer que moi aussi, je l'abandonne !

— Elle est très bien avec nous, Jérôme. Cessez de vous inquiéter. Je l'emmènerai vous voir le plus souvent possible, et je sais que Polly s'en occupera parfaitement. Il faut que nous allions chercher ses vêtements, cependant, ainsi que ses jouets, pour qu'elle se sente chez elle à la maison.

— Vous trouverez les clés de mon appartement dans le tiroir de la table. Il y a un lapin en peluche avec lequel elle dort : elle l'appelle Wilbur. Surtout, ne l'oubliez pas !

Jérôme marqua encore un temps d'hésitation avant de demander :

— Vous êtes sûr que vous pouvez vous charger de ma fille, docteur ?

— Absolument sûr.

En ce qui le concernait, Michael ne voyait aucun problème à accueillir Clover : l'enfant lui inspirait une tendresse instinctive. En revanche, s'agissant de Polly, il avait quelques doutes, mais c'est elle qui avait promis à Jérôme de s'occuper de l'enfant, et Polly respectait toujours ses promesses. D'ailleurs, il n'y avait apparemment pas d'autre solution. Sauf, bien sûr, à choisir une famille d'accueil... Mais Michael était bien placé pour savoir combien les assistantes sociales avaient du mal à en trouver de bonnes ! Et l'idée que Clover, abandonnée et déracinée, pût se retrouver chez de complets inconnus le révoltait littéralement.

Non, elle serait beaucoup mieux chez eux, et Michael se jura qu'il ferait tout pour aider Polly, comme il le lui avait promis.

— J'ai quelques patients hospitalisés à voir, Jérôme, annonça-t-il au bout d'un moment. Voulez-vous que je dépose Clover sur l'autre lit pour qu'elle ne vous gêne pas ?

Le blessé secoua la tête.

— Non, je préfère la garder contre moi.

— Si elle vous embarrasse, appelez l'infirmière. Je vais la prévenir que je la laisse avec vous. Quant à moi, j'en ai pour une petite demi-heure, à peu près.

Mais une heure et demie s'était écoulée quand Michael reparut. Un incident l'avait occupé plus longtemps que prévu : un de ses patients, Everett Simms, que l'on devait opérer de la vésicule biliaire le lendemain matin, avait brusquement décidé de quitter l'hôpital, et de renoncer à l'opération. Michael avait dû prendre son temps, et déployer toute sa force de persuasion pour le convaincre que l'ablation de sa vésicule était indispensable.

Dans la chambre de Jérôme, tout le monde dormait, Clover toujours nichée contre son père. Michael la souleva sans heurt, et une infirmière glissa une couverture autour de son petit corps, mais l'enfant ne se réveilla pas davantage que son père.

Polly devait les guetter, car elle ouvrit la porte dès que Michael eut rangé la voiture au garage. Elle les précéda au premier étage jusqu'à la chambre d'amis. Là, elle ouvrit le lit puis, sans un mot, tous deux entreprirent de déshabiller la fillette endormie, avant de lui enfiler sa chemise de nuit de coton. L'enfant gémit un peu, se débattit, fit la grimace, mais à peine était-elle sous les couvertures qu'elle dormait du sommeil de l'innocence.

Polly avait installé une veilleuse dans un renfoncement

du mur, et elle l'alluma avant de sortir de la chambre et d'en tirer la porte sur eux.

— Le sommeil des enfants me surprendra toujours, fit-elle observer quand ils furent dans le couloir. Tu te rappelles, lorsque nous rentrions tard, et que nous couchions Suzannah comme nous venons de le faire avec Clover ?

— Oui.

Pourquoi le ramenait-elle sans arrêt à Suzannah ? songea Michael avec lassitude. On aurait dit qu'elle prenait plaisir à rouvrir une plaie qui ne cicatrisait jamais.

— Tu veux un jus de fruits, ou peut-être un verre de vin ? demanda-t-il.

— Va pour le vin. Bonne idée.

Elle semblait avoir oublié son ressentiment, et Michael en était infiniment soulagé. Ils descendirent dans la cuisine, où il remplit deux verres de vin blanc dont une bouteille était ouverte dans le réfrigérateur.

Polly s'était perchée sur l'un des hauts tabourets. Michael en fit autant, avant de lever son verre, en un automatisme acquis de longue date.

— A nous, mon amour.

Une ombre assombrit fugitivement le visage de Polly, mais elle tendit son verre à son tour, répétant :

— A nous.

Michael sortit de sa poche la clé de l'appartement de Jérôme, et déclara :

— Je peux passer prendre les affaires de Clover, avant l'hôpital, demain matin, si cela te rend service.

Polly secoua la tête.

— Non, il vaut mieux que j'y aille avec Clover. Ainsi, elle choisira ce qu'elle veut emporter.

Sur quoi, elle passa une main lasse dans ses cheveux, et Michael remarqua les cernes sombres sous ses yeux. Comme elle semblait fatiguée !

— Polly, s'exclama-t-il avec force, il ne faudrait pas te surmener à cause de cette gamine. Il y a toujours la solution des services sociaux, ne l'oublie pas. Je sais que tu te sens responsable de Clover parce que Jérôme est ton ami, mais si tu dois en faire trop, je trouverai une autre issue.

— Certainement pas, rétorqua vivement Polly. J'ai promis à Jérôme de m'occuper de sa fille, et une promesse se respecte. D'ailleurs, j'ai eu Norah au téléphone : elle se chargera de Clover pendant ses jours de congé.

Elle se tut avant de reprendre, amère, maintenant :

— Quant à maman, c'est une honte ! Elle aurait pu au moins proposer de partager avec nous la garde de la petite ! Franchement, je lui en veux, Michael... Elle a apprivoisé Clover, qui s'est attachée à elle. Logiquement, elle aurait dû la recueillir. Eh bien, non ! Madame s'est trouvé un amant qui passe ses nuits avec elle ! C'est quand même incroyable !

Michael ne put réprimer un sourire. Depuis le temps, il s'amusait autant du comportement imprévu d'Isabelle que de la façon indignée dont réagissait Polly.

— Je ne suis pas étonné que ta mère fasse des conquêtes, répliqua-t-il. Elle est encore très séduisante. J'espère seulement qu'elle prend toutes les précautions indispensables de nos jours.

Polly lui lança un regard incrédule, ne sachant pas s'il plaisantait, puis elle s'obligea à sourire.

— Tu trouverais la situation moins drôle s'il s'agissait de ta mère.

— Oh, je n'en suis pas si sûr... Ma mère, après la mort de mon père, s'est prise pour une victime. Sans doute aurait-elle vécu plus longtemps, et aurait-elle été plus agréable pour son entourage, si elle avait entretenu quelques liaisons.

Michael était enfant unique, et sa mère ne lui avait pas facilité l'existence durant les dix dernières années de sa vie. Dans sa maison de retraite, elle se disputait avec tout le monde, exigeait qu'il vînt la voir tous les jours, et se plaignait de tout. Tant et si bien que tout le monde avait été soulagé lorsqu'une pneumonie l'avait emportée en quelques jours.

Sans l'avouer, Michael avait toujours jugé que des deux femmes, Isabelle était de loin la plus facile, malgré son égoïsme foncier. D'ailleurs, ce qu'il appréciait chez sa belle-mère, c'était son indomptable vitalité, un trait de caractère dont avait hérité Polly. Mais cela, il ne l'avait jamais dit à sa femme, car elle ne l'aurait sans doute pas pris comme un compliment.

— Crois-tu vraiment que maman soit ce qu'on appelle une femme facile ? demandait à présent celle-ci.

— Ce n'est pas impossible, admit Michael.

En vérité, c'était plus que probable, mais il ne le dit pas, et ajouta :

— De toute façon, quelle importance, Pol ? Tu n'es pas responsable de la conduite de ta mère.

— Certes... Encore que si elle tombe malade, il faudra nous en occuper. Imagine un peu, si elle attrapait le sida !

— A mon avis, Isabelle a suffisamment les pieds sur terre pour prendre soin d'elle. Et si cela devait arriver, nous ferions de notre mieux pour l'aider. De toute façon, ce n'est généralement pas ce que nous redoutons le plus qui survient, Polly.

Sauf exception, évidemment. Michael n'avait jamais imaginé perdre un jour Suzannah. En revanche, il avait toujours eu peur de perdre Polly, et cela avait bien failli arriver : Polly avait manqué mourir à la naissance de Suzannah. Elle avait eu une hémorragie, on avait dû la transfuser, son cœur avait eu des faiblesses, et il avait fallu la réanimer.

Suzannah avait failli coûter à Michael la femme qu'il aimait. Or, par une tragique ironie du sort, sa mort semblait avoir le même résultat, sur un autre plan. De paisibles moments comme celui qu'ils partageaient maintenant étaient de plus en plus rares. Souvent, trop souvent, Polly s'emportait contre lui, ou bien c'était l'inverse...

Une terreur glacée, implacable, noua le ventre de Michael, qui posa son verre de vin. Puis, sans que rien ne le laissât prévoir, il attira Polly dans ses bras pour l'embrasser sur la bouche, caressant avidement son corps comme pour s'assurer qu'en cet instant, elle était encore avec lui, à lui, rien qu'à lui.

14.

— Si nous allions au lit, mon amour?

L'invite était sans équivoque. Polly la prit comme telle, et rendit son baiser à son mari avec une passion grandissante, nouant les bras autour de son cou pour se presser plus étroitement contre lui.

La tenant serrée, il l'entraîna à l'étage. Une fois dans leur chambre, il l'attira de nouveau entre ses bras pour de longs baisers sensuels, profonds, enivrants, qui éveillaient en elle un désir de plus en plus fort. Polly se lovait contre lui, répondait à ses baisers, comme pour lui demander, par ce seul langage corporel, encore plus, toujours plus...

Sans cesser de l'embrasser, Michael déboutonna la robe en jean, et la fit glisser sur ses épaules. Elle alla échouer sur le sol. Au-dessous, Polly portait un petit soutien-gorge de dentelle blanche, et un minuscule slip assorti. Michael pencha la tête pour prendre entre ses lèvres une aréole gonflée à travers la fine dentelle. Puis il taquina l'autre sein avant de revenir au premier, et lorsqu'il sentit sous sa bouche la chair tendue, gonflée et palpitante, alors seulement, il dégrafa le soutien-gorge.

Polly gémissait de plaisir, la tête rejetée en arrière. Michael la souleva dans ses bras pour l'étendre sur le grand lit. Alors il se débarrassa à la hâte de ses vêtements, avant de s'allonger à son côté, tout contre elle, le cœur vacillant à mesure qu'il éprouvait l'exquis velouté de sa peau, la perfection délicate et suave de son corps. Il la serra ardemment, s'efforçant de la faire sienne par tous les pores de sa peau.

Douceur, chaleur, sensualité...

— Ma chérie, je t'aime, je t'aime tant..., murmurat-il, promenant sa bouche le long de son cou, sur la rondeur de ses seins, avant de reprendre ses lèvres.

Il connaissait intimement son corps, et cette connaissance même accroissait son désir. Il sentait le moment exact où, chez elle, le désir se muait en besoin, puis le besoin en urgence, et enfin quand l'urgence échappait à tout contrôle. Alors seulement il la pénétra, lentement, avec une douceur consommée, contrôlant sa propre violence. Il glissait dans la douceur de sa chair, fouillant au plus profond d'elle-même, s'immobilisant pour encourager en elle la montée du plaisir.

Polly se mit à frissonner, se cambra, et dans un ultime coup de boutoir désespéré, Michael les entraîna tous les deux vers l'infini du plaisir, d'où ils retombèrent ensemble, soudés dans une même extase... quand tout à coup, des pleurs d'enfant retentirent, juste derrière la porte de la chambre.

— Oh, la barbe ! Et la barbe !

Polly fouilla fébrilement sous son oreiller pour y dénicher une chemise de nuit, et Michael tira la couverture sur lui, juste avant que la porte ne s'ouvrît toute grande.

Polly, qui venait d'enfiler son vêtement de nuit, se leva, et d'une voix rauque, encore mal assurée après la violence du plaisir, s'exclama :

— Qu'est-ce qui t'arrive, Clover ?

— Je... Je veux... mon pa...pa...pa...pa... Je... veux Wil... Wilbur.

— Papa n'est pas là, tu le sais. Il faut te recoucher, maintenant.

174

— Je... je veux mon lapin.

— Allons, viens vite, il est l'heure de faire dodo.

Clover pleura un peu moins bruyamment tandis que Polly l'entraînait dans le couloir, mais elle ne se calma pas pour autant. Michael se leva à son tour et tira de son tiroir un pantalon de pyjama et un T-shirt qu'il enfila vivement. Puis il se dirigea vers la chambre de la fillette.

Polly la réinstallait fermement au lit, et si l'enfant ne résista pas, elle se remit à sangloter dans son oreiller. Son petit corps tressautait tout entier sous la violence de ses pleurs. Dieu, comme elle était déchirante !

— Va te recoucher, chérie, murmura Michael, je m'en occupe.

Il posa un rapide baiser dans le cou de sa femme avant de s'asseoir au bord du lit de Clover pour caresser lentement son dos maigre : il y sentait chacune de ses vertèbres, et percevait du bout des doigts l'agitation de l'enfant.

— Nous irons chercher ton lapin dès demain, mon chou, dit-il d'une voix douce. Et maintenant, si je te racontais une histoire ?

Malgré ses sanglots étouffés, la fillette hocha la tête.

— Il était une fois...

Michael hésita, ne sachant de quelle manière commencer. Voilà si longtemps qu'il n'avait pas inventé d'histoire pour un enfant ! Il tenta en vain de se rappeler celles qu'il racontait autrefois.

— Il était une fois un poisson rouge qui s'appelait Oscar, attaqua-t-il, songeant tout à coup à Duncan. Oscar vivait dans un bocal de verre, et il appartenait à une petite fille du nom de...

Les sanglots avaient cessé. Clover roula sur le dos, dardant son regard sur Michael.

— Suzannah, dit-elle, la petite fille s'appelait Suzannah !

Sur quoi elle renifla avec véhémence.

Avalant la boule qui lui obstruait la gorge, Michael s'obligea à continuer.

— Oscar était un poisson rouge très particulier, parce qu'il savait parler, mais seulement à... à Su...

Il dut s'y reprendre à deux fois pour prononcer le nom.

— ... seulement à Suzannah. Et elle était la seule à pouvoir le comprendre, parce que personne n'écoutait Oscar aussi bien qu'elle.

Les idées et les mots lui venaient plus facilement, à présent, tout comme le prénom de sa fille, qu'il pouvait prononcer presque sans effort.

— Oscar vivait dans un bocal de verre rempli d'eau parce que les poissons ont besoin d'eau pour respirer. Mais il n'était pas heureux. Il écrasait tout le temps son nez contre le verre pour tenter de voir le monde si grand, si vaste, où vivait Suzannah, et il se demandait comment ce serait s'il sortait de son bocal. Petit à petit, il ne pensa plus qu'à cela, se posant éternellement la même question. Or, voilà qu'un jour survint un drame. Le papa de Suzannah tomba, se fit très mal à la jambe, et on dut le transporter à l'hôpital pour le réparer.

— Comme mon pa... papa, dit Clover avec un hoquet.

Sa petite voix si triste émut Michael, qui hocha la tête et caressa le front moite de l'enfant d'un geste tendre.

— Oui, comme ton papa. Celui de Suzannah, comme le tien, s'était assuré, avant de partir pour l'hôpital, que des gens gentils s'occuperaient de sa petite fille, pendant qu'il ne serait pas là. Mais Suzannah avait très peur, et elle était horriblement triste de ne plus voir son papa. Aussi pleurait-elle tout le temps. Elle entourait de ses bras le bocal d'Oscar, et pleurait, pleurait, pleurait comme une Madeleine... Oscar tentait bien de lui dire de ne pas s'en faire, que tout s'arrangerait, mais comme elle ne l'écoutait pas assez bien, elle ne l'entendait pas, et elle en était encore plus triste. Ses larmes tombaient dans le bocal d'Oscar, et parce qu'elle pleurait beaucoup, le niveau de l'eau montait. Or, les larmes sont salées, tu le sais, Clover? Bientôt, Oscar commença à se sentir malade, dans cette eau trop salée à cause des larmes de Suzannah : il lui fallait de l'eau propre pour respirer, pas de l'eau mélangée aux larmes salées de Suzannah.

» — Ne pleure plus, je t'en supplie, gémissait Oscar.

» Hélas, Suzannah ne l'entendait pas. Elle ne l'écoutait même pas. Finalement, le bocal fut plein à ras bord. Et comme l'eau était trop salée, le pauvre Oscar flottait à la surface. Or, soudain, il passa par-dessus le bord du bocal pour atterrir sur les genoux de Suzannah, tout mouillé, tout collant, ouvrant grand la bouche pour chercher de l'eau, parce que les poissons n'arrivent pas à respirer hors de l'eau.

» Et voilà que de stupeur, Suzannah s'était arrêtée de pleurer. Elle fixait le pauvre poisson sur ses genoux, et s'exclama :

» — Bon sang, Oscar, que fais-tu hors de ton bocal?

» Elle attendit qu'il lui réponde, mais évidemment Oscar ne pouvait plus parler, puisqu'il ne pouvait plus respirer. Son rêve s'était enfin réalisé : il était sorti de son bocal, mais ça ne lui plaisait pas du tout. Il sautait d'un côté, de l'autre, comme le fait un poisson hors de l'eau. Et Suzannah comprit enfin que ses larmes avaient rempli le bocal, qui avait débordé, jetant le pauvre Oscar sur ses genoux. Rapide comme l'éclair, elle sécha ses larmes et fila remplir le bocal avec de l'eau propre, puis, plaçant très délicatement le petit Oscar au creux de ses mains, elle le remit dans son bocal.

» — Merci, oh merci ! hoqueta le petit poisson, le souffle court.

» Et maintenant, elle pouvait de nouveau l'entendre, parce qu'elle l'écoutait. Il lui dit alors ce qu'il savait : que son papa reviendrait bientôt de l'hôpital pour s'occuper d'elle. Suzannah savait qu'Oscar disait la vérité, parce qu'il ne lui avait jamais menti. Et de ce jour, Oscar ne voulut jamais plus autre chose que ce qu'il avait : c'est-à-dire un joli bocal rond rempli d'eau bien propre, et une gentille amie à qui parler. »

Clover laissa échapper un soupir ; ses paupières s'étaient fermées, puis se relevèrent.

Michael baissa progressivement la voix.

— Dès lors, Suzannah ne pleura plus jamais, et son papa guérit très vite. Il revint à la maison avec elle pour ne plus la quitter.

L'enfant dormait. Michael ajouta sur le ton du murmure :

— Depuis, ils vivent très heureux ensemble.

Sur quoi, il remonta la couverture sur les épaules de la fillette, avant de se redresser

Dans sa chambre, la lampe de chevet était allumée. Adossée à ses oreillers, Polly lisait une revue.

— Elle dort ?

Michael hocha la tête, puis se glissa sous la couverture pour attirer sa femme à lui.

Mais elle lui résista et, jetant la revue sur la descente de lit, se redressa, bras croisés sur la poitrine.

— Nous allons avoir ce genre de sérénade tous les soirs sans exception, je le sais, Michael !

— Peut-être pas. Elle va s'habituer à sa nouvelle chambre. Pour l'instant, tout lui est étranger ici, et elle se sent abandonnée. Jérôme lui manque, elle n'a que lui.

— Je le sais, et elle m'inspire beaucoup de pitié. Ah, si seulement j'arrivais à la trouver un peu plus attachante !

L'ambiguïté de ses sentiments pour Clover troublait Polly, qui ajouta :

— C'est affreux de ne pas aimer un enfant. Toi, au moins, tu ne sembles pas avoir ce problème avec elle.

Malgré le ton accusateur, Michael ne prit pas la mouche, mais hocha la tête.

— Ce n'est certainement pas une gosse facile. La première fois que Jérôme me l'a amenée au cabinet, elle s'est débattue comme une tigresse quand j'ai voulu l'examiner.

— Sans compter qu'elle est morose, boudeuse, et que ça me rend folle. Suzannah avait tant d'entrain pour tout !

Préférant ne pas répondre, Michael se détourna pour éteindre la lampe. Pourquoi fallait-il que Polly ramène toujours tout à leur fille ? Et même Clover qui s'y était mise, en donnant le nom de Suzannah à la petite fille de l'histoire, tout à l'heure...

— Sais-tu que ma mère a prétendu que Clover lui rappelait Suzannah ? s'indignait maintenant la jeune femme. Quant à moi, rien chez Clover, strictement *rien* ne pourra jamais m'évoquer Suzannah !

De nouveau, Michael préféra ne pas répondre : la conversation venait de prendre un tour trop douloureux. Aussi remonta-t-il la couverture sous son menton avant de murmurer :

— Dormons, veux-tu, Polly ? La journée a été rude, et je suis vidé.

— Evidemment ! s'exclama-t-elle avec irritation. Evidemment, il faut dormir ! Tous les prétextes sont bons pour éviter une conversation avec moi, n'est-ce pas, Michael ? Tu peux passer des heures à raconter une histoire à une gosse, mais quand il s'agit d'avoir une discussion sérieuse avec ta femme, tu es fatigué, et il n'y a plus personne !

Michael ne releva pas l'accusation. Il s'obligea à adopter une respiration lente et régulière, comme s'il s'assoupissait. Quand, au bout d'un long moment, le rythme du souffle de Polly et certains soubresauts de ses membres lui indiquèrent qu'elle dormait, il se glissa hors du lit et fila à pas de loup au rez-de-chaussée, dans son bureau.

Il avait toujours des dossiers de malades à mettre à jour, des imprimés officiels à remplir, bref de la paperasserie qui réclamait un certain niveau d'attention. Il travailla ainsi jusqu'aux premières heures de l'aube, et quand le jour commença à poindre, il s'étendit sur le canapé de cuir et tomba comme une masse dans un sommeil sans rêve.

Polly s'éveilla lentement. Les lourds rideaux laissaient passer une lumière matinale grisâtre : il pleuvait. Le cliquetis des gouttes sur les vitres s'entendait clairement. Michael était parti, mais tout à coup, elle eut la certitude de ne pas être seule dans la chambre. Elle se retourna vivement pour se relever sur un coude.

Clover, postée sur le côté du lit, la fixait sans aménité. Depuis combien de temps était-elle là ? Polly soutint son regard un moment, avec l'impression qu'on avait violé son intimité. Puis elle s'obligea à sourire et s'éclaircit la gorge pour lancer aimablement :

— Bonjour, Clover.

— Il faut te lever.

La petite avait parlé sur un ton accusateur et, curieusement, Polly se sentit coupable.

— Oui, je suppose que tu as raison.

Etouffant un bâillement, elle jeta un regard à la pendule, sur la table de chevet, avant de constater :

— Il n'est pas encore 8 heures, cependant. On ne peut pas m'accuser d'avoir fait la grasse matinée.

Clover ne répondit pas. Elle s'était habillée, et portait le même short et le même T-shirt que la veille, mais n'était ni lavée ni coiffée.

— J'ai faim, dit-elle. Où il est, le docteur ?

Bonne question ! songea Polly.

— Il est sans doute parti travailler, répondit-elle. Tu sais qu'il soigne les gens qui sont malades.

« Et qu'il fuit sa femme dès qu'il le peut », ajouta-t-elle en son for intérieur.

— Des gens malades comme mon papa ?

— Exactement.

D'un bond, Polly se leva, et gagna la salle de bains, Clover sur ses talons.

— J'en ai pour une minute, dit-elle, fermant la porte devant l'enfant.

Quand elle reparut, Clover l'attendait, assise par terre près de la porte.

— Nous devrions prendre une douche avant le petit déjeuner, déclara Polly d'un ton ferme.

— Toutes les deux ensemble ?

Sans attendre, Clover enleva son short et son T-shirt. Elle avait oublié de mettre sa petite culotte, et enfilé son short à l'envers. Pauvre gosse ! Elle était encore si bébé, par certains côtés.

— Oui, toutes les deux, puisqu'on est des filles, toi et moi, admit Polly.

C'était du reste une façon très efficace de faire les choses. Polly ouvrit le robinet de la douche, savonna la fillette avant d'en faire autant pour elle. Puis elle se lava les cheveux, et lava ceux de Clover. Une fois qu'elles furent toutes deux bien rincées, elle aspergea la fillette d'une bonne quantité d'eau de Cologne, et lui permit de s'enduire de lait hydratant. La petite était fascinée par tous les produits de beauté, et Polly la laissa se mettre de la crème sur le visage ainsi que de la pommade sur les lèvres. Après quoi, elle lui imprégna les cheveux de lotion, comme elle l'avait fait avec les siens, et l'idée lui vint alors de conduire Clover chez Louie, son coiffeur. Peut-être saurait-il lui couper les cheveux et la rendre un peu plus jolie. La petite était toujours coiffée lamentablement, avec des mèches pendantes de toutes les longueurs, de sorte qu'on ne pouvait lui faire ni queue-de-cheval ni couettes. Et ce qui avait dû être une frange lui envahissait la moitié du visage !

Il faudrait aussi passer à l'appartement de Jérôme pour récupérer les affaires de Clover. Polly ne devait surtout pas l'oublier !

Entre le coiffeur et l'appartement, la matinée serait bien occupée, d'autant qu'il n'était pas question de déjeuner dehors : la petite fille faisait toujours la sieste, habitude à respecter. Bref, cahin-caha, la journée s'écoulerait...

Mais à la perspective des semaines qui s'étalaient devant elle, interminables, Polly se sentit sombrer. Il lui semblait qu'un piège la retenait prisonnière.

Au cours des mois passés, malgré son désœuvrement, jamais elle n'avait eu le sentiment d'être libre. Ses journées lui étaient apparues comme des plages de temps qu'il fallait occuper, des heures à remplir en faisant des courses, en déjeunant dehors, en allant chez le coiffeur ou chez le masseur. Maintenant qu'il lui fallait organiser ses journées en fonction de cette enfant, elle se rendait compte à quel point elle était libre et indépendante, auparavant. Mais cette liberté, elle ne l'avait pas appréciée.

— C'est bon, jeune fille, allons déjeuner dans la cuisine, annonça-t-elle lorsque Clover se fut longuement pomponnée.

Certes, la gamine n'était pas jolie, mais au moins elle était propre et nette, dans son short rose et sa petite chemise assortie, et elle semblait plus gaie que d'habitude.

« Pourvu que ça dure ! » songea Polly en croisant les doigts.

182

Elle prépara du café et remplit deux verres de jus d'orange, puis elle sortit des céréales et du lait froid.

— J'aime pas le jus d'orange, annonça Clover, repoussant le verre que Polly avait placé devant elle, et j'aime pas ces céréales. J'aime seulement les Sugar Friskies.

— Je te fais griller une tartine, à la place ?

Clover secoua la tête.

— J'aime pas les tartines. Je veux des œufs à la coque.

— Ici, on ne mange pas d'œufs au petit déjeuner. Tu veux du porridge ?

— J'aime pas le porridge.

La gamine ponctua cette dernière phrase d'une moue de dégoût.

— Alors que diable vas-tu prendre pour ton petit déjeuner ? soupira Polly, qui se faisait violence pour ne pas s'énerver.

La bonne ambiance, la complicité partagée dans la salle de bains s'étaient envolées, et Polly se retrouvait dans le même état que la veille, pleine d'animosité et de ressentiment envers cette gamine de quatre ans, et culpabilisée de ne pas éprouver des sentiments plus amènes à son égard.

Maussade, Clover finit par accepter une tartine de beurre de cacahuète, et Polly, à son corps défendant, ajouta des Sugar Friskies à sa liste de courses.

Certes, elle avait tort de s'emporter contre les habitudes alimentaires de Clover. Sans doute était-ce parce qu'elle la comparait sans arrêt à Suzannah, à Suzannah si facile, qui aimait et mangeait de tout sans jamais faire d'histoire... Peu après qu'on eut diagnostiqué sa maladie, elle avait dû suivre un régime très strict à base de céréales, de légumes et de riz cuits à la vapeur. Elle s'y était habituée sans le moindre problème, et pas une fois Polly ne l'avait entendue s'en plaindre.

Tout en buvant son café, Polly téléphona à son coiffeur et en obtint un rendez-vous, bien que Louie, de son propre aveu, ne coiffât pas les enfants, d'ordinaire. Mais il s'autoriserait une exception pour Polly. Justement, un rendez-vous avait été annulé dans la matinée, à 10 heures.

Or, il était déjà 9 h 30. Sans perdre davantage de temps, elle embarqua la fillette pour le salon de coiffure... et découvrit, une fois là-bas, que la vue des ciseaux terrifiait Clover ! Dès que l'enfant vit Louie tenant l'outil de son art, elle se mit à hurler ! Et rien, ni raisonnement, ni promesses, ni menaces, ne réussit à la calmer. Quand Polly voulut la mettre de force dans le fauteuil, elle se raidit en glapissant, balançant des coups de pied dans toutes les directions. Tout le monde autour s'était tu, et les regards convergeaient sur cette enfant si mal élevée et si colérique. Louie avait reculé prudemment, et roulait des yeux effarés.

Pour finir, Polly quitta honteusement le salon, tirant Clover par le fond de son short, réprimant de son mieux l'envie de hurler que cette gamine n'était pas la sienne, qu'elle en avait seulement la garde pour quelque temps, et qu'elle n'était pas responsable de sa mauvaise éducation !

Tirant toujours l'enfant, elle gagna à la hâte sa voiture. Une fois au volant, elle s'obligea à prendre quelques inspirations profondes pour se calmer. Après quoi elle démarra, afin de se rendre au domicile de Jérôme.

Celui-ci habitait un modeste appartement de location, dans un immeuble plutôt délabré de Richmond.

— Voilà ma maison, articula Clover d'une voix encore déformée par ses hurlements précédents, lorsque le bâtiment fut en vue.

Un court moment après, Polly ouvrait la porte de l'immeuble, et la fillette se précipita joyeusement à l'intérieur. Le traumatisme lié à sa coupe de cheveux avortée semblait totalement oublié.

Elle grimpa quatre à quatre les deux étages, et attendit en trépignant d'impatience que Polly eût déverrouillé la porte de l'appartement.

Jérome tenait de son mieux son modeste intérieur, cela se voyait, mais il était tout aussi clair qu'il n'avait guère de moyens. L'appartement était pauvrement meublé, et une antique télévision trônait dans un coin du salon. Dans la cuisine, les appareils vétustes étaient propres mais d'aspect misérable. Sur le plan de travail se trouvait un très vieux grille-pain, mais il n'y avait ni micro-ondes, ni robot électrique, ni lave-vaisselle.

Deux vélos étaient appuyés contre le mur du couloir : l'un d'adulte, l'autre d'enfant, avec des petites roues.

— Il est à moi, déclara fièrement Clover. Je fais du vélo avec mon papa. Et ça, c'est ma chambre.

Ce disant, elle précéda Polly dans un espace minuscule, et se précipita sur un lit étroit couvert d'une couverture rose élimée.

Des jouets étaient éparpillés de tous côtés : plusieurs poupées, des jeux de cubes, et même une jolie petite maison de poupée sur laquelle s'extasia Polly.

— C'est mon papa qui l'a faite, annonça fièrement la fillette en s'emparant d'un vilain lapin en peluche délavé, qui traînait sur le lit.

Elle y enfouit son petit visage avant de serrer l'animal sur son cœur avec délice.

— Il est très beau, ton lapin, dit doucement Polly. Il s'appelle Wilbur, n'est-ce pas ? Bon, maintenant, choisissons les vêtements et les jouets que tu veux emporter, d'accord ?

Polly s'était munie d'un grand sac de sport, mais lorsqu'elle eut rassemblé les quelques vêtements rangés dans le petit placard, le sac demeurait à moitié vide.

— Tu veux qu'on prenne tes poupées ? demanda-t-elle à l'enfant.

Celle-ci ne répondant pas, Polly ajouta les poupées au contenu du sac.

— Et ta maison de poupée, tu la veux, Clover ?

L'enfant s'était installée sur son lit, serrant Wilbur contre elle. Elle se contenta de secouer la tête.

— Bon, comme tu voudras, dit Polly. Que veux-tu d'autre ?

Pas de réponse. Polly prit donc quelques jouets au hasard, et une fois le sac plein, elle en referma la fermeture Eclair.

— Viens maintenant, Clover. Il faut que nous filions. Si tu veux autre chose, prends-le. Ton vélo, peut-être ?

De nouveau la gamine secoua la tête, reculant sur le lit jusqu'à se trouver adossée au mur.

Polly gagna la porte, et attendit un instant avant de lancer encore :

— Tu viens ?

Un sombre pressentiment l'assaillit tandis qu'elle ajoutait :

— Il faut partir.

Toujours pas de réponse. S'adjurant à la patience, Polly posa son sac de sport par terre et retourna dans la chambre. Clover n'avait pas bougé du lit. Adossée au mur, elle serrait frénétiquement son lapin sur sa poitrine.

— Tu ne peux pas rester ici, Clover, il n'y a personne pour s'occuper de toi.

Tout en parlant, Polly s'était penchée pour soulever l'enfant dans ses bras. Mais voilà que Clover, en un mouvement imprévisible la mordit férocement au pouce. Ses petites dents acérées transpercèrent la peau du doigt, et Polly poussa un cri de douleur en sautant en arrière. Deux gouttes de sang avaient surgi à l'endroit où les dents s'étaient enfoncées.

— Aïe... aïe... Bon sang ! On ne mord pas, Clover !

Elle venait de se rendre compte qu'elle avait presque rugi sous l'effet de cette douleur violente, insupportable.

Cette sale gamine méritait une bonne fessée, et rien d'autre !

Au prix d'un effort surhumain, Polly réussit à se contrôler, et d'une voix à peu près posée, déclara d'un ton ferme :

— Tu m'as fait très mal, Clover. On n'a pas le droit de faire mal aux gens. A présent, lève-toi de ce lit, et suis-moi. Tu ne peux pas rester ici, tu le sais très bien.

Mais Clover ne l'entendait pas de cette oreille, et elle ne bougea pas. Le menton pointé en avant, les yeux fixes, elle fusillait Polly du regard.

Polly, exaspérée, soutint ce regard. Non, elle ne se laisserait pas mener par cette enfant impossible ! De toute façon, il était hors de question de céder !

15.

Polly finit par soulever Clover, la bloquant contre sa hanche, le visage tourné vers l'extérieur afin qu'elle ne pût mordre.

La petite se mit à hurler à pleins poumons, balançant des coups de pied en tous sens, se débattant comme une furie. Dans un soubresaut dément, elle se cabra, parvint presque à se redresser. Son crâne heurta Polly au visage, au-dessus de la pommette. Celle-ci vit trente-six chandelles, mais n'en réussit pas moins à avancer jusqu'à la porte. Là, s'efforçant toujours de maîtriser la fillette qui se contorsionnait en glapissant comme une sauvage, elle tourna la poignée et entreprit de descendre l'escalier.

Clover rugissait de plus belle, bagarrant, tempêtant pour se libérer. Une vieille dame qui montait dut se plaquer au mur pour éviter les coups de pied. Elle leva les yeux vers la porte de l'appartement de Jérôme restée ouverte, puis regarda Polly avec méfiance.

— C'est bien la petite Clover Fox, n'est-ce pas? demanda-t-elle, forçant sa voix pour se faire entendre par-dessus les hurlements de l'enfant. Et vous, qui êtes-vous, madame? Où l'emmenez-vous de force? Jérôme n'est pas là?

Mortifiée, hors d'haleine et à bout de nerfs, Polly n'avait ni l'envie ni le loisir d'engager la conversation. Sans répondre, elle réussit à passer son chemin, et arriva en titubant aux dernières marches. Il ne lui restait plus qu'à gagner la voiture. Cela fait, maintenant toujours la gamine qui ne cessait de se débattre, il lui fallut sortir ses clés de voiture, ouvrir la portière, et seulement alors, elle laissa tomber Clover sur le siège.

A peine était-elle dans la voiture que l'enfant se calma instantanément. Mais ce fut pour poser la tête sur ses petits genoux maigres, et se mettre à pleurer à grosses larmes.

Transpirant, tremblant, cherchant son souffle, Polly avait l'impression de s'être colletée avec un bébé lion. Elle s'adossa au flanc de son véhicule pour reprendre son souffle. Et comment diable récupérer le sac de sport abandonné dans l'appartement ? Pouvait-elle laisser Clover seule, les quelques minutes qu'il lui faudrait pour remonter le prendre et fermer la porte à clé ?

Elle hésita. Maudite gamine qui lui menait une vie infernale ! Son pouce mordu lui faisait encore très mal, et le sang battait à sa joue, signe quasi certain qu'elle aurait un bleu magistral en plein visage ! Pour ne rien arranger, en la bourrant de coups de pied, Clover avait sali son pantalon tout propre ! Avec un peu de chance, Polly aurait aussi des bleus plein les cuisses !

Lentement, progressivement, elle prit conscience d'un hululement de sirène qui approchait, et sursauta quand une voiture de police s'immobilisa brutalement à un mètre seulement de son propre véhicule.

Un agent en surgit avant même que son collègue eut coupé le contact, et il se dirigea à grands pas vers Polly. Presque en même temps, la porte de l'immeuble s'ouvrait, et la vieille dame croisée dans l'escalier un peu plus tôt apparut, les mains sur les hanches.

— Monsieur l'agent, cette femme essayait d'enlever la petite fille de mon locataire ! cria-t-elle. Je connais Jérôme, le papa de Clover, je suis sa logeuse. Son épouse, la maman de la petite, n'est pas venue ici depuis quelque temps, mais ce n'est certainement pas cette personne.

190

Il fallut quarante minutes humiliantes pour clarifier la situation. L'agent de police téléphona à l'hôpital pour vérifier que Jérôme s'y trouvait bien, puis on appela le cabinet de Michael afin de confirmer que Polly avait bien l'identité mentionnée sur son permis de conduire. Apparemment, Michael se trouvait à l'hôpital en train de procéder à un accouchement, mais Valérie dut se montrer convaincante car l'agent plein de zèle s'en fut après de vagues excuses.

Pendant qu'elle tentait de se justifier, Polly s'était juré que, dès qu'elle pourrait filer, elle irait tout droit à la mairie pour remettre Clover aux services sociaux. Mais une fois la voiture de police disparue, l'idée lui parut moins séduisante : d'abord à cause des explications qu'elle devrait fournir à l'assistante sociale, ensuite parce que Jérôme en serait malade d'inquiétude.

Elle se résigna donc à rentrer chez elle, et à chaque feu rouge, elle échangea des regards assassins avec sa petite passagère qui avait cessé de pleurer.

L'enfant était penaude, et une fois à la maison, elle mangea sans protester un bol de soupe et un sandwich préparés par Polly. Puis, serrant toujours son lapin, elle gagna sa chambre pour y faire sa sieste sans qu'il fût besoin de le lui demander.

Pendant ce temps, Polly, effondrée sur une chaise, appuyait un sachet de petits pois surgelés sur sa pommette en feu. Le téléphone sonna. Elle laissa le répondeur prendre l'appel, et écouta la voix de Michael qui s'excusait de n'avoir pas été disponible quand les policiers avaient téléphoné. Il demandait à Polly de le rappeler dès son retour à la maison.

Au bout d'un moment, celle-ci alla jeter un coup d'œil à Clover : elle dormait à poings fermés, si paisiblement qu'elle évoquait presque un ange ! Et pourtant, quel démon elle avait été ! Polly passa ensuite dans la salle de bains, pour y enlever son pantalon sali et froissé. Elle en profita pour se faire couler un bain dans lequel elle versa une généreuse dose d'essence de lavande. Puis, allongée dans l'eau chaude, elle attendit que son pauvre corps endolori se délassât enfin. Mais son esprit battait la campagne, et si ses muscles semblaient se détendre, ses pensées, au contraire, se bousculaient dans sa tête.

Elle avait merveilleusement fait l'amour avec Michael, l'autre nuit, mais ensuite, quel affreux sentiment d'abandon s'était emparé d'elle, lorsqu'il était parti calmer Clover! Du coup, Polly avait piqué une rage folle contre lui... Sans parler de Clover à qui elle en avait voulu à mort, alors qu'elle n'y était pour rien. Pourquoi cette fillette lui inspirait-elle tant d'aversion? Il n'était pas normal d'éprouver de l'antipathie pour une enfant aussi jeune. Non, décidément, Polly ne se comprenait pas elle-même, et il fallait qu'on l'aide à y voir clair.

Elle sortit du bain, s'habilla, et appela le service de Fran Sullivan, à l'hôpital. Là, on lui apprit que la psychologue était en vacances pour dix jours.

— Dix jours?

Autant dire l'éternité. Le désarroi de Polly dut s'entendre, car la secrétaire proposa aussitôt:

— Si c'est urgent, madame Forsythe, je puis vous adresser à M. Canning, le remplaçant de Mme Sullivan. Il a un créneau libre le...

— Non, non, c'est inutile, coupa Polly. J'attendrai le retour de Mme Sullivan. Vous allez d'ailleurs me fixer un rendez-vous tout de suite.

Avec la douloureuse impression d'être complètement abandonnée, Polly nota le jour et l'heure que lui dictait la secrétaire, avant de raccrocher.

La journée s'écoula ensuite sans incident, Dieu merci. A son réveil, Clover demanda à regarder la télévision.

— Moi, j'aime les dessins animés, dit-elle d'une voix geignarde, et je les regarde toujours. Mon papa, il permet.

Le ton pleurnicheur agaça Polly qui, de plus, n'avait

jamais beaucoup apprécié que les enfants passent leur temps devant la télévision alors qu'ils pouvaient se livrer à des activités créatives. Mais elle ne dit rien et, en silence, conduisit la fillette dans le petit salon, où elle brancha l'appareil.

Clover n'avait pas bougé quand Michael apparut. Polly, qui se sentait coupable de ne pas s'en être assez occupée, avait trompé son ennui en feuilletant des revues de décoration. En voyant son mari, elle étouffa une exclamation ahurie. C'est qu'il n'était que 17 h 30 !

— Que se passe-t-il pour que tu rentres si tôt ? Il est arrivé quelque chose ?

— Non, rien.

Michael s'approcha pour l'embrasser chastement, puis il examina sa pommette.

— Qui t'a malmenée ainsi ?

— Clover. Elle m'a heurtée d'un violent coup de tête.

— Cela se passait avant ou après tes démêlés avec la police ?

— Avant. Et elle m'avait déjà mordu. Regarde.

Polly tendit son pouce que Michael regarda avec attention avant de faire observer :

— Il te faudrait peut-être une piqûre antitétanique. Les gosses ont parfois un sacré venin !

De toute évidence, il trouvait l'histoire plutôt drôle.

Clover, qui avait entendu la voix masculine, apparut alors, gambadant joyeusement.

— Docteur ! Tu es rentré ?

Elle lui adressa un sourire radieux avant de glisser sa menotte dans sa main.

— Eh oui, je suis là, comme tu vois, répliqua Michael en lui rendant son sourire. Et je suis ravi de faire la connaissance de Wilbur, le célèbre lapin.

Tout l'après-midi, la fillette avait serré sur son cœur l'affreuse peluche usée, roulant de gros yeux chaque fois que Polly approchait, comme si elle redoutait qu'elle la lui arrachât. Et voilà qu'à présent, elle la tendait spontanément à Michael, qui l'examina avec admiration avant de la lui rendre.

— J'ai demandé à Valérie de modifier mes rendez-vous aujourd'hui, expliqua-t-il. Ainsi, je vous emmène toutes les deux manger une pizza, ce soir. Cela vous va ?

Il n'était pas rentré si tôt depuis des mois, et s'il avait fait un effort ce soir-là, c'était uniquement à cause de Clover ! Refoulant son ressentiment, Polly réussit à marmonner avec une relative bonne grâce :

— C'est une bonne idée.

Dès que Michael était là, Clover devenait une autre enfant, et Polly en souffrait, bien qu'elle se défendît d'être jalouse. A la pizzéria, l'enfant bavarda tout naturellement avec Michael, racontant ce qu'elle avait vu à la télévision, accompagnant son récit de force gestes. Elle dévora de bon appétit deux énormes morceaux de pizza, et avala sans rechigner le verre de jus d'orange que lui avait commandé Michael, alors qu'elle refusait cette boisson avec Polly.

En sortant du restaurant, Michael conduisit ses passagères jusqu'à un parc d'attractions où étaient installés des balançoires, bascules, et autres jeux pour amuser les enfants. Assise sur un banc, la mort dans l'âme, Polly regarda Michael jouer avec Clover. Les éclats de rire de la fillette pénétraient dans son cœur comme autant de reproches, culpabilisants, irritants, sans qu'elle s'en expliquât la raison. Pourquoi ne supportait-elle pas de voir Michael pousser Clover sur une balançoire, ni de l'entendre rire avec elle ? Pourquoi elle-même n'éprouvait-elle que des sentiments négatifs envers cette enfant ? Elle faisait des efforts, pourtant...

A la maison, un peu plus tard, ce fut encore Michael qui coucha Clover. Depuis le rez-de-chaussée, Polly pouvait l'entendre raconter à voix basse une de ces histoires saugrenues dont il régalait Suzannah, naguère. Or, ce soir-là, c'était soudain si douloureux pour elle que Polly dut se faire violence pour ne pas se précipiter au premier, et leur hurler d'arrêter !

Quand il redescendit enfin, elle fit semblant de s'intéresser à un documentaire qui passait à la télévision.

— J'ai quelques visites à faire, Pol, annonça-t-il, et après, un malade m'attend à l'hôpital, mais ce sera vite fait, j'espère.

Il prit ses clés sur la table de l'entrée avant d'ajouter la phrase qu'elle connaissait si bien, maintenant, et haïssait chaque jour davantage :

— Couche-toi sans m'attendre. Je rentrerai tard.

A peine était-il sorti que Polly éclata en sanglots.

De ce jour, Polly évita les affrontements avec Clover. La fillette mangeait ce qu'elle voulait, choisissait ses vêtements, se coiffait à sa guise. Le matin, Polly s'inventait des obligations qu'elle pouvait remplir avec l'enfant, de sorte que le temps passait jusqu'à la sieste. Et l'après-midi, elle s'obligeait à jouer avec Clover, qui se prêtait aux jeux sans le moindre enthousiasme.

Le seul point sur lequel l'adulte et l'enfant se heurtaient de front était la chambre de Suzannah. Dès que Polly avait les talons tournés, la petite y filait. Chaque fois que la jeune femme l'y trouvait, elle réussissait à ne pas s'emporter, mais décrétait d'une voix où vibrait une colère mal contenue :

— Tu sais que tu n'as pas le droit d'entrer ici.

Clover hochait la tête avec véhémence, répétant, comme un petit perroquet, et avec le plus grand sérieux :

— Je sais.

Mais à la première occasion, elle y retournait. Et Polly serrait les dents, rongeait son frein, et comptait les jours qui la séparaient encore de son rendez-vous avec Frannie Sullivan.

Comme il l'avait promis, Michael s'arrangeait pour rentrer tôt, le plus souvent, et c'est avec soulagement que Polly lui abandonnait leur petite pensionnaire. Il l'emmenait voir son père à l'hôpital, et il lui acheta un petit tourne-disque, ainsi que des disques pour enfants, lorsqu'il sut qu'elle aimait la musique.

En retour, Clover lui vouait une véritable adoration. Le soir, elle guettait son retour par la fenêtre du salon, et dès qu'apparaissait la voiture, elle se précipitait à sa rencontre en criant :

— Le docteur est là ! Le docteur est là !

Pareil enthousiasme exaspérait Polly.

La fillette était là depuis quatre jours lorsque Polly s'aperçut que pas une fois elle-même n'était allée voir Jérôme à l'hôpital. Aussi, l'après-midi même, après la sieste, se rendit-elle à St Joseph avec Clover.

Elle avait acheté un gros bouquet de fleurs, et y avait accroché une carte amusante. C'est ainsi qu'en compagnie de l'enfant, elle pénétra dans le service d'orthopédie.

Sitôt franchie la porte du couloir, Clover partit en courant pour s'engouffrer dans la chambre de son père. Polly la suivit, et découvrit, avec un peu de déconvenue, sa sœur, Norah, au chevet du malade. Elle l'embrassa, bien sûr, puis, impulsivement, se pencha sur Jérôme pour déposer un baiser sur sa joue, plaisantant ensuite parce qu'elle lui avait laissé une marque de rouge à lèvres.

— Quel plaisir de vous voir, Polly ! s'exclama celui-ci avec chaleur. Je peux enfin vous remercier pour tout ce que vous faites pour Clover !

Polly remarqua qu'il paraissait vieilli. Son accident l'avait certainement beaucoup éprouvé. Il avait le teint grisâtre, tandis que des rides profondes soulignaient ses yeux et marquaient les coins de sa bouche.

Clover, qui avait grimpé sur le lit, évitant soigneusement de bousculer son père, annonça alors :

— Tu as vu, papa, on t'a apporté des fleurs.

Après quoi elle passa une menotte caressante sur le visage de Jérôme, roucoulant avec béatitude :

— Je t'aime, mon papa.

Polly en fut émue et, pour ne pas le montrer, déclara sur le ton de la plaisanterie :

— Nous l'aimons tous, ton papa, Clover, et nous souhaitons qu'il se remette vite. Maintenant, où vais-je trouver un vase pour mettre ces fleurs ?

— Il devrait y en avoir un ici, répliqua Norah, qui ouvrit un placard et en sortit un pot de verre.

Polly la suivit dans le couloir pour aller le remplir d'eau. Dès qu'elles furent seules, Norah lui demanda avec anxiété :

— Tu as vu maman, ces temps-ci ?

Penchée sur l'évier, Polly disposait les fleurs dans l'eau.

— Non. Pas depuis l'accident de Jérôme.

C'était il y a quatre jours seulement... Dieu du ciel, on eût dit une éternité !

— Elle ne m'a pas appelée, reprit-elle. Sans doute a-t-elle peur que je lui demande de garder Clover. Et toi, tu es passée la voir ?

Norah hocha la tête.

— Hier après-midi... Il n'y avait personne. Je l'ai appelée ce matin, assez tôt. Pas de réponse. Alors j'y suis retournée, et j'ai pénétré dans la maison grâce à la clé qu'elle garde sous le pot de fleurs. J'avais peur qu'elle ait glissé dans l'escalier de la cave, ou dans sa baignoire, que sais-je encore. En tout cas, la maison était vide.

Norah semblait très préoccupée, et elle ajouta :

— J'y repasserai dans l'après-midi.

Polly eut un ricanement aigre.

— Elle est sans doute chez ce type qui lui tourne la tête, et ils passent leur vie au lit.

— Mais tu m'as dit qu'ils se voyaient chez elle, non ?

— C'est ce qu'elle a prétendu pour se débarrasser de Clover.

— Maman ne ment jamais, Polly.

Cette fois, c'était une mise en garde en bonne et due forme, et Polly regarda sa sœur sans comprendre. Pourquoi ce ton agressif, tout à coup ?

— S'ils se voyaient ailleurs que chez elle, elle l'aurait dit, insista Norah, toujours très ferme.

— Qu'est-ce qui t'arrive, Norah ? Tu prends la mouche ou quoi ?

— Je te l'ai dit, je m'inquiète pour maman.

— A ta place je ne m'en ferais pas tant. Maman ne s'est jamais autant souciée de nous.

— Ne sois pas si dure avec elle ! s'exclama Norah avec une franche agressivité, cette fois.

Mieux valait abandonner le sujet. Polly avait d'ailleurs assez de soucis. Inutile d'y ajouter une dispute avec Norah. Elle ramena le vase de fleurs dans la chambre, et le posa sur la table de nuit. Puis elle plaisanta :

— Vous m'avez fait une drôle de promesse d'ivrogne, Jérôme ! Dire que vous deviez m'emmener déjeuner dès que la maison de maman serait terminée !

Le ton était amicalement taquin, et Polly espérait ainsi redonner le moral au blessé. De fait, il se mit à rire.

— Vous ne perdez rien pour attendre, Polly. Dès ma sortie de l'hôpital, nous déjeunons ensemble, que cela vous plaise ou non.

— C'est noté, répondit Polly, riant aussi.

Allongée à côté de son père, Clover, béate, feuilletait une revue qu'elle avait prise sur la table de nuit.

— Merci pour les fleurs et la carte qui l'accompagnait, Polly, reprit-il. Et dites-moi, cette petite fille qui a retrouvé son papa se comporte-t-elle bien avec vous ? Elle est sage ?

Clover redressa vivement la tête, jetant sur Polly un regard inquiet.

Cette dernière palpa à la dérobée le petit pansement qui entourait son pouce, et prit son temps pour répondre, pesant ses mots.

— Je pense qu'elle fait beaucoup d'efforts.

— Je l'espère bien. Navré pour le quiproquo avec la logeuse, l'autre jour. Cette femme est assommante ! Comme elle n'a rien à faire, elle fourre son nez partout, en particulier dans ce qui ne la regarde pas. Dire qu'elle a alerté la police ! Quand l'agent m'a téléphoné, je n'en croyais pas mes oreilles.

— Que s'est-il passé, exactement ? intervint Norah. Jérôme m'a dit que tu avais eu des démêlés avec les autorités ?

Polly donna une version abrégée et expurgée de l'histoire, et plutôt que de raconter son violent affrontement avec Clover, transforma l'incident en anecdote comique.

Jérôme rit de bon cœur. Norah n'en fit rien.

Tout le temps qu'elle parlait, Polly avait senti Clover qui ne la quittait pas des yeux, guettant anxieusement ses paroles. Manifestement, la fillette ne voulait pas que son père fût au courant de son épouvantable scène. Dans le même temps, Norah ne cessait de jeter à sa sœur des regards lourds. Décidément, l'atmosphère n'était pas des plus facile...

Polly continua à bavarder, cherchant à faire rire Jérôme, mais le silence de Norah lui pesait à chaque instant davantage.

— Avez-vous besoin de quelque chose ? finit-elle par demander au blessé. Je vais faire des courses, en sortant d'ici. Je peux vous ramener ce que vous voulez, en revenant.

— Merci, j'ai tout ce qu'il me faut, répliqua Jérôme qui se tourna pour sourire à Norah. Votre sœur a été précieuse... Elle m'a apporté du jus de pomme, des fruits, et même de quoi me raser. Elle passe me voir plusieurs fois par jour.

Polly porta un regard rapide sur Norah : celle-ci avait rougi et évitait de croiser les yeux de son aînée.

— Je travaille à l'étage au-dessus, déclara-t-elle avec

une fausse désinvolture qui ne trompa personne. C'est facile pour moi de descendre quelques minutes, entre deux accouchements.

« Plusieurs fois par jour », avait dit Jérôme. Brusquement, la lumière se fit dans l'esprit de Polly : Norah était amoureuse !

16.

Polly regarda sa sœur avec attention : Dieu, qu'elle avait changé ! Trop préoccupée par mille choses, Polly ne s'en était pas rendu compte.

Norah, ce jour-là, s'était maquillé les yeux, et portait du rouge à lèvres, chose qui, chez elle, était rarissime. Elle avait une robe bleue qui mettait en valeur sa silhouette fine et élancée, et qui, à mieux y regarder, lui allait fort bien. Ses cheveux mi-longs miroitaient, soyeux, comme chaque fois qu'elle venait de les laver, mais elle avait rejeté une partie de sa frange en arrière, la maintenant avec un gros clip doré, ce qui lui adoucissait les traits.

C'est qu'elle était jolie, Norah ! Polly s'en apercevait tout à coup. Ses yeux noisette scintillaient d'un doux éclat, et ses pommettes rouges faisaient ressortir son teint clair et velouté.

Pour la première fois aussi, Polly remarqua que les yeux bleus de Jérôme s'adoucissaient chaque fois qu'il regardait Norah. Alors, soudain, elle maudit sa propre stupidité. Comment n'avait-elle pas vu plus tôt que ces deux-là n'avaient qu'une envie : être seuls ensemble ?

Polly se leva, mais l'expression butée de Clover lui indiqua clairement que la fillette était prête à faire une scène si on l'obligeait à quitter son père aussi vite. Heureusement, il lui vint une idée de génie, et elle demanda à Norah :

— Crois-tu que tu pourrais surveiller Clover un petit moment ? Il faut vraiment que je file... J'ai des tonnes de choses à faire, et ce n'est pas drôle pour elle de me suivre tout le temps. Elle est beaucoup mieux ici avec son papa. Pas vrai, Clover ?

La petite hocha vigoureusement la tête, et Polly reprit sur un ton d'excuse :

— Je pourrais venir la chercher d'ici une heure ou deux ?

— Laisse-la ici, bien sûr, répliqua Norah en souriant à Clover. Je serai ravie de m'occuper d'elle. Je viens juste de finir ma journée, et j'ai tout mon après-midi pour moi. Je la reconduirai chez toi plus tard. Nous allons tenir compagnie à Jérôme jusqu'à ce qu'il soit fatigué. Après, qui sait, nous irons faire un tour de petit train à Stanley Park, avant de grignoter quelque chose et de rentrer. Ce programme te va, Clover ?

De nouveau, l'interpellée approuva avec enthousiasme.

Après des adieux pleins d'un faux entrain, Polly s'éclipsa. L'ascenseur était vide. Elle put donc s'adosser contre l'une de ses parois, et fermer les yeux, laissant son sourire de convenance s'effacer lentement...

Quelle idiote bornée elle faisait, pour n'avoir pas compris plus tôt que Norah avait des vues bien précises sur Jérôme, et qu'elle le voulait pour elle seule ! Mais pourquoi elle-même éprouvait-elle ce douloureux sentiment de solitude ? Pire, d'abandon ? Après tout, elle aurait dû se réjouir : son après-midi lui appartenait, puisqu'elle était débarrassée de Clover pour quelques heures au moins.

Les prétendues courses qu'elle avait à faire n'étaient qu'un pieux mensonge. Donc, comment passerait-elle le reste de sa journée ? Il lui fallait se rendre à la banque : elle n'avait plus un sou en poche. Mais le compte était-il approvisionné ? Polly aurait dû parler de leurs problèmes d'argent avec Michael, ces derniers jours, mais ils vivaient une sorte de trêve polie qu'elle n'avait pas voulu troubler avec ces questions prosaïques.

De toute façon, pas question d'aller faire du shopping et de dépenser sans compter, comme auparavant. Elle avait promis de réduire le train de ses dépenses, et tiendrait sa promesse. Mais alors que faire ? Où aller ? Comment passer le temps sans que cela ne coûte rien ?

Les galeries d'art, décida-t-elle. Elle irait faire un tour dans les galeries : d'abord les grandes, à la réputation bien établie, puis les petites qui exposaient des artistes inconnus. Jadis, c'était un de leurs passe-temps favoris, avec Michael... Ils y consacraient des samedis après-midi entiers, notamment lorsque Suzannah allait au cinéma en compagnie de petites amies.

Michael s'était souvent battu pour que Polly exposât dans une galerie, un jour ou l'autre. Il était son soutien le plus enthousiaste, autrefois.

Alors, sur ses encouragements, Polly avait montré par deux fois ses dessins à une galerie. Les deux fois, le galeriste avait fait des commentaires mitigés sur son travail, laissant entendre que la jeune femme devait et pouvait s'améliorer. En d'autres termes, ses dessins n'étaient pas encore aboutis.

Le second refus avait coupé les ailes à Polly, qui n'avait plus contacté de galerie, même si elle avait continué à dessiner. Elle ne s'était arrêtée qu'avec la maladie de Suzannah et, dès lors, n'avait jamais repris.

Elle avait donc cessé d'être une artiste. Michael ne parlait jamais des dizaines de dessins qu'elle avait faits de Suzannah : ils étaient maintenant stockés contre un mur de son atelier, un endroit où il ne pénétrait plus jamais. Elle-même, d'ailleurs, n'y allait que très rarement. C'était un pan révolu de sa vie.

Polly continuait cependant à s'intéresser au travail des autres, et à l'apprécier quand il en valait la peine. Elle savait encore rêver, se disait-elle, et il ne coûtait rien de rêver. Heureusement, les galeries d'art ne faisaient pas payer de droit d'entrée !

Hélas, chemin faisant, un sentiment de solitude infinie s'abattit sur elle. Si seulement elle avait eu une amie avec qui partager ses impressions, comme elle le faisait naguère avec Michael... Comme il lui manquait, soudain ! Polly regrettait tant la connivence intellectuelle et affective qu'elle avait partagée avec son mari. En cet instant, elle avait presque l'impression qu'il était parti dans quelque lointain pays étranger où elle ne pouvait pas le suivre.

Elle ne vit rien de franchement passionnant au cours de ses déambulations. Les tableaux exposés étaient excellents sur un plan technique, mais n'éveillaient en elle aucun écho affectif, aucun élan de l'imagination.

Il se mit à pleuvoir au moment où elle se rendait à une petite galerie de la IVe Avenue, à l'enseigne de Concept. Trouver une place pour se garer se révéla difficile dans cette artère à grande circulation, et Polly finit par dénicher un emplacement assez loin de la galerie. Il pleuvait à verse, à présent. Aurait-elle le courage de remonter toute l'avenue sous la pluie ? Pourquoi ne pas rentrer, plutôt ?

La pensée de la maison vide et des heures à remplir avant la nuit l'en dissuada. Polly prit donc son parapluie sur la banquette arrière et descendit de voiture.

Dans la vitrine étroite de la galerie Concept trônait un unique tableau représentant une tulipe surréaliste. Avant même de pousser la porte, Polly éprouva un élan d'émotion à la vue de cette explosion de couleurs et de l'énergie pure qui se dégageait du tableau.

— Bonjour, lança une femme avenante installée à un bureau, au fond du local étroit.

Elle devait avoir une cinquantaine d'années, et arborait des cheveux très noirs, avec une mèche étonnamment blanche sur le devant.

— Si vous désirez des informations sur les œuvres exposées, reprit-elle, je suis à votre disposition.

Polly hocha la tête. Déjà l'impact des tableaux accrochés la transportait.

Un seul artiste exposait, et toutes les toiles représentaient des fleurs : énormes, outrées, invraisemblables. Chacune présentait en son centre quelque chose d'indéfinissable, prêt à éclore, sorte d'embryon d'une nouvelle réalité que le spectateur pouvait interpréter à sa guise.

Cette mystérieuse étrangeté stimulait l'imagination de Polly, et faisait naître en elle des émotions nouvelles. Les couleurs étaient si intenses qu'elle les éprouvait comme un choc physique, et le centre de chaque fleur avait sur elle un effet hypnotique.

Il lui semblait qu'à condition de percer le mystérieux symbolisme de l'artiste, elle accéderait enfin à un rêve qui lui apporterait la joie, la paix et la plénitude.

Dans le fond de la salle se trouvait justement un autoportrait de l'artiste : il s'agissait d'une femme qui n'était plus toute jeune, et sans rien d'exceptionnel sur le plan physique. Elle habitait Saskatchewan. Polly lut la notice biographique qui figurait sous le cliché, et réprima un frisson. Cette femme avait connu l'épreuve du deuil, elle aussi.

Elle avait, selon la notice, pratiqué exclusivement l'aquarelle jusqu'à la mort de son mari adoré, trois ans plus tôt. Après sa disparition, ces fleurs insensées et leurs cœurs secrets lui étaient apparus en rêve, telle une obsession récurrente. Elle y avait vu un don de son mari, un don que l'esprit de ce dernier lui accordait de l'au-delà.

Polly fit lentement le tour de la salle une dernière fois. Pouvait-on communiquer en rêve avec les êtres chers disparus ? Elle-même avait souvent rêvé de Suzannah, mais ces rêves confinaient au cauchemar. Sa fille essayait-elle de lui dire quelque chose ?

Elle quitta la galerie pour rentrer chez elle, insensible à la circulation très dense en cette heure de pointe, ainsi qu'à la pluie, alors qu'en temps ordinaire elle aurait jugé

les deux insupportables. Mais elle se trouvait littéralement sur un petit nuage, comme si elle eût découvert une
vérité convoitée depuis bien longtemps...

Son exaltation, hélas, ne dura guère. A peine entrée
chez elle, le froid déprimant de la maison s'abattit sur ses
épaules. Elle alluma le chauffage, puis les lampes, car le
mauvais temps renforçait l'impression d'obscurité.

Ensuite, elle s'aventura dans son atelier. Malgré la
pluie, la pièce était claire, du fait des grandes lucarnes
vitrées qui ouvraient sur le ciel. Plus personne ne venait
dans cette pièce depuis bien longtemps, à l'exception des
gens du service d'entretien. Le chevalet était toujours en
place, les crayons, les fusains, les pots et tubes de peinture étaient bien alignés sur l'étagère, à portée de main.

Des dizaines de dessins étaient stockés dans des grands
cartons appuyés au mur, et ceux qu'elle avait fait enca-
drer se trouvaient contre le mur opposé, faces cachées.

Résolument, Polly en retourna certains. Certes, elle
savait à quoi s'attendre, mais la vue de Suzannah qui souriait, riait, prenait la pose ou tournoyait en dansant lui
arracha le cœur, et elle crut suffoquer. Elle s'obligea à
regarder longuement les dessins, s'efforçant de respirer
lentement, profondément, afin de voir au-delà du sujet, et
de juger en toute objectivité de la valeur artistique du travail.

C'était impossible, bien sûr! Ces tableaux étaient ses
enfants au même titre que Suzannah... Dans ces conditions, comment les considérer avec impartialité?

Ces dessins représentaient aussi le passé. Que réservait
l'avenir, si d'aventure elle osait recommencer à dessiner?

« Une chose est certaine, songea-t-elle, je ne sens pas
venir en moi des images de fleurs. Mais il est grand
temps de me remettre au travail. »

Avec des gestes déterminés, Polly installa une feuille
de papier sur son chevalet, et choisit un crayon. Elle avait
toujours dessiné Suzannah, et voyait clairement dans son
esprit le visage de sa petite fille, ses traits et ses reliefs.

Deux heures plus tard, elle chiffonnait sa cinquième feuille de papier, et la jeta dans la corbeille. A cet instant, le timbre de la porte d'entrée se fit entendre.

Avec un indicible soulagement, elle éteignit à la hâte les lampes de l'atelier, et se précipita pour ouvrir.

— Bonsoir, Clover ! lança-t-elle. Entre donc, Norah !

Cette dernière posa son parapluie dégoulinant d'eau juste à côté de la porte avant de franchir le seuil.

— Il pleuvait trop pour aller à Stanley Park, déclara-t-elle. C'est pourquoi nous rentrons un peu en avance. Mais nous avons pris une cassette vidéo pour Clover.

— Vous avez mangé ? Je m'apprêtais à préparer quelque chose.

Polly mourait de faim, elle venait de s'en rendre compte.

— Merci, mais nous avons acheté un hamburger et une glace sur la route. Il faut que je rentre, à présent.

— Allons, tu prendras bien au moins une tasse de thé ? demanda Polly, insistante. Michael est en retard, comme d'habitude, et tu me tiendras compagnie.

Après un temps d'hésitation, Norah ôta son imperméable. Polly le lui prit des mains, avant d'ordonner :

— Clover, enlève tes chaussures avant de marcher sur le tapis. Elles sont dégoûtantes.

L'enfant s'assit à terre et obéit sans discuter, puis elle demanda si elle pouvait regarder sa cassette.

— Bien sûr. Va la mettre. Tu sais programmer le magnétoscope ?

— Oui, le docteur m'a montré.

Elle fila brancher la télévision, et Polly entraîna sa sœur dans la cuisine.

— Je suis repassée chez maman, déclara cette dernière en s'installant près du comptoir qui servait au petit déjeuner. Il n'y a toujours personne.

Sans se hisser sur un tabouret, elle ajouta, tendue :

— Voilà plus de vingt-quatre heures maintenant que

maman a disparu. Je suis très inquiète, Polly. Nous devrions appeler la police.

— Bon sang, Norah, s'écria celle-ci, imagine un peu le ridicule quand les policiers la découvriront en pleine lune de miel chez son nouveau petit ami ! Ils doivent passer leur vie à faire l'amour, tous les deux ! Un vrai marathon !

— Pourquoi ne tolères-tu pas que maman plaise encore aux hommes ?

Norah, d'ordinaire mesurée, avait posé la question sur un ton accusateur, et elle poursuivit, s'emportant presque :

— On dirait que tu es la seule capable d'avoir une vie affective, et un homme qui prend soin de toi !

Polly posa brutalement la théière pour dévisager sa sœur, ahurie.

— Que veux-tu dire exactement ? Pourquoi es-tu si agressive envers moi, tout à coup ? Je n'ai pas assassiné maman, que je sache ! Ni caché son cadavre dans la cave !

— Quelquefois, je me dis que si tu étais sûre de ton impunité, tu le ferais, tellement tu la détestes !

De toute évidence, Norah ne plaisantait pas.

— Tu n'as pas l'air de comprendre que je suis réellement inquiète ! reprit-elle. Mais de toute façon, tu ignores toujours ce que ressentent les autres ! Tu ne t'intéresses qu'à toi... Tu ressembles tellement à maman, sur ce plan !

Cette fois, l'interpellée ouvrit grand la bouche.

— Moi ? Moi, je ressemble à maman ? Tu plaisantes, ma parole ?

Elle était furieuse, à présent, et se mit à crier comme l'avait fait Norah.

— C'est franchement odieux de me dire ça ! poursuivit-elle. J'aimerais d'ailleurs savoir pourquoi tu lances de pareilles accusations !

— Parce que c'est la vérité ! rugit Norah, qui ne se contrôlait plus. Tu lui reproches toujours de flirter avec tous les hommes. Et toi, alors ? Tu t'es regardée ? Tu fais exactement la même chose ! Tu reproches à maman de se prendre pour le nombril du monde, mais toi, tu ne supportes pas de ne pas être le centre d'attention des autres. Regarde, aujourd'hui même, à l'hôpital...

Norah, se tut, interdite, et son visage s'empourpra. Elle en avait trop dit. Mais Polly avait compris. Oui, enfin, elle avait saisi le pourquoi de cette agressivité subite.

— Tu es jalouse, Norah, c'est cela, n'est-ce pas ? Tu... tu es amoureuse de Jérôme, et tu t'imagines qu'il y a quelque chose entre lui et moi. Je ne me trompe pas ?

Norah détourna les yeux pour ne pas affronter le regard de sa sœur.

— Non, je ne pense pas que tu couches avec lui, si c'est ce que tu veux dire. Je connais Jérôme, et j'ai de l'estime pour lui. Il ne ferait pas une chose pareille.

— En revanche, moi, j'en serais capable, n'est-ce pas ? interrogea Polly, incrédule et profondément blessée.

Norah, d'un mouvement inattendu, se hissa sur un tabouret.

— Non, je ne le pense pas, déclara-t-elle enfin. Je sais que tu aimes Michael... Mais parfois, tu trompes ton monde, Polly. Tout le temps que vous avez peint la maison de maman, Jérôme et toi, tu as flirté avec lui, et tu sais que c'est vrai, ne le nie pas ! En fait, tu as toujours flirté avec tous les hommes qui me plaisaient. Ainsi, tu les obligeais à me comparer à toi, et la comparaison était en ta faveur. J'ai toujours été la petite sœur pas très futée et pas très jolie. Toi, tu recueillais toutes les faveurs : belle, douée pour tout... Tu veux que je te dise, Polly ? Tu ne te comportes pas en adulte responsable. Autrefois, tu étais la petite fille chérie de papa, et plus tard, Michael a pris le relais pour continuer à te gâter, et même à te pourrir. Il t'a tout donné, et je me demande parfois si tu t'en rends compte.

Norah contrôlait sa voix, maintenant, et elle parlait avec un détachement glacé.

— Tu es capricieuse et égocentrique, Polly. Ce n'est pas nouveau. Tu ignores ce qu'est la solitude, tu n'as jamais eu à t'assumer financièrement. Payer une facture ? Etre seule la nuit ? Tu ne sais pas ce que c'est... Tu as perdu Suzannah, certes, et c'est le plus grand malheur qui puisse arriver à une mère. Mais nous l'avons tous perdue, ta fille, et tu ne nous as pas laissés partager ton chagrin. Tu nous as exclus de ta peine.

— Exclus, dis-tu ? s'écria Polly, qui à son tour ne se contrôlait plus. Tu n'as jamais tenté de partager quoi que ce soit avec moi, dans cette effroyable épreuve ! Tu as préféré disparaître immédiatement après l'enterrement, alors que j'avais le plus besoin de toi !

Norah accusa le coup. Elle semblait soudain atterrée.

— Pardonne-moi, Polly, marmonna-t-elle, descendant vivement du tabouret. J'en ai trop dit. Je rentre chez moi...

Polly souffrait trop, et de façon trop inattendue, pour protester ou même faire un mouvement. Elle entendit la porte s'ouvrir, puis se refermer. Norah était partie.

Un très long moment s'écoula, durant lequel elle demeura sans réaction. Puis, avec des gestes mal assurés, elle finit par se verser une tasse de thé, avant de se laisser tomber sur un siège. Les accusations de Norah résonnaient encore dans son cerveau, même si elle se répétait qu'aucune d'entre elles n'était fondée. Et si elles lui faisaient tant de mal, c'est parce que c'était la première fois que Norah lui parlait sur ce ton : jamais sa sœur cadette ne s'était emportée au point de proférer des choses qui dépassaient certainement sa pensée. D'ailleurs, elle ne tarderait pas à téléphoner pour s'excuser...

Mais une heure s'écoula sans que le téléphone sonnât. Michael rentra, et Polly, tel un automate, prépara le dîner pendant qu'il couchait Clover. Comme toujours, la fillette avait guetté son retour et l'avait accueilli avec enthousiasme, s'empressant de lui raconter comment elle avait passé l'après-midi avec Norah. En l'entendant babiller aussi joyeusement, Polly éprouva, plus violent et plus glacé que jamais, le sentiment d'étrangeté et d'abandon qui l'avait torturée au cours de cette journée.

Bientôt, Michael redescendit, mais il avait l'esprit ailleurs, et répondit à peine aux remarques que faisait Polly sur le temps. Si bien qu'elle aussi finit par ne plus nourrir la conversation, et que le silence s'établit entre eux.

Ils partagèrent un repas très simple sur le comptoir de la cuisine. A plusieurs reprises, Polly faillit parler à Michael de sa dispute avec Norah, mais chaque fois, une peur inexplicable la retint.

Et si Michael donnait raison à Norah ? Certes, il ne le dirait pas carrément, de peur de la blesser. Mais elle le connaissait si bien qu'elle saurait le fond de sa pensée rien qu'à son expression. Et s'il était d'accord avec Norah... elle n'aurait pas la force de le supporter.

Les accusations de Norah tournaient sans relâche dans sa tête, tandis qu'elle rangeait les assiettes dans le lave-vaisselle. Aussi était-elle loin, très loin dans ses pensées, lorsque Michael déclara, de la manière la plus inattendue :

— Il va falloir vendre cette maison, Polly. J'ai contacté un agent immobilier, cet après-midi. Il viendra demain la visiter pour nous en donner la valeur approximative.

211

17.

Polly, qui était penchée sur le lave-vaisselle, se redressa pour le regarder, certaine d'avoir mal entendu. Mais l'expression sévère de Michael l'emplit de crainte. Au point qu'elle lâcha l'assiette qu'elle tenait à la main. Celle-ci s'écrasa sur le sol avec fracas, mais elle n'y prêta pas attention. Pas plus que Michael.

— Je suis désolé, Polly.

Il n'en avait pas l'air. Au contraire, il semblait froid, détaché, comme s'il s'agissait de tout autre chose que de leur maison, leur foyer.

— La banque refuse de nous accorder un découvert plus important, et je ne peux plus payer le crédit, poursuivit-il d'une voix toujours égale. Ces derniers temps, j'ai jonglé pour ne régler que ce qui était absolument indispensable, et tâcher de nous sortir de ce pétrin. Mais impossible de continuer... Le banquier refuse de suivre.

Il s'interrompit un instant avant de reprendre, toujours sans émotion apparente :

— Voilà une semaine que je sais qu'il va falloir vendre. Berina m'a appelé cet après-midi, et m'a encore convaincu que c'était la seule solution. Avec l'argent que nous obtiendrons, nous rembourserons le crédit, et paierons nos dettes. Et nous trouverons un endroit moins onéreux où vivre. Ce quartier est trop cher pour nous, tant sur le plan des taxes locales que sur celui de la valeur des habitations. Nous ne pouvons plus nous le permettre.

Lorsqu'il se tut, Polly ne dit rien. Elle promena son regard sur la cuisine, avec ses casseroles en cuivre étincelant, et les dessins de Suzannah encadrés, disposés en frise au-dessus de la hotte. Elle se représenta par la pensée la piscine où elle avait tant aimé se baigner avec sa fille, et le petit abri pour les oiseaux qu'elles avaient construit ensemble ; la balançoire, aussi, accrochée par Michael à l'une des branches du vieil orme... Et puis... et puis... Oh, doux Jésus ! La chambre de Suzannah, cette chambre qui contenait tout ce qui restait de la chère petite...

Lentement, Polly intégrait ce qu'elle venait d'entendre.

— Tu... tu sais depuis une semaine qu'il faut vendre cette maison ? balbutia-t-elle. Et... et tu ne m'en as rien dit ?

Existait-il preuve plus flagrante de la distance qui les séparait, désormais ?

— J'aurais dû t'en parler plus tôt, je sais, soupira Michael en passant une main lasse sur son front. Mais j'espérais toujours trouver une autre solution, une manière de te protéger.

— Me protéger ? s'exclama-t-elle, incrédule. Je n'ai pas besoin qu'on me protège, et j'ai besoin de savoir ce qui se passe, surtout quand cela nous concerne d'aussi près ! Nous sommes mari et femme, non ? Autrefois, nous parlions, et c'est toi qui as cessé de le faire, pas moi ! Tu... tu n'as pas le droit de me tenir à l'écart, comme si j'étais incapable ou... ou handicapée... Il s'agit de choses très importantes !

Tu ne te comportes pas en adulte responsable, Polly. Autrefois, tu étais la petite fille chérie de papa, et Michael a pris le relais...

L'accusation de Norah résonna à ses oreilles, brûlante comme de l'acide, et avec elle, l'horrible doute : et si Norah avait raison ? Michael avait peut-être voulu protéger Polly parce qu'elle était immature ? Elle eut de nouveau peur, et cette peur engendra aussitôt chez elle une colère folle mêlée à de l'agressivité.

— Ainsi, tu m'annonces froidement qu'il faut vendre cette maison ? La maison où a vécu Suzannah ! Comment vais-je l'abandonner, alors qu'elle contient tout ce qui me reste de ma fille ?

Les mots lui échappaient, et Polly savait qu'ils étaient injustes, mais sa colère était trop violente. Elle avait les nerfs à vif, et l'idée de voir s'effondrer son univers déjà précaire lui causait une angoisse insoutenable.

La voix de Michael retentit à ses oreilles, froide et implacable.

— Suzannah est morte, Polly. Rien ni personne ne nous la rendra. Quand l'admettras-tu enfin ? Tu conserves sa chambre comme un sanctuaire, tu mets ses dessins partout, tu parles d'elle à tout bout de champ, mais rien ne la fera revivre, hélas... Qu'attends-tu pour l'accepter ?

Polly crut étouffer. Les mots cruels de Michael étaient comme autant de flèches qu'il fichait dans son cœur.

— Comment oses-tu parler ainsi ? s'exclama-t-elle avec fureur. Comment peux-tu évoquer notre petite fille avec tant de détachement ? Je croyais que tu m'aimais... que tu aimais Suzannah !

Cette fois, c'en était trop ! Michael abattit ses deux poings sur le comptoir avec un fracas de tonnerre et, pour la seconde fois, sous le coup de la frayeur, Polly lâcha l'assiette qu'elle tenait à la main. La porcelaine se fracassa sur le sol.

— T'aimer, dis-tu ? rugit Michael, dont les yeux

sombres lançaient de dangereux éclairs. Je serais prêt à mourir pour toi, s'il le fallait, et j'aurais volontiers donné ma vie pour sauver Suzannah. Mais c'était impossible, Polly ! Bien que je sois médecin, je n'ai pas pu guérir ma propre fille !

Dans sa voix vibrait tout le désespoir du monde, et son visage était ravagé. Il poursuivit :

— Je ne peux sauver cette maison non plus, même pour toi. Nous n'avons plus d'argent, Polly, et je n'y suis pour rien.

Polly aurait dû sentir l'angoisse, au-delà des mots de son mari, mais elle souffrait trop elle-même.

— Argent, dis-tu ? s'écria-t-elle. Il ne s'agit pas d'argent, Michael !

— Si, précisément ! assena-t-il avec violence.

Sa colère était d'autant plus terrible que Polly n'y était pas habituée : Michael se contrôlait si bien, d'habitude ! Elle n'en objecta pas moins :

— Non, ce n'est pas l'argent qui est en cause, Michael, c'est notre mariage. Notre couple va mal, et tu ne le vois même pas ! Tu files travailler chaque fois que j'essaie de te parler. Tu refuses d'évoquer Suzannah... Tu ne veux pas l'évoquer avec moi ! Et moi, j'ai besoin que nous partagions nos souvenirs d'elle. Tu es le seul au monde à l'avoir connue aussi bien que moi.

Polly laissa échapper un sanglot avant de lancer encore :

— Tu m'as abandonnée, Michael ! Tu m'as abandonnée dans tous les sens du terme !

Il la fixa durement avant de déclarer, détachant bien ses mots :

— Je suis médecin, Polly, j'ai un cabinet et des patients. Mon travail consiste à soigner ces patients, et à leur apporter du soulagement quand ils en ont besoin. Cela ne s'arrête pas à heure fixe, le soir. Tu le sais. Et tu savais, lorsque tu m'as épousé, que j'avais des horaires irréguliers, et non pas un rythme de fonctionnaire.

— Bien sûr que je le savais ! Et je ne m'en suis jamais plainte du temps de Suzannah, parce que tu désirais être à la maison avec nous le plus possible, même quand tu étais très pris. Mais depuis qu'elle n'est plus là, je me suis rendu compte que ton travail te servait d'alibi pour éviter d'être seul avec moi. Il a fallu l'arrivée de Clover pour que cela devienne évident à mes yeux !

Après un temps de silence, elle reprit avec hargne :

— C'est étonnant, non ? Depuis que cette gamine habite ici, tu te débrouilles pour rentrer tôt, tous les soirs ! C'est moi, et moi seule que tu veux éviter, Michael ! Pourquoi ne pas l'admettre ?

Il la fusilla du regard.

— Si tu veux vraiment que nous regardions la vérité en face, tu devrais t'interroger sur les sentiments que tu portes à cette gamine, Polly. Si je bouscule mes horaires tous les soirs pour rentrer le plus tôt possible, c'est parce qu'à l'évidence tu ne l'aimes pas... Clover le sent d'ailleurs bien. L'aversion qu'elle t'inspire ne crée pas un climat particulièrement propice pour elle.

— Je fais avec elle tous les efforts dont je suis capable ! protesta Polly, que l'accusation de son mari culpabilisait au plus haut point. J'ai promis à Jérôme de m'occuper de sa fille, et je le fais de mon mieux. Ce n'est pas une gamine facile, tu l'as admis toi-même.

— Ce n'est qu'une enfant, Polly !

— Docteur ?

Sur le seuil de la cuisine, Clover serrait sur son cœur son lapin en peluche élimé, écarquillant des yeux effrayés. Polly en eut un coup au cœur. Qu'avait-elle surpris de la conversation ?

— J'ai mal au ventre, gémit la fillette d'une toute petite voix.

Michael déjà l'avait soulevée dans ses bras, et l'enfant enfouit son visage au creux de son épaule.

— Vraiment? murmura Michael. Eh bien, on va retourner au lit et raconter une histoire. Cela ira peut-être mieux après...

Comme sa voix était douce, après les éclats qui avaient précédé! Il se dirigea vers l'escalier, susurrant des mots tendres à l'oreille de Clover.

Polly avait du mal à trouver son souffle, et la tête lui tournait. Dans une sorte de vertige, elle saisit le balai pour rassembler les débris d'assiettes, puis les jeter dans la poubelle.

Un long moment plus tard, Michael n'était toujours pas redescendu. Dehors, la pluie avait cessé. Angoissée, tourmentée, Polly finit par enfiler une veste et sortit dans le jardin.

La piscine était encore vide. Polly avait décidé de ne la remplir qu'après le départ de Clover, afin d'éviter un souci supplémentaire. C'était déjà une tâche assez rude de la surveiller en permanence, sans avoir à craindre qu'elle ne tombe dans la piscine...

Contournant celle-ci, Polly s'approcha de la pergola sous laquelle se trouvaient la table en fer forgé et les chaises assorties. Ils y avaient passé de si bons moments, tous les trois. L'année où la piscine avait été installée, Vancouver avait connu un temps particulièrement clément, de sorte que Polly et Suzannah s'étaient baignées presque tous les jours, tandis que Michael les rejoignait le soir. Comme ils étaient heureux et sûrs de leur bonheur, alors!

Polly se retourna pour contempler les harmonieuses proportions de la maison, et tout son être se révolta à l'idée qu'elle devrait la quitter.

Où habiterait-elle, dans six mois?

Elle avait perdu sa fille. Maintenant, elle allait perdre sa maison... Il ne lui restait donc plus que Michael!

Michael avec qui elle venait d'avoir une scène effroyable, au cours de laquelle ils s'étaient dit des choses terribles qu'ils n'oublieraient sans doute jamais.

Dans six mois, Polly serait-elle toujours la femme de Michael ?

Cette scène atroce avait vidé Michael de toute son énergie. Il lui fallut longtemps pour calmer Clover, et lorsqu'elle fut enfin endormie, il n'eut pas la force d'affronter encore Polly. Aussi se rendit-il dans son bureau, s'affala sur le canapé, et sombra dans un sommeil lourd.

Il se réveilla brutalement à 4 h 30 du matin, tenaillé par un brusque sentiment d'urgence.

Il lui fallait absolument se réconcilier avec Polly. D'une manière ou d'une autre, il devait lui faire comprendre que ce n'était pas à elle qu'il en voulait, mais à sa propre incompétence. Oui, son incompétence ! Tel était bien le péché qu'il ne se pardonnait pas !

Il gagna la chambre à coucher. Peut-être allait-il prendre sa femme dans ses bras et lui faire l'amour, afin de se noyer dans la passion jusqu'à en oublier leur affreuse dispute. L'aube commençait à poindre quand il se mit au lit. Il attira Polly contre lui. Elle dormait profondément.

Sur sa table de nuit, le flacon de somnifère était resté ouvert : elle avait donc repris le médicament dont elle arrivait à se passer ces derniers temps. C'était sa faute à lui, Michael... S'il l'éveillait, que lui dirait-il pour que les choses aillent mieux entre eux ?

Il l'abandonna doucement et, allongé à son côté, la regarda dormir. Comme elle était belle, dans l'innocence du sommeil ! Il passa un doigt caressant le long de sa joue puis, sachant qu'il lui restait trop peu de temps pour dormir, il se leva.

Après s'être douché, il risqua un œil dans la chambre de Clover. La fillette était roulée en boule comme un petit chat, paisible et innocente elle aussi.

Les rues étaient désertes, dans le petit matin gris, quand il se rendit à son cabinet. A 8 heures, Valérie apparut avec une tasse de café et un croissant chaud. Michael était plongé dans ses papiers.

Son cœur se serra lorsqu'il apprit que Duncan Hendricks était son premier patient. Lorsque l'enfant apparut avec sa mère, Sophie, Michael dut se faire violence pour retrouver son rôle de médecin détaché et sûr de lui.

Fort heureusement, Duncan, loin de noter quelque chose d'anormal, affichait son habituel sourire, et lança un joyeux :

— Salut, docteur !

Puis il avança, tendant la main pour serrer celle de Michael, selon le code secret que celui-ci lui avait suggéré lors de ses visites précédentes. La poignée de main du pirate, avait dit Michael, sans révéler à l'enfant que ce geste lui permettait de vérifier ses réflexes, sa force musculaire et la coordination de ses mouvements.

Sur ces trois points, aucune amélioration aujourd'hui.

— Comment ça va, Duncan ? Et ces maux de tête ?

— Ils font encore très mal, mais je sais qu'ils vont disparaître.

L'attitude positive de l'enfant sidérait toujours Michael. Jamais il ne se plaignait, et il affichait toujours l'inébranlable certitude de sa guérison prochaine, quand bien même ses symptômes se faisaient plus qu'inquiétants.

Michael lui sourit, et ce visage enfantin, désarmant à force de confiance, lui donna inexplicablement du courage.

— Comment va Oscar ? demanda-t-il.

Duncan l'ignorait, bien sûr, mais le poisson rouge était devenu le personnage central des histoires qu'il racontait tous les soirs à Clover. Oscar et Suzannah, car la petite fille tenait à la présence de Suzannah dans chaque épisode.

— Il va bien. Dites, docteur, vous savez si ça vit longtemps, un poisson rouge?

— Je n'en suis pas sûr, Duncan, mais à mon avis, ils ont une vie assez longue.

— Tant mieux, parce que je veux qu'Oscar soit encore vivant quand je serai grand.

Ah, si seulement l'enfant pouvait grandir! songea Michael. A une époque, il croyait dur comme fer que tout était possible. Plus maintenant. Il savait désormais que l'insupportable pouvait se produire, et qu'hélas, le poisson rouge risquait de survivre à Duncan.

Il bavarda de tout et de rien avec lui, avant de se tourner vers Sophie et de l'interroger sur l'appétit de son fils, son sommeil, son entrain quotidien.

Sans cesser de dialoguer, il soumit ensuite Duncan à un examen neurologique serré, vérifiant ses réflexes moteurs, son fond de l'œil, sa coordination musculaire. Il en conclut ce qu'il savait déjà, hélas : contrairement à ce qu'on avait espéré, et compte tenu du diagnostic de départ, le traitement n'avait eu aucun effet sur les symptômes.

Duncan annonça alors :

— Après l'été, je vais aller à l'école, docteur. Ma maman m'a emmené pour m'inscrire, et on a rencontré la maîtresse, Mme Poke... Poka.

Sophie vint au secours de l'enfant.

— Mme Pokara.

— Oui, et vous savez, docteur, à l'école il y a une super tortue qui s'appelle Berthe... Quelquefois, on peut l'emmener le soir à la maison. Pas vrai, maman?

— En effet, Duncan.

Sophie sourit à son fils, mais quand elle tourna la tête vers Michael, ses yeux brillaient de larmes contenues. Les chances de voir Duncan aller à l'école en septembre étaient extrêmement minces.

Comme chaque fois après le départ de la mère et de l'enfant, il fallut à Michael un moment pour retrouver sa contenance et affronter les patients suivants avec sérénité.

Après avoir frappé à la porte, Valérie apparut et, voyant le café froid et le croissant intact, elle fronça les sourcils.

— Vous avez votre épouse sur la deux, docteur. Et vous devriez manger. Vous avez maigri, ces derniers temps. Votre patient suivant est arrivé. C'est M. Benedict.

Michael étouffa une exclamation de dépit. Décidément, aujourd'hui, rien ne lui serait épargné ! Malcom Benedict était un nouveau patient qui souffrait de violentes migraines. Six mois plus tôt, il avait eu un accident de moto sans gravité. A l'époque, on l'avait soumis à des examens approfondis qui n'avaient révélé aucun dommage organique. Plusieurs médecins qu'il avait consultés avant de venir chez Michael en avaient donc conclu que ses migraines étaient sans doute dues à des facteurs psychologiques. Et Michael était bien de cet avis. Mais Benedict, qui était intelligent et très obstiné, assurait le contraire. A force de discussion et d'entêtement, il avait finalement obtenu de Michael qu'on lui fît un scanner.

Le résultat de l'examen venait d'arriver, et Valérie le tendit à Michael, disant :

— Si vous voulez y jeter un coup d'œil avant de recevoir le patient...

Michael posa la grosse enveloppe en kraft sur le coin de son bureau et souleva son téléphone.

— Bonjour, Polly.

Le souvenir de leur dispute de la veille planait sur eux comme un lourd nuage noir, et Michael ne savait comment s'y prendre pour le dissiper. Or, voilà que Polly attaquait d'une voix sèche et lointaine :

— L'agent immobilier est là.

Comme elle semblait haineuse !

— Il a donné un prix, et veut savoir si cela te convient. Je lui ai dit que je serais d'accord avec tout ce que tu décideras. Je te le passe.

Michael n'eut pas le temps de répondre que déjà elle n'était plus en ligne.

Il discuta avec l'agent immobilier pendant quelques instants, pensant à Polly et non à la maison.

— Pouvez-vous me repasser ma femme ? J'aimerais lui dire encore un mot.

Il demanderait à Valérie de lui réorganiser ses rendez-vous et emmènerait Polly déjeuner au restaurant, afin de s'excuser pour ce qui s'était passé la veille au soir.

— Elle est sortie avec votre petite fille, répondit son interlocuteur. Elle m'a remis les clés de la maison, me disant de boucler la porte derrière moi.

Le cœur lourd, Michael raccrocha. Il tenta d'appeler Polly sur son portable. En vain. Il se retrouvait donc le ventre noué d'angoisse. Ce n'était pourtant pas le moment ! M. Benedict attendait, et il n'était pas un patient facile. Avec lui, il fallait toujours faire preuve de délicatesse. Enfin, sans doute le résultat du scanner apporterait-il la preuve que ses migraines n'avaient aucun fondement organique, et qu'elles étaient donc bien d'origine psychique... D'un geste las, Michael attira à lui la grosse enveloppe pour lire le compte rendu de l'examen.

Il le lut une première fois, puis, stupéfait, le relut, et le relut encore une troisième fois.

Hématome subdural, concluait le radiologue.

Malcom Benedict avait, entre le crâne et la membrane protégeant le cerveau, une masse de sang qui expliquait ses maux de tête persistants... Il fallait, bien entendu, opérer sans délai ! Benedict avait raison depuis le début : ses migraines étaient d'origine organique, et Michael, comme tous les médecins avant lui, s'était trompé. Les examens initiaux avaient fait l'objet d'une interprétation erronée, que personne, hormis le patient lui-même, n'avait envisagé de remettre en question !

Le regard de Michael glissa du compte rendu de scanner au dossier de Duncan. Là non plus, il n'avait pas mis en doute les analyses antérieures.

Pourquoi la tumeur du garçonnet n'avait-elle pas réagi au traitement, comme elle aurait dû ?

Sans perdre un instant, Michael appela Valérie.

— Prenez un rendez-vous chez le radiologue pour Duncan Hendricks. Il me faut un scanner du cerveau dans les plus brefs délais.

Quand il l'aurait, il le comparerait aux premiers clichés. Une erreur de diagnostic semblait tout à fait improbable, mais on ne risquait rien à vérifier...

18.

Polly, assise dans sa voiture avec Clover, attendait sa sœur devant la maison d'Isabelle. Norah avait appelé juste avant l'arrivée de l'agent immobilier, le matin même, et avait annoncé sans préambule :

— Maman n'est toujours pas chez elle. Je téléphone depuis 6 heures, ce matin. Pas de réponse. J'ai contacté ses amis, ses voisins... Personne ne l'a vue depuis trois jours. Elle a disparu, Polly, il faut faire quelque chose ! Retrouvons-nous à sa maison. Elle a peut-être laissé un mot ou un indice qui m'aura échappé, quand j'y suis allée, hier.

Sa sœur semblait si angoissée que Polly avait accepté, et Norah avait raccroché sans même dire au revoir.

— Pourquoi on rentre pas dans la maison ? Je veux voir Tatie, pleurnicha Clover. Et puis j'ai soif... Je veux faire pipi. Si on reste dans l'auto, je vais faire dans ma culotte !

La voix geignarde de l'enfant exaspéra Polly.

— Tatie n'est pas chez elle. On ira dans la maison quand Norah sera là. Alors tu pourras boire et aller aux toilettes. En attendant, sois une grande fille, retiens-toi.

— Où elle est allée, Tatie ? Pourquoi elle m'a pas emmenée ?

Bonne question, songea Polly. Elle-même s'occupait d'une enfant qu'elle ne parvenait pas à aimer, son couple

225

allait à vau-l'eau, sa sœur la détestait, et sa maison allait être vendue. Frannie était en vacances quand elle avait plus que jamais besoin d'elle, et voilà que pour couronner le tout, Isabelle avait disparu ! Décidément, sa vie commençait à ressembler à un mauvais feuilleton de télévision !

Norah, heureusement, ne tarda pas à arriver. Polly sortit de voiture pendant qu'elle se garait le long du trottoir.

— Norah ! s'écria aussitôt Clover.

Le cri venait du cœur. Il meurtrit évidemment Polly, mais elle n'en aida pas moins la fillette à sortir de voiture. La petite se précipita tout de suite sur Norah, dont elle saisit la main, et s'y cramponna comme à une bouée de sauvetage.

Aussi nerveuses l'une que l'autre, les deux sœurs se firent face pendant quelques instants, Polly cherchant désespérément quoi dire afin de détendre l'atmosphère. Elle choisit finalement de plaisanter.

— Ne t'inquiète pas, j'ai laissé mon fusil à la maison... Tu ne risques rien.

Norah ébaucha un sourire crispé.

— Moi non plus, je n'ai pas pris le mien. Entrons, et voyons si nous trouvons quelque chose.

Polly sentit son cœur s'étreindre : Norah ne riait pas, elle lui en voulait toujours.

Elles prirent la clé cachée sous le pot de fleurs, et ouvrirent la porte du fond de la maison. Une odeur de renfermé et de tabac froid les accueillit, à laquelle se mêlaient des relents de détritus en décomposition.

— Quelle horreur ! dit Polly en se bouchant le nez.

Immédiatement, elle sortit du petit placard sous l'évier la poubelle pleine à ras bord.

— Je commence par vider ceci, si tu permets.

Elle alla jeter le sac en plastique contenant les ordures dans la benne prévue à cet effet, au coin de la ruelle et, en regagnant la maison, s'immobilisa un instant pour admirer le joli travail de peinture accompli sur la façade. Grâce à Jérôme, le jardin était impeccable, et la clôture en parfait état. Décidément, depuis l'époque de son père, Polly n'avait jamais vu la villa en aussi bon état. Cela lui mit du baume au cœur.

— Je n'ai pas trouvé de mot de maman au rez-de-chaussée, ni aucun indice permettant d'imaginer où elle a disparu, annonça Norah, lugubre, quand sa sœur l'eut rejointe. Allons vérifier dans sa chambre.

Polly la suivit à l'étage avec Clover. Celle-ci était collée à Norah comme un morceau de sparadrap.

Dans la chambre d'Isabelle, le lit n'était pas fait, et il régnait le chaos habituel. Deux robes, plusieurs collants et un slip avaient échoué sur la commode qui servait de table de nuit. D'autres vêtements gisaient sur une chaise, et un soutien-gorge noir avait glissé sous la coiffeuse, laquelle était jonchée de colifichets épars, de tasses de café vides, de cendriers débordant de mégots.

Bien entendu, les habituels cartons contenant Dieu sait quoi étaient entassés contre les murs, et d'innombrables romans policiers s'amoncelaient en désordre sur l'appui de la fenêtre. Isabelle adorait ce genre de lecture.

Norah fixait les portes béantes de la penderie, où des monceaux de vêtements étaient suspendus n'importe comment, tout froissés.

— Saurais-tu dire s'il manque certaines de ses tenues, Polly ?

L'interpellée secoua la tête.

— Impossible ! Elle a tant d'affaires, dont certaines qu'elle ne met jamais ! A propos, as-tu vu son sac ? Si elle est partie quelque part, elle a bien dû le prendre avec elle.

— Lequel utilisait-elle, ces derniers temps ? demanda Norah, indiquant une étagère remplie d'un pêle-mêle de sacs et d'accessoires en tout genre.

Polly eut beau faire un effort de mémoire, impossible de se souvenir du sac avec lequel elle avait récemment vu sa mère.

— Peut-être un sac en toile, hasarda-t-elle, mais je ne garantis rien...

— Tatie a un sac blanc, déclara alors Clover sans l'ombre d'une hésitation. Et dedans, il y en a un petit vert qui lui sert pour mettre son argent.

— Tu as raison, s'exclama Norah, je me le rappelle, maintenant ! Bravo, Clover ! Eh bien, il n'est pas ici, ce sac blanc, sans quoi nous l'aurions vu. Et je ne l'ai pas remarqué en bas non plus.

Elles passèrent ensuite dans les deux autres chambres.

— C'est là que nous dormions, Polly et moi, quand nous étions petites, expliqua Norah à l'enfant.

Celle-ci regarda Norah avant de demander sans ciller :

— Et Suzannah, où elle dormait ?

— Suzannah n'habitait pas ici, répondit tout de suite Polly.

S'adressant alors à elle, Clover demanda, bien que ce fût une affirmation plus qu'une question :

— Elle vivait chez toi, pas vrai ? Parce que tu étais sa maman, hein ?

— En effet.

Pourquoi cette enfant parlait-elle sans arrêt de Suzannah ?

— Et Isabelle est notre maman, reprit tout de suite Norah. A présent, redescendons, et recommençons à chercher, des fois que le sac nous aurait échappé.

Elles fouillèrent de nouveau toutes les pièces du rez-de-chaussée, mais ne trouvèrent ni sac ni autre indice révélateur.

— J'abandonne, déclara Polly, soudain épuisée. Et j'ai grand besoin d'une tasse de café.

— Moi aussi, admit Norah.

Dans la cuisine, Polly commença par vider la cafetière à moitié pleine, avant de préparer du café. Pendant ce temps, Norah avait donné à Clover une pile de vieux *National Geographic* : Isabelle en avait au moins dix car-

228

tons pleins. Elle dénicha ensuite une paire de ciseaux, et la fillette, installée à la table de la cuisine, s'occupa avec bonheur à découper des animaux.

Sans mot dire, Polly remplit deux tasses de café et en tendit une à sa sœur. De nouveau, l'atmosphère s'était chargée entre les deux jeunes femmes.

— Allons nous asseoir dans le salon, proposa Norah, gagnant la porte de la cuisine.

Là, Polly se laissa tomber sur le vieux canapé défoncé, et Norah prit un fauteuil brinquebalant. Elle poussa d'abord un soupir lourd, puis, enfin, se décida.

— Polly, j'aimerais que tu me pardonnes ce que je t'ai dit hier soir. J'étais angoissée à cause de maman...

Elle se tut, et rougit brutalement avant de faire cet aveu qui visiblement lui coûtait :

— Je m'étais mise dans un état impossible à cause de Jérôme. Je ne savais plus ce que je disais... J'ai été très dure avec toi, et je m'en suis tellement voulu que je n'ai pas fermé l'œil de la nuit. Je me sentais si coupable de t'avoir parlé comme je l'ai fait.

Au souvenir de leur conversation, Polly réprima un frisson. Puis elle admit très tristement :

— Peut-être n'avais-tu pas tout à fait tort... Il n'est pas impossible que je ressemble à maman.

Michael lui avait dit à peu près la même chose, en un sens.

Norah protesta aussitôt :

— Mais non, ce n'est pas vrai ! Je veux dire que tu lui ressembles en ce que vous êtes toutes deux très belles et passionnées, comme je ne le serai jamais. Et... et j'en ai toujours été un peu jalouse. Tu sais, Polly, je... je tiens à Jérôme, et j'aimerais tant que ce soit réciproque. J'en ai même tellement envie que ça me fait peur...

La voix de Norah se brisa après cet aveu, et il lui fallut quelques secondes pour retrouver un peu de sa contenance.

Quand elle reprit la parole, elle semblait navrée :

— Oh, Pol, c'était tellement plus facile de m'en prendre à toi, que de me regarder moi-même bien en face !

Elle but une gorgée de café comme s'il s'était agi d'un médicament et abaissa les yeux sur le tapis poussiéreux.

— Je veux avoir une vie comme la tienne, Polly, reprit-elle toute nostalgique et pensive. Ton mariage est solide, il résiste à tout, et tu as un mari qui t'adore. La mort de Suzannah a été terrible pour nous tous, mais tu as montré tant de courage ! Tu as su te faire aider psychologiquement. Tu as travaillé dur pour surmonter ton chagrin, tandis que moi...

De grosses larmes roulaient sur les joues de Norah, à présent. Elle les essuya du revers de la main, réprimant les sanglots qui l'étranglaient.

— Moi, reprit-elle, je me suis enfuie. Je suis allée à Seattle où j'ai pris une chambre d'hôtel pour m'y enfermer et pleurer pendant quatre jours. J'étais trop bouleversée pour supporter le chagrin des autres... Aujourd'hui, je m'en veux tellement ! Je n'étais pas là quand tu avais vraiment besoin de moi...

Polly avait éprouvé un ressentiment profond envers sa sœur, qui l'avait désertée en ces tragiques moments. Or, elle commençait à comprendre. Ce qu'elle avait mis sur le compte de l'indifférence, voire de la cruauté, était en réalité une douleur semblable à la sienne. Une douleur dont Norah n'avait pas voulu lui infliger le spectacle. Oui, elle voyait bien maintenant quels avaient été les sentiments de sa sœur, et elle lui pardonnait sa fuite. Mieux, elle éprouvait pour elle une tendresse infinie.

Norah pleurait à chaudes larmes, à présent.

— La mort de Suzannah était si affreuse..., articula-t-elle entre ses larmes. Je l'aimais tant ! Et je l'aime tant, aujourd'hui encore !

— Je le sais, et elle le savait aussi. Tu as été pour elle la meilleure tante que pouvait avoir un enfant.

— J'ai tellement envie d'avoir des enfants à moi, Polly, reconnut alors Norah. J'en éprouve parfois comme une douleur physique. Dire que par mon travail, je fais naître des bébés tous les jours ! Chaque fois, je me dis : quand, quand donc en aurai-je un à moi. Le mien, *mon* enfant ?

Polly connaissait bien ce sentiment, elle qui désirait tant en avoir un second. L'aveu de sa sœur la surprit néanmoins.

— Je ne savais pas que tu avais ce genre d'aspiration, Norah. Je pensais que tu préférais ta carrière à une vie de couple et de mère de famille.

— J'ai tenté de m'en persuader, parce que chaque fois que je rencontrais un garçon qui me plaisait, cela tournait mal. Bien sûr, j'ai toujours préféré penser que c'était la faute des hommes... Mais cette nuit, pendant mon insomnie, j'ai fini par comprendre qu'au début de chaque relation, j'ai la certitude qu'elle n'aboutira pas, parce que je ne suis pas à la hauteur. Alors, inconsciemment, je cherche un moyen d'y mettre un terme. Ainsi, c'est moi qui lâche l'autre, et non l'inverse, et mon amour-propre est sauf. Mais le résultat reste le même : je suis seule et j'en souffre.

Fouillant la poche de son jean, Norah en sortit un mouchoir en papier dont elle se tamponna les yeux, avant de se moucher.

— C'est bête, hein ? reprit-elle avec un pauvre sourire. Dire que j'ai trente-quatre ans, et qu'il m'a fallu tout ce temps pour comprendre ce complexe d'échec que je traîne depuis l'adolescence ! Il m'apparaît tout à coup si clair, si évident...

Polly avait passé assez de temps avec Frannie pour savoir que toute découverte sur soi-même est une victoire durement acquise, et qu'elle s'accompagne toujours d'une grande souffrance. Elle le dit à Norah, tandis qu'une phrase prononcée par sa sœur continuait de résonner dans sa tête.

Ton mariage est solide, il résiste à tout, et tu as un mari qui t'adore...

Ah, si Norah savait la vérité ! D'ailleurs, pourquoi ne pas la lui révéler ? Elle était sa sœur, sans compter qu'elle venait de lui ouvrir son cœur avec une simplicité et une franchise totales.

Polly prit une profonde inspiration. Courage, il fallait parler...

Ce fut en définitive plus facile qu'elle ne l'imaginait. Elle raconta à Norah les changements récemment survenus dans son existence, commençant par la disparition de Stokes et les difficultés financières qui s'ensuivaient pour leur ménage, puis la façon dont elle avait involontairement aggravé le problème en dépensant sans compter, depuis la mort de Suzannah. Un sujet cependant demeura tabou : celui de ses relations avec Michael, et la façon dont elles s'étaient dramatiquement dégradées au cours des dernières semaines. Si Polly n'en dit mot, ce ne fut pas par manque de confiance en sa sœur, mais parce que le simple fait d'en parler aurait donné à la situation une acuité plus douloureuse encore.

Elle se contenta donc d'évoquer sa maison qui allait être vendue, sa propre incapacité à dessiner, ainsi que ce sentiment d'inutilité qui la taraudait depuis la mort de Suzannah.

— J'ai toujours envié ton travail, Norah, et je crois qu'aujourd'hui je donnerais tout pour en avoir un. Il me semble qu'ainsi mes journées auraient un sens.

Polly, qui refoulait ses larmes depuis un moment, se laissa aller enfin à pleurer.

— Quand Suzannah est morte, ma vie n'a plus eu aucun contenu..., murmura-t-elle encore dans un sanglot.

— Oh, Pol !

Norah avait bondi de son siège pour prendre place sur le canapé à côté de sa sœur. Elle l'attira contre elle et lui caressa la tête comme si elle était la plus jeune et non l'aînée. Toutes deux pleuraient à chaudes larmes, maintenant, et cherchaient à se consoler mutuellement dans une étreinte physique comme elles n'en avaient pas partagée depuis longtemps.

Peu à peu elles prirent conscience de la présence de Clover qui, à quelques mètres d'elles, les regardait en fronçant les sourcils.

— Vous pleurez parce que votre maman vous a laissées? demanda-t-elle.

Puis elle ajouta, sur le ton pénétré de quelqu'un qui comprend :

— Moi aussi, j'ai pleuré quand ma maman est partie.

— Oh, chérie! Viens ici...

Norah renifla, et les deux sœurs prirent la fillette entre elles. En cet instant, Polly se sentit proche d'elle comme elle ne l'avait jamais été.

— Parfois, ça fait du bien de pleurer, pas vrai, mon chou? murmura Norah d'une petite voix entrecoupée de hoquets.

Clover subit quelques instants l'étreinte des deux adultes avant d'annoncer, avec un soupir marqué :

— Vous me serrez trop fort... Et j'ai toujours envie de faire pipi.

Les larmes firent place aux rires tandis que l'enfant s'échappait pour courir jusqu'aux toilettes.

— Quel amour de gosse! s'exclama Norah. Intelligente et pleine d'astuce, aussi... J'ai tant envie de mieux la connaître! Je suis en vacances pour trois jours, à partir de demain. Tu me la confieras, Polly?

Celle-ci frotta son pouce que Clover avait mordu, quelques jours plus tôt. Il lui faisait encore mal, mais elle ne dit rien. Sa sœur découvrirait par elle-même que Clover n'était pas toujours l'angélique petite fille qu'elle semblait imaginer.

— Si tu es libre demain matin, répondit-elle, cela tombe à pic, car j'ai un rendez-vous, et je me demandais justement que faire de la petite.

Polly ajouta, ce qu'elle n'aurait sans doute pas fait auparavant :

— Je dois voir Frannie, ma psychologue, à l'hôpital. J'ai besoin de lui parler. Si ça ne te dérange pas, en passant, je pourrai te déposer Clover.

— Epatant.

Cette intimité retrouvée entre les deux sœurs les comblait autant l'une que l'autre, et Polly fut sensible à la chaleur qui émanait de la voix et du regard de Norah.

Mais le problème de l'absence d'Isabelle demeurait entier, et l'aînée demanda à la cadette :

— Et pour maman, que fait-on ?

— On prévient la police. Je ne vois pas d'autre solution.

— Ecoute, je vais d'abord appeler Michael. Je ne lui ai pas encore dit que maman avait disparu.

Et comme Norah semblait surprise, Polly expliqua, tout embarrassée :

— Nous... nous nous parlons peu, ces temps-ci. Nous avons quelques problèmes.

Elle fut incapable d'en dire davantage, tant ses difficultés avec Michael l'angoissaient. D'ailleurs, Norah hochait la tête avec sympathie, sans chercher à en savoir davantage.

— Vous vous en sortirez, tous les deux, Pol, assure-t-elle tout de suite. Vous êtes faits l'un pour l'autre.

Il n'y a pas bien longtemps, Polly en était également persuadée. A présent, elle n'était plus sûre de rien. Michael, qui se trouvait au cabinet, la prit au téléphone, mais sa voix était si lasse et si préoccupée qu'elle en fut déchirée.

Elle lui expliqua rapidement la situation. Puis elle conclut :

— Norah pense qu'il faut en parler à la police.

— C'est aussi mon avis. Dis, Polly... Pardon, pour hier soir. Je ne voulais pas te faire de peine.

234

— Je le sais.

Elle avala sa salive avant de murmurer :

— Moi aussi, je te demande pardon, Michael.

— Nous reparlerons de cela plus tard. En attendant, tiens-moi au courant de ce que dira la police. Et aussi... Tu m'écoutes, Polly ? Je t'aime.

Elle raccrocha, le cœur un peu plus léger, et appela tout de suite le commissariat de police du quartier. La personne qu'elle eut en ligne lui demanda de passer, avec Norah, afin de remplir une fiche de demande de recherche. Et elle ajouta qu'il serait utile également de diffuser une photo récente d'Isabelle : les recherches s'en trouveraient facilitées.

Les deux sœurs fouillèrent donc les cartons où leur mère entassait ses vieilles photos. Elles en trouvèrent d'innombrables de Suzannah, mais pas beaucoup de leur mère, car c'était elle, généralement, qui prenait les clichés. Polly en glissa plusieurs dans son sac pour les faire reproduire. Elle rendrait les originaux à Isabelle — encore que celle-ci ne s'apercevrait sans doute même pas de leur disparition...

Les deux jeunes femmes dénichèrent enfin une photo d'Isabelle avec Suzannah, prise un jour de Noël.

Le dernier Noël de Suzannah ! Fragile, lumineuse, souriante Suzannah, nichée contre sa grand-mère sur le canapé du salon de Polly.

Polly fixa le cliché, frappée tout à coup par la ressemblance entre sa fille et sa mère.

— Je ne m'étais jamais rendu compte que Suzannah ressemblait autant à maman, murmura-t-elle comme si elle se parlait à elle-même. Pour moi, ma fille était le portrait de Michael.

— C'est vrai, elle avait beaucoup de son père, mais elle tenait aussi de maman. Je te l'ai toujours dit, rappelle-toi.

— Et moi, je ne te croyais pas. En vérité, je ne le voyais pas.

Compte tenu des sentiments que lui inspirait sa mère, Polly n'avait jamais voulu admettre quelque ressemblance de celle-ci avec sa fille. Aujourd'hui encore, elle avait du mal à s'y résoudre.

— Je veux voir, moi aussi ! geignit Clover en se hissant sur la pointe des pieds.

Tirant le bras de Polly, elle lui arracha presque la photo des mains pour la contempler longuement.

— C'est ta petite fille avec Tatie ? finit-elle par demander.

— Oui. C'est Suzannah.

Clover hocha lentement la tête avant de déclarer :

— Elle a un poisson qui s'appelle Oscar, et c'est un poisson qui sait parler.

— Qui t'a raconté ça ?

— Le docteur. Il me raconte plein d'histoires de Suzannah et d'Oscar, le soir.

Polly dévisagea la petite fille. Michael, qui ne prononçait quasiment jamais le nom de sa fille, inventait donc des histoires sur elle et les racontait à Clover ? C'était une nouvelle forme de trahison, qui prenait Polly complètement au dépourvu, et la poignardait littéralement !

Norah dut sentir le désarroi de sa sœur, car elle ordonna vivement à l'enfant :

— Clover, remets tes sandales, on file au commissariat.

Elles y trouvèrent un policier efficace et fort sympathique, qui offrit à Clover un verre de jus de pomme, tandis que les deux jeunes femmes répondaient à une batterie de questions et remplissaient un formulaire. On leur indiqua ensuite que la photo et une description approximative d'Isabelle seraient diffusées dans tout le pays d'ici deux heures, et qu'on les tiendrait au courant du résultat des recherches.

Les formalités terminées, Norah dut regagner l'hôpital à la hâte. Quant à Clover, elle montrait déjà les signes de nervosité et d'irritabilité d'une enfant fatiguée.

236

Polly la reconduisit à la maison, et était en train de la coucher pour la sieste quand le téléphone sonna.

C'était... Isabelle.

— Polly? demanda-t-elle d'une voix claironnante. C'est moi, chérie!

— Maman! Où diable es-tu? Tu vas bien? Norah et moi sommes folles d'inquiétude!

— Evidemment que je vais bien! Pourquoi irais-je mal? Et inutile de me hurler dans les oreilles, Polly!

La colère de celle-ci montait. Elle s'obligea à contenir sa voix pour ne pas empêcher Clover de dormir, mais elle aurait volontiers hurlé, tant le comportement de sa mère l'indignait.

— Voilà trois jours que tu as disparu, maman! Nous ne savions pas où tu étais... Avec Norah, nous venons de passer la matinée chez toi, espérant dénicher un indice qui nous indiquerait où tu étais partie. Peux-tu me dire exactement où tu es, et ce que tu fais?

— Je me trouve en Oregon, dans un camping près de Winstonville. Un endroit charmant, où les gens sont beaucoup plus sympathiques qu'au Canada.

Une jubilation manifeste résonnait dans la voix d'Isabelle, et elle poursuivit:

— Il y a une sorte de café où on joue de la musique, et où on danse tous les soirs. Sans parler de la bière qui est excellente!

— Et que fais-tu en Oregon? demanda encore Polly, que la colère étranglait.

Elle aurait volontiers serré le cou de sa mère, si elle avait pu!

— Ah! ah! roucoula Isabelle. J'ai une surprise pour vous deux. Eric et moi nous sommes mariés. Eric Sanderson... C'est son nom. Tu ne le connais pas, mais il te plaira infiniment quand tu le rencontreras. Il m'a enlevée, en quelque sorte. J'ai pensé qu'ainsi ce serait plus simple pour toi et Norah. Pas d'histoire de mariage ni de réception : vous avez tant à faire, toutes les deux ! Et puis, je dois dire que nous nous sommes mariés sur un coup de tête. Eric possède un camping-car, et nous avons décidé de nous balader quelque temps.

Isabelle ponctua sa phrase d'un rire franc, et Polly eut envie de hurler.

— Il faut que tu appelles Norah pour lui annoncer l'heureuse nouvelle, poursuivit sa mère. J'ai voulu lui téléphoner tout à l'heure, mais elle n'était pas chez elle.

— Evidemment ! Nous étions au commissariat... On nous a demandé une photo de toi, et ils ont diffusé un avis de recherche te concernant. D'ailleurs, je te conseille d'appeler rapidement la police : la personne qui nous a reçues s'appelle... attends une minute...

Elle tira de sa poche la carte du policier dont elle lut à haute voix le nom et le numéro de poste.

Mais Isabelle semblait s'en moquer comme d'une guigne.

— Téléphone-lui pour moi, veux-tu ? Explique-lui que je suis en pleine lune de miel.

— Fais-le toi-même, maman ! marmonna Polly, ivre de rage et d'indignation. Si je téléphone, on va penser que je cherche à cacher quelque chose.

Un matricide, par exemple...

— D'accord, concéda Isabelle, mais à charge de revanche, j'ai quelque chose à vous demander, à toutes les deux : il faut que vous vendiez ma maison.

— Vendre... vendre ta maison ?

Sous le coup de la stupéfaction, Polly oublia sa fureur. Franchement, elle s'attendait à tout sauf à ça !

— Oui, reprit Isabelle, Eric et moi avons l'intention de voyager. Pourquoi payer des taxes foncières pour une maison que nous n'habiterons pas ? Je vais vous envoyer une liste de choses qu'il faudra m'expédier. Quant au reste, vendez-le, ou mettez-le dans un garde-meuble. Je vous signerai toutes les décharges nécessaires. Voici mon adresse.

238

Ahurie, Polly dénicha un crayon, et inscrivit ce que lui dictait sa mère qui ajouta, magnanime :

— Et bien sûr, partagez-vous les bijoux et les trésors de famille, toutes les deux. Maintenant, il faut que je te quitte, mais Eric veut te dire un mot.

Et elle ajouta en roucoulant :

— Voilà Polly, chéri...

Polly se figea en entendant la voix virile teintée d'un léger accent britannique.

— Hello, Polly ! Je voulais seulement vous dire de ne pas vous inquiéter pour votre maman. J'en prends grand soin ! Nous allons voyager un peu, mais à notre retour à Vancouver, je serai très content de faire votre connaissance, ainsi que celle de votre sœur.

Puis il ajouta :

— J'ai toujours voulu avoir des filles, et je n'en ai pas eu. Transmettez mon bon souvenir à Norah.

Polly marmonna une vague formule de politesse avant de raccrocher. Elle fixa longtemps le mur devant elle, sans le voir. Enfin, elle appela le service d'obstétrique de St Joseph et demanda à parler à Norah.

— Elle est en salle de travail avec une parturiente, lui fut-il répondu.

Eh bien, la femme en question attendrait ! Polly déclara, sans hésiter :

— Dérangez-la. Dites-lui que c'est pour une urgence.

19.

Norah fut enfin en ligne.

— Polly ? demanda-t-elle d'une voix affolée. Que se passe-t-il ? Rien de grave, au moins ?

— Tout dépend de la façon dont on voit les choses. Je viens de recevoir un coup de téléphone de maman. Elle se porte comme un charme, et elle vogue en plein bonheur à bord d'un camping-car, en Oregon. Elle... elle s'est mariée. Notre nouveau beau-père s'appelle Eric Sanderson. Un homme adorable, apparemment, qui nous assure de toute son affection même s'il ne nous a jamais vues. Maman veut que nous vendions sa maison, mais pas avant d'avoir trié ses affaires pour lui envoyer ce dont elle a besoin. Pour le reste, il faudra trouver un garde-meuble, ou nous en débarrasser comme nous pourrons. Elle nous demande aussi de nous partager les bijoux et les « trésors de famille ».

Après un silence stupéfait, Norah laissa échapper un juron que jamais, au grand jamais, sa sœur n'aurait imaginé entendre dans sa bouche. Puis elle éclata de rire, et Polly ne tarda pas à l'imiter.

— J'imagine que tu prendras les *National Geographic* ! s'exclama Norah entre deux hoquets. Ce qui me laissera les mauvais romans policiers...

Le fou rire les reprit, et bientôt Polly se sentit toute revigorée.

Le soir, Michael rit beaucoup, lui aussi, lorsqu'elle lui raconta le coup de téléphone d'Isabelle. Il lui avait apporté un ravissant pot de jacinthes mauves, et quand il l'embrassa, il la garda serrée contre lui jusqu'à ce que Clover vînt s'immiscer entre eux.

Polly aurait tout donné pour accepter ses excuses, et oublier les propos violents qu'ils avaient échangés. Hélas, elle était obnubilée par ce que lui avait appris Clover : le soir, Michael lui racontait des histoires dont l'héroïne s'appelait Suzannah.

Comment pouvait-il faire une chose pareille, et dans le même temps décréter froidement à sa femme qu'il fallait accepter la mort de leur petite fille ? Après la violente dispute de la veille, Polly n'osait pas lui poser la question. Tout, plutôt que de risquer un autre affrontement ! C'était trop douloureux...

Quand Michael emmena Clover voir son père à l'hôpital, ce soir-là, Polly refusa de les accompagner. Pourtant, dès qu'elle fut seule, un terrible sentiment d'abandon l'assaillit.

De nouveau, elle voulut dessiner, en s'inspirant des photos de Suzannah découvertes chez sa mère. Mais ce fut en vain. Elle avait beau s'appliquer, ses dessins manquaient de vie autant que d'originalité. A mesure qu'elle les déchirait les uns après les autres, le découragement croissait. Jamais elle ne retrouverait son trait de crayon. Mieux valait, une fois pour toutes, faire une croix sur ses prétentions artistiques.

A leur retour, Michael coucha Clover. Avec le désagréable sentiment de les espionner, Polly traîna dans le couloir pour surprendre l'histoire qu'il allait lui raconter. Peine perdue, car ce soir-là, l'enfant voulait qu'on lui lût le livre des dinosaures.

Michael redescendit ensuite dans la cuisine où il déboucha une bouteille de vin. Polly en but plus qu'elle n'aurait dû, si bien que, plus tard, lorsqu'ils firent l'amour, elle était suffisamment grisée pour se laisser emporter par le plaisir physique.

« Ne réfléchis pas ! s'adjurait-elle, tandis que Michael l'entraînait irrésistiblement vers la volupté. Surtout, ne réfléchis pas : c'est bien trop dangereux ! »

Dieu merci, les vacances de Frannie s'achevaient, et il lui serait possible de la voir le lendemain matin. Elle en avait tant besoin...

Elle se rendit donc à l'hôpital, le lendemain à 9 h 30, ressentant une étrange appréhension mêlée de soulagement. Lorsqu'elle fut dans le bureau de Frannie, elle se laissa tout naturellement tomber dans le fauteuil qui lui était devenu familier. Combien de fois avait-elle occupé ce siège, déjà ? La plupart du temps, c'était avec un infini désespoir qu'elle s'y était installée.

— Bonjour, Polly. Oh, vous avez coupé vos cheveux ! Cela vous va très bien.

Frannie, longue et mince, portait une jolie robe toute simple en lin de couleur pêche. Elle s'assit derrière le petit bureau, à moins d'un mètre de Polly. Au cours de ses premières visites, celle-ci avait redouté cette proximité physique, qu'elle trouvait vaguement dérangeante. Aujourd'hui, au contraire, elle lui procurait un sentiment de sécurité.

Indiquant de la main une photographie encadrée, sur le bureau, elle demanda :

— Ce sont les enfants ? Comme Zoé a grandi !

Zoé était la belle-fille de Frannie, et sur le cliché, elle portait le petit Harry dans ses bras.

— Elle a sept ans, déclara Frannie, mais elle est très mûre pour son âge. Au point que cela m'inquiète, par moments. Elle s'occupe de Harry comme une vraie petite maman.

— Lui, il a presque treize mois, n'est-ce pas ? Il les aura jeudi prochain.

Polly connaissait au jour près la date de naissance de

Harry : les contractions de Frannie avaient commencé en effet au cours d'une de ses séances de thérapie. Comme c'était loin, déjà ! A l'époque, Polly ne savait pas encore si elle souhaitait réellement continuer à vivre...

— Il est magnifique, Frannie ! Quel visage fin !

La jeune maman sourit, et la fierté que lui inspirait son fils se lut dans ses beaux yeux d'un bleu profond.

— Merci, mais je crois bien que je n'y suis pas pour grand-chose. Il ressemble tant à Kaleb !

Polly avait rencontré le séduisant Kaleb Sullivan à la soirée de Noël de l'hôpital St Joseph. Il était officier dans la marine marchande. Sa sœur Lily, infirmière à l'hôpital, avait épousé le médecin réanimateur Greg Burlotte.

Le téléphone sonna alors, et Frannie s'excusa en soulevant le combiné.

— Je dois prendre cet appel. C'est important. Il s'agit d'un enfant dans une situation critique.

Pendant que la psychologue parlait au téléphone, Polly promenait son regard sur la petite pièce, songeant que ces quatre murs avaient été si souvent témoin de sa souffrance et de sa fureur.

Aujourd'hui, ses sentiments étaient certes moins extrêmes, mais ils demeuraient confus et embrouillés. Elle voulut les analyser pour pouvoir en discuter précisément avec Frannie.

Il y avait d'abord l'antipathie que lui inspirait Clover, et la honte qui en découlait, ainsi que la culpabilité. Et puis le chagrin profond, le déchirement, même, à l'idée de quitter la maison qu'elle aimait. Enfin, profondément enfouie, l'angoisse qui la tenaillait chaque fois qu'elle pensait à Michael et à son mariage.

Pauvre Frannie, songea Polly avec amertume, comment allait-elle résoudre ce nœud de problèmes et de contradictions en une seule séance ?

La psychothérapeute raccrocha et programma son téléphone pour que tous les appels extérieurs aboutissent à un répondeur. Puis elle s'adressa à sa patiente.

— Comment ça va, Polly ?

Il était toujours très difficile de commencer à parler. Polly avait l'impression de pénétrer dans un lac d'eau glacée, et de sentir tout son corps se rebeller à ce contact. Mais elle savait d'expérience, maintenant, qu'il valait mieux plonger la tête la première et se lancer sans tergiverser.

— Pas très fort.

Elle avala sa salive avant d'admettre :

— En fait, ça ne va pas du tout. Michael et moi... Je crois que nous n'arrivons plus à nous parler. Des choses importantes, je veux dire... Il est si lointain... Je sais qu'il est très préoccupé. Il travaille davantage encore, depuis quelque temps. Nous avons des difficultés financières, et nous... Enfin, il va falloir vendre notre maison.

— Qu'éprouvez-vous à cette perspective ?

— De la tristesse. Et je suis furieuse, aussi...

Polly se mordit la lèvre, et la suite vint toute seule :

— J'éprouve de l'amertume, surtout. Et il y a cette gosse dont je m'occupe : Clover Fox.

Polly parla alors de Jérôme et de son accident.

— Oh, Frannie, c'est si difficile ! Cette enfant fait naître en moi des sentiments affreux, qui me font honte !

— Quel genre de sentiments ?

— Elle... elle me déplaît.

C'était un euphémisme ! Polly devait coller davantage à la vérité, sans quoi Frannie ne serait pas en mesure de l'aider.

De nouveau, elle avala sa salive, avant de peiner pour articuler :

— Je... je ne l'aime pas, c'est tout. Franchement, non, je n'arrive pas à l'aimer.

Et elle ajouta, pour tenter de se justifier :

— Les enfants, c'est comme les adultes : il y en a qui ne me plaisent pas, et Clover est de ceux-là.

— Qu'y a-t-il chez elle que vous n'aimez pas ?

— Oh, rien de particulier...

Frannie attendit en silence, et Polly finit par lâcher :

— En vérité, *rien* ne me plaît, chez cette enfant. Un jour, elle m'a mordu très fort... Elle me tient tête tout le temps, refuse de manger ce que je lui prépare, et ne daigne pas me parler. En fait, elle ne m'aime pas plus que je ne l'aime.

Comme c'était mesquin ! Polly était mortifiée de s'entendre dire des choses pareilles.

— Savez-vous, Frannie, elle me déplaît tant que j'en ai honte. Car elle n'a que quatre ans, après tout. Je ne devrais pas éprouver de sentiments aussi négatifs à son encontre. Mais... mais je la regarde et je me dis...

La voix de Polly se brisa, et des larmes brûlantes roulèrent lentement le long de ses joues.

Frannie lui tendit la boîte de mouchoirs en papier posée en permanence sur son bureau, avant de demander d'un ton encourageant :

— Que vous dites-vous exactement, Polly ?

La douleur qu'elle éprouvait en cet instant était déchirante, tel un supplice insoutenable.

— Oh, Seigneur ! Quand... quand je la regarde, je pense que ma petite Suzannah n'aurait pas dû mourir. Suzannah méritait de vivre !

— Que reprochez-vous d'autre à Clover ?

— Elle est... elle est...

Polly ne trouvait pas les mots justes. Au bout d'un moment, elle finit par déclarer lentement :

— J'imagine que je la vois comme l'opposé de Suzannah en tout point. Elle a mauvais caractère, elle est constamment grincheuse, elle est boudeuse et... ingrate. Suzannah, au contraire, avait tout pour elle. Quand je vois Clover, je me demande pourquoi elle est en vie, alors que... alors que ma Suzannah ne l'est plus.

— Donc, vous comparez Clover à Suzannah ? Cette enfant vous rappelle votre fille ?

— Non! s'écria Polly. Absolument pas! Pourquoi les gens n'arrêtent-ils pas de me dire cela? Ma mère la première! Et c'est ridicule! Ridicule! Suzannah ne ressemblait en rien à Clover...

— Ce que je veux dire, expliqua doucement Frannie, c'est que vous pensez à Suzannah quand vous regardez Clover.

A regret, Polly finit par acquiescer.

— Et à quoi, ou à qui pensez-vous également?

Polly réfléchit à la question, et la réponse lui vint tout naturellement.

— Je suppose que je pense à Michael, et je lui en veux, avoua-t-elle lentement. Lui, il n'a aucun problème avec Clover. Au début, je voulais qu'il m'aide à m'occuper d'elle, et quand il l'a fait, je... j'en...

La voix de la jeune femme se réduisit à un murmure, tant la vérité lui en coûtait.

— J'en ai été jalouse. Oh, pas pour moi, se défendit-elle aussitôt, mais pour Suzannah. Tout ce qu'il donne à Clover appartient à Suzannah.

— Mais Suzannah n'en a plus besoin, maintenant, rappela gentiment Frannie. A qui en voulez-vous, en réalité, Polly? A Clover, ou à Michael?

Avec Frannie, impossible de mentir. Polly haussa les épaules en un geste de vaincue.

— A Michael, murmura-t-elle. Il joue avec cette enfant, lui parle, apparemment, il lui parle même de Suzannah. Le soir, il lui raconte des histoires dont l'héroïne est une petite fille appelée Suzannah, comme notre enfant! Et il lui achète des jouets, s'amuse avec elle, et... et il est heureux qu'elle soit à la maison! Pourtant, il ne veut pas m'entendre quand je lui dis que j'aimerais que nous ayons un autre enfant.

— Et quand il ne vous parle pas, qu'en concluez-vous?

Une douleur intolérable transperça Polly.

247

— Je me dis qu'il ne se soucie plus de moi..., avoua-t-elle d'une voix à peine audible. Qu'il ne m'aime plus.

Les mots, une fois prononcés, prenaient une réalité ter-rifiante. Polly avait l'impression que le souffle allait lui manquer.

— Vous lui en voulez, reprit Frannie, et vous lui avez fermé votre cœur tout autant que vous croyez qu'il vous a fermé le sien. Mais tout ça, c'est dans votre imagination, Polly ! Il n'est pas ici pour que nous lui posions la ques-tion. En revanche, il faut me dire honnêtement jusqu'à quel point vous l'avez exclu de votre cœur.

Polly eut un haut-le-corps. Comment osait-on insinuer qu'elle était responsable de la faillite de leur couple ? Elle avait tout fait pour que Michael lui parlât de Suzannah ! Et elle l'avait supplié de se faire aider par un psycho-logue. Bref, tout ce qui était en son pouvoir pour que la situation entre eux pût s'améliorer, elle l'avait tenté !

Elle dévisagea Frannie un long moment, puis, lente-ment, sans l'intervention de sa volonté, la réponse prit forme dans son esprit et franchit ses lèvres.

— C'est à cause de Clover, murmura-t-elle. Il veut que je partage les bons moments qu'il passe avec elle, mais... mais pour moi, c'est impossible. Je ne veux pas. Il ne peut pas m'y obliger, tout de même !

— Pourquoi ne le pouvez-vous pas, Polly ?

Frannie était sans pitié et, l'espace de quelques ins-tants, Polly se prit à la haïr. Cette épreuve était décidé-ment trop pénible, trop douloureuse. Elle sentit les san-glots monter dans sa poitrine, et réussit à les refouler. Puis elle s'entoura le buste des bras, comme pour mieux contenir sa douleur.

— Parce que si je... je le faisais, je... je ferais comme lui, vous ne comprenez donc pas ?

Sa voix frisait l'hystérie, soudain, et elle poursuivit, paniquée :

— Je trahirais ma propre enfant... Pire, je... je l'oublierais, et elle serait partie pour toujours... avec la maison et sa chambre, et ses jouets, et tous les souvenirs qu'il me reste d'elle...

De nouveau, Frannie secoua la tête.

— Votre petite fille vit pour toujours dans votre cœur, Polly. Vous ne la perdrez jamais. A présent, essayez de vous rappeler : de quoi aviez-vous le plus peur, après la mort de Suzannah ?

Ces souvenirs-là, Polly n'aimait pas les évoquer. Elle prit une inspiration haletante, et déclara dans un souffle :

— Je croyais que mon cœur allait se briser pour de bon, et que j'allais mourir.

— Mais vous n'êtes pas morte, lui rappela gentiment Frannie. Vous avez eu le cœur brisé, et vous avez continué à vivre. Donc, il ne faut plus avoir peur. Parfois, quand un cœur se brise, c'est que quelque chose de neuf vient à la vie qui nous force à grandir, à mûrir. Et l'amour, le lien avec votre petite fille est quelque chose de définitif, de permanent. Rien ne pourra jamais l'altérer, parce que Suzannah vit dans votre cœur.

Frannie tendit la main pour saisir celle de Polly.

— Vous n'êtes plus perdue dans votre chagrin, maintenant. Vous ne vous y êtes pas noyée. Vous avez parcouru un long chemin, Polly, et vous le savez. Respirez un grand coup, et sondez votre cœur. Fermez les yeux, et éprouvez la présence de Suzannah en vous.

Polly le fit et, bien sûr, elle retrouva le souvenir intact de sa petite fille, bien vivante, réelle, et sienne à tout jamais. Avec une sorte d'étonnement, elle s'aperçut aussi que son cœur, s'il était toujours douloureux, n'était plus brisé en mille morceaux.

Frannie poursuivit, très douce :

— Vous pouvez vous autoriser à aimer Clover, Polly. Votre cœur est ouvert, et il peut aimer à l'infini. Quant à Michael, nous avons souvent discuté de la façon personnelle dont chacun fait son deuil. Je crois qu'il fait le sien de la seule manière vivable pour lui. Laissez-lui du champ, Polly, ne le harcelez pas. Ayez confiance en lui : le temps le guérira comme il vous a guérie. Aimez-le de tout votre cœur et de toute votre âme, ne l'excluez pas de votre vie. Le moment venu, vous lui parlerez comme vous venez de le faire avec moi. C'était très courageux de venir me voir aujourd'hui. Un jour, vous aurez la force de vous ouvrir à Michael comme vous l'avez fait aujourd'hui.

Le pourrait-elle ? Polly n'en était pas sûre. Frannie lui pressa la main, avant de la laisser saisir une poignée de mouchoirs en papier.

— J'essaierai.

Frannie lui sourit avec fierté.

— Vous y arriverez, Polly, je le sais. Vous réussirez avec Clover, et avec Michael également. Vous êtes très forte. Et vous êtes une femme merveilleuse. J'ai été heureuse de vous aider.

Polly ne se sentit pas forte, bien au contraire, tout au long de cette semaine. Suivant le conseil de Frannie, elle s'efforça de témoigner à Michael son soutien et son amour, sans pour autant peser sur lui. Il était gentil, tendre, mais manifestement préoccupé. Elle ne lui en demanda pas la raison, et il n'en parla pas. Comme toujours, il n'avait pas une minute à lui, et désormais, Polly se trouvait dans la même situation.

L'une des premières choses qu'elle fit fut d'aller voir son gynécologue, Fred Hudson, pour qu'il lui prescrivît la pilule. Elle ne devait pas être enceinte, c'était capital... Et même s'il était douloureux de renoncer au rêve d'une seconde maternité, il le fallait impérativement. Dans ces conditions, Michael n'avait pas à assumer seul la sécurité de sa femme sur ce plan : jusqu'à présent, elle s'était comportée d'une manière franchement irresponsable.

Les journées se trouvèrent bien remplies, puisqu'il fallait tant bien que mal ranger la maison pour la faire visiter dans les meilleures conditions. Au cours des derniers mois, Polly avait laissé aller bien des choses, en ce domaine : ainsi, le garage avait grand besoin d'un vrai nettoyage. La salle de bains de la chambre d'amis méritait d'être repeinte, et maintenant que ses finances ne lui permettaient plus d'avoir toutes les semaines un service de nettoyage, Polly devait faire le ménage régulièrement. Sans parler du fait qu'avec Norah, elles avaient commencé à trier les affaires d'Isabelle, ce qui n'était pas une mince entreprise !

Enfin, il y avait Clover. Jérôme avait maintenant entamé sa rééducation, mais il faudrait compter plusieurs semaines encore avant qu'il pût rentrer chez lui et s'occuper de sa fille.

Après la séance avec Frannie, les relations avec Clover s'étaient améliorées de façon progressive et très subtile. Certes, il arrivait encore à Polly de compter les jours qu'il lui restait à cohabiter avec la fillette, mais elle commençait à entrevoir que celle-ci était volontaire et réfléchie, plutôt que têtue et boudeuse.

A mesure que Polly changeait avec elle, la petite fille s'épanouissait comme une fleur de cactus. Désormais, elle riait plus souvent en sa compagnie qu'elle ne lui faisait la tête. Elle accepta même de goûter à certains plats qu'elle aurait rejetés auparavant. Enfin, à l'instar de Polly, Clover adorait dessiner, et elle raffolait aussi des vieux disques de rock. Ces deux centres d'intérêt constituaient, entre la jeune femme et l'enfant, un lien certes ténu mais non négligeable.

Clover se montra avide d'aider Polly dans ses tâches ménagères. C'est ainsi que toutes deux nettoyèrent à fond le garage, puis replantèrent de fleurs fraîches les plates-bandes du jardin. Clover aimait par-dessus tout tripoter la terre, et elle montrait un sens des couleurs étonnant.

Le vendredi matin, la petite fille consentit même à ce que Polly rafraîchît un peu sa coupe de cheveux. Il avait fallu l'en convaincre longuement et lui promettre monts et merveilles, mais elle avait fini par accepter, à condition que Polly n'utilise pas de ciseaux. Elle s'était d'ailleurs montrée intransigeante sur ce point. Bref, elle alla se percher sur un tabouret de cuisine, entortillée dans une serviette de bains, et Polly s'arma de la tondeuse électrique qu'elle utilisait souvent pour raser la nuque de Michael.

Polly se sentait un peu nerveuse, mais quoi qu'elle fît, elle ne pourrait qu'améliorer l'aspect de la fillette. Ses cheveux étaient en effet affreux : raides, inégaux, ils pendaient lamentablement, et ce qui avait été naguère une frange ne ressemblait plus à rien. Polly se contenterait de les égaliser en ne coupant que les pointes.

— En avant, mademoiselle ! s'écria-t-elle, tout en croisant mentalement les doigts.

Et elle s'attaqua à une mèche de cheveux particulièrement longue. Clover, qui avait fermé les yeux, les paupières hermétiquement plissées, répliqua d'une voix tremblante :

— Et surtout, tu me coupes pas les oreilles, hein ?

— Je te promets que non ! Pourquoi ? Quelqu'un t'a fait mal aux oreilles, un jour ?

L'enfant hocha vigoureusement la tête, et l'énorme mèche que tenait Polly s'en trouva rasée à la racine ! Elle n'en souffla mot, mais un sillon de sueur coula lentement le long de son dos ! Que l'enfant le voulût ou non, elle allait se retrouver avec une vraie coupe de cheveux !

— Oui, répondit Clover, c'est une copine de ma maman qui voulait me couper les cheveux. Elle m'a coupé l'oreille avec ses ciseaux. J'ai eu du sang partout, et ça faisait mal ! Oh, très mal... Alors j'ai pleuré...

Pauvre gosse ! songea Polly. Pas étonnant qu'elle fût terrifiée par les ciseaux.

Polly se concentra de son mieux et, quand elle eut fini,

le résultat était si réussi qu'elle n'en croyait pas ses yeux. Elle sourit à Clover, et grommela, feignant un ton de croquemitaine :

— Et maintenant, regardez-vous dans la glace, mademoiselle. Vous êtes tout simplement ravissante ! J'aurais dû être coiffeuse !

Clover leva les yeux vers le miroir, et ses pupilles bleues s'agrandirent. Elle tourna coquettement la tête d'un côté, puis de l'autre, et un sourire hésitant se dessina lentement sur son visage.

C'est qu'elle avait une très jolie forme de crâne... Polly ne s'en était jamais aperçue auparavant à cause de sa méchante tignasse. Ses cheveux, assez courts maintenant, mettaient en valeur l'élégante architecture de son visage, ses pommettes bien plates, et son petit menton fin mais très volontaire. Quant à ses yeux, ils étaient désormais immenses et très expressifs.

— Attends un peu que ton papa te voie ! Il va dire que tu es la plus jolie petite fille du monde...

Clover eut un petit rire aigu.

— Mon papa, il me dit toujours ça.

Sur quoi, elle pointa le menton en avant, en une attitude instinctivement féminine, afin de mieux scruter l'image que lui renvoyait le miroir.

— Je sais bien qu'il te dit ça, appuya Polly.

Seuls les papas, parce qu'ils aiment et admirent leurs petites filles de façon inconditionnelle, sont en mesure de leur donner une véritable confiance en elles. Le père de Polly l'avait fait pour elle, comme elle s'en rendait compte maintenant, et Michael avait fait de même avec Suzannah.

Etant donné que Jérôme aimait et acceptait sa fille telle qu'elle était, l'enfant n'éprouvait pas le besoin d'être aimée de tous. Elle avait très bien supporté, et même entretenu, l'antipathie de Polly. A présent que celle-ci comprenait un peu mieux ses propres sentiments, et entrevoyait leur complexité, elle commençait à apprécier Clover pour ce qu'elle était vraiment. L'enfant l'agaçait encore, par moments, mais le plus souvent, elle la faisait sourire.

C'était un grand progrès.

20.

Valérie frappa discrètement à la porte de la salle d'examen, avant de l'entrouvrir.

— Vous avez le radiologue au téléphone, docteur.

Michael avait attendu cet appel toute la matinée. Il s'excusa auprès de son patient, et s'éclipsa rapidement dans son bureau. Sur sa table, le dossier de Duncan était ouvert.

Les résultats du scanner qu'il avait demandé pour l'enfant étaient là, devant lui : il les avait reçus la veille. L'examen avait révélé, sans doute possible, que la tumeur continuait à se développer. Michael avait aussitôt appelé Sophie, qui lui avait amené Duncan en fin d'après-midi.

Il avait alors procédé à un examen complet de l'enfant : curieusement, celui-ci présentait une minuscule grosseur dans le testicule gauche. Chose que Michael n'avait pas repérée auparavant. Il avait donc demandé une IRM ainsi qu'une échographie, demandant au radiologue de l'appeler sitôt qu'il aurait les résultats.

Il saisit le combiné en croisant les doigts. Tant de choses dépendaient de ces résultats !

— Forsythe en ligne.

— J'ai les clichés de l'IRM et le résultat de l'échographie que vous avez prescrites à Duncan Hendricks, annonça le radiologue d'une voix froide et impersonnelle. Ils montrent une masse très nette dans le testicule gauche. Le testicule droit est parfaitement normal.

Michael remercia sans s'étendre, et raccrocha. Son esprit fonctionnait à toute vitesse.

Que lui arrivait-il ? Son cœur tambourinait à cent à l'heure dans sa poitrine et, brusquement, la sueur se mit à perler à ses tempes. Un astrocytome, tumeur toujours localisée dans la tête, ne métastasait jamais. Si la grosseur dans le testicule était maligne, Duncan souffrait-il d'une autre forme de cancer ? Avait-il fait l'objet d'un diagnostic erroné ? Le cancer premier serait ainsi celui du testicule, qui aurait métastasé dans le cerveau... Si c'était le cas, cela changeait tout.

De toute façon, Michael savait ce qu'il convenait de faire. Il reprit son téléphone pour appeler St Joseph et demander que l'on pratiquât une biopsie de la masse dans le testicule. Puis il téléphona à Sophie et lui expliqua ce qu'avaient révélé les nouveaux examens radiologiques, et la raison pour laquelle Duncan devait subir une nouvelle intervention bénigne à l'hôpital.

La mère de l'enfant ne cacha pas que cette nouvelle la bouleversait, mais elle n'en perdit pas la tête pour autant.

— Entendu, je conduis Duncan à St Joseph tout de suite. Je prends juste le temps d'appeler mon père pour le mettre au courant. J'aimerais qu'il me rejoigne là-bas.

— Très bonne idée. J'y serai moi aussi d'ici une heure, assura Michael.

C'est ce jour-là que Polly entreprit de dessiner Clover. Jusqu'alors, elle s'était débattue pour ressaisir des images de Suzannah. Sans résultat : elle avait déchiré ses dessins, et douté de ses capacités. Bref, en s'acharnant à redonner vie à sa fille sur le papier, elle avait perdu confiance en elle.

Clover adorait se maquiller, et elle faisait des mines devant le miroir de la salle de bains, ce matin-là, essayant les blush et les brillants à lèvres avec une coquetterie innée. Polly courut chercher un fusain et une feuille de papier, et la croqua rapidement, sans se donner le temps de considérer son travail sous un angle critique. Elle avait besoin de se délier les doigts, et Clover faisait un modèle idéal, puisqu'elle était complètement absorbée par ce qu'elle faisait et ne s'apercevait de rien.

Le résultat la surprit, et elle le trouva encourageant : elle avait capté chez l'enfant ce regard de femme occupée à se parer.

Elle réussit encore à faire deux dessins avant le déjeuner. Sur l'un, Clover, le menton appuyé sur ses deux poings, regardait pensivement la pluie tomber par la fenêtre. Sur l'autre, elle était assise à terre, occupée à lacer ses chaussures, et fronçait les sourcils dans un effort manifeste de concentration.

Cet après-midi-là, Polly laissa de côté les besognes ménagères et travailla furieusement sur ses esquisses pendant que Clover faisait sa sieste. Elle n'aurait su dire si elles avaient une quelconque valeur. En revanche, elles ne ressemblaient à rien de ce qu'elle avait fait auparavant. Le trait était certes moins structuré, moins précis, mais l'ensemble possédait une allure beaucoup plus libre et plus spontanée.

Et plus vivant, aussi, de manière indéniable... Ces esquisses avaient une présence particulière, tout comme Clover. Elles étaient dérangeantes, pleines de dynamisme et d'énergie, et Polly éprouva une certaine satisfaction en les regardant. Elle songea alors à cette femme artiste de Saskatchewan qui peignait de grosses fleurs aux formes étranges.

Michael rentra très tard. Une urgence l'avait retenu à St Joseph, expliqua-t-il, après quoi il avait retrouvé, au cabinet, une salle d'attente bondée de patients.

Il semblait en proie à une humeur bizarre, ce soir-là. Il riait et plaisantait avec Clover, puis, tout à coup, plongeait dans un abîme de réflexion.

Aux alentours de minuit, Polly trouva enfin le courage de l'entraîner dans l'atelier pour lui montrer ses dessins. Toute la soirée, elle avait tergiversé, craignant sa réaction, ne sachant si son travail était acceptable.

Michael regarda attentivement les dessins, si longuement que Polly finit par trépigner d'impatience. Lorsque enfin il se tourna vers elle, il y avait tant de respect et d'admiration, dans ses yeux, qu'elle sut son opinion sans qu'il eût besoin de l'exprimer.

— Ces dessins sont magnifiques, Pol. Meilleurs que ce que tu faisais avant. Non seulement tu as parfaitement croqué les expressions de Clover, mais tu as su fixer l'essence de toutes les petites filles ! De toutes les petites femmes, devrais-je dire.

Sur ces mots, il l'attira dans ses bras pour chuchoter, tout contre sa joue :

— Bravo, mon amour.

Il était fier d'elle, de toute évidence, et quand il l'embrassa, Polly sentit son cœur exploser de tout l'amour qu'elle lui portait. Comme elle l'adorait, cet homme si généreux !

— Je m'obstinais à vouloir peindre Suzannah, reconnut-elle, et je n'arrivais plus à rien.

Elle marqua une pause avant d'ajouter lentement :

— Je crois que j'ai compris pourquoi. Ceux qu'on aime, on croit toujours connaître parfaitement leurs visages, et finalement, on ne les voit plus.

Michael hocha la tête, et Polly reprit :

— En vérité, loin de les voir avec nos yeux, nous voyons une image d'eux qui est dans notre cœur. Alors qu'avec Clover, j'ai dessiné exactement ce qui était devant moi.

Michael plissa les yeux, la dévisageant sans répondre. Etait-il muet parce que Polly avait évoqué Suzannah ? Brusquement, il sembla s'éloigner et se retirer en lui-même, comme si on l'avait heurté ou blessé. Se rappelant le conseil de Frannie, Polly changea de sujet plutôt que de le pousser dans ses retranchements.

— As-tu réfléchi au quartier où nous nous installerons, lorsque la maison sera vendue?

— Ce sera à toi d'en décider, chérie.

Avec un effort presque visible, Michael s'arracha à ses pensées. Tandis que Polly éteignait la lumière de l'atelier, il demanda:

— Peut-être aimerais-tu que nous reprenions la maison de ta mère?

Cette suggestion emplit Polly d'horreur, et sans doute l'expression de son visage fut-elle éloquente, car Michael se mit à rire et ajouta:

— C'est bon, j'aurais mieux fait de me taire!

Polly se coula alors contre lui, feignant de se pâmer de soulagement, et il lui entoura la taille de son bras. Puis ils remontèrent dans leur chambre, étroitement enlacés.

— J'ai discuté avec l'agent immobilier, reprit Michael. Nous pouvons trouver une maison très agréable dans New Westminster pour la moitié de la somme que devrait nous rapporter celle-ci. Là-bas, le terrain est moins cher, mais il y a des endroits superbes avec de très belles villas. Quant à moi, il me faudrait à peine vingt-cinq minutes tous les matins pour me rendre à mon cabinet ou à l'hôpital. Qu'en dis-tu?

Tout en parlant, il avait desserré sa cravate, puis déboutonné sa chemise.

De son côté, Polly ôtait son corsage et son jean.

— Je ne sais pas..., répondit-elle. J'ai été tellement occupée, ces temps-ci, que je n'y ai guère pensé.

— Si nous allions faire un tour par là-bas, dimanche? Nous pourrions emporter un pique-nique, et trouver un parc où Clover s'amuserait.

Polly sortit du tiroir de sa commode une chemise de nuit propre.

— Ce serait épatant, en effet, répondit-elle. Hélas,

pour moi, c'est exclu... J'ai promis à Norah que nous commencerions à trier les affaires de maman.

Sur quoi, elle dégrafa son soutien-gorge, lançant à son mari une œillade des plus coquine.

Michael avait enlevé son pantalon, et n'était plus vêtu que de son caleçon. Son corps puissant, bien musclé et bronzé, apparaissait à la fois troublant et merveilleusement familier à Polly.

— Et si tu venais nous aider, doc ? poursuivit-elle sur le ton de la plaisanterie. Nous allons nous amuser comme des petites folles, à vider la maison de maman de tous ses trésors. Avec un peu de chance, nous pourrons organiser un petit vide-grenier, quand tout sera fini !

Michael feignit un regard implorant.

— Oh, non, chérie ! Ecoute, je te fais une proposition : moi, je m'occuperai de Clover toute la journée, et je vous emmènerai déjeuner puis dîner au restaurant, Norah et toi. Qu'en dis-tu ? Marché conclu ?

Polly noua les bras autour de son cou.

— Dégonflé ! lança-t-elle.

Il la tint serrée contre lui, avouant avec un petit rire amusé :

— A dire vrai, l'idée de trier les affaires d'Isabelle m'épouvante. Que puis-je faire pour que tu me pardonnes ?

— Oh, tu n'as que l'embarras du choix..., murmura Polly en se blottissant lascivement contre lui.

Michael souleva aussitôt la chemise de nuit qu'elle venait d'enfiler, pour l'en débarrasser, puis il fit glisser son caleçon.

— Fermons la porte, marmonna-t-il d'une voix sourde.

Après quoi, il renversa Polly sur le lit et s'allongea sur elle, la maintenant prisonnière entre ses cuisses.

— Et maintenant, dites-moi exactement ce que vous voulez, madame Forsythe, murmura-t-il avec un sourire coquin.

Polly se mit à rire et, glissant la main le long de ses cuisses, saisit doucement son sexe. Il était déjà en érection, et Michael laissa échapper un râle de plaisir. Prenant entre ses mains le visage de Polly, il le caressa du regard, comme s'il ne se rassasiait pas de la contempler ainsi.

— Ma femme... Mon épouse que j'aime... Mon épouse qui a tant de talent..., murmura-t-il, embrassant sa bouche lentement, très lentement, comme s'ils avaient l'éternité devant eux.

Il l'embrassa avec passion, encore et encore, jusqu'à ce que Polly, incapable d'en supporter plus, se cambre et cherche à mieux s'offrir, ouverte et épanouie.

Michael la connaissait si bien ! Il se dégagea pour la caresser, sondant délicatement les recoins les plus intimes de son être, s'étonnant, s'émerveillant de la sentir à ce point avide et excitée. Et quand enfin il l'entendit gémir, et que son corps tout entier se cabra, il n'hésita plus à la pénétrer.

Polly voguait déjà très haut sur les ailes du désir. D'un geste instinctif, elle saisit les épaules de son compagnon et, relevant les jambes, les noua sur ses reins pour le tenir plus serré encore, pour qu'il entrât en elle plus profondément. Alors commença la danse vieille comme le monde qui les emmena ensemble vers la volupté. Polly cria le nom de l'homme qu'elle aimait. Lui gémit sourdement tandis qu'il s'enfonçait en elle une nouvelle fois, et encore une autre, et une autre... Enfin, elle le sentit se raidir, tandis qu'un cri rauque et étranglé lui échappait.

Ils demeurèrent de longs instants haletants, moites, enlacés dans une étreinte faite de joie et de passion mêlées. Et quand enfin Michael roula doucement sur le côté, il garda Polly dans ses bras, comme si leurs deux épidermes refusaient de se séparer.

— Suis-je pardonné ? demanda-t-il, feignant un ton de petit garçon contrit.

Polly éclata de rire, et il rit également. Puis ils restèrent longtemps immobiles, et la jeune femme commença à s'assoupir.

Elle se laissait entraîner dans un rêve à peine ébauché quand il lui chuchota à l'oreille, taquin :

— Pourquoi les femmes s'endorment-elles immédiatement après avoir fait l'amour ?

Polly lui adressa un sourire tout ensommeillé.

— Tu préférerais que je te dise que tu as été fantastique, exceptionnel et fabuleux ? murmura-t-elle d'une voix paresseuse. Eh bien, sache que je le pense !

Nichée au creux de son épaule, elle se sentait protégée, aimée et chérie.

— Oh, Pol, chuchota-t-il encore, comme c'était bon ! Nous nous sommes abandonnés comme autrefois...

Polly sourit et attendit. Il avait manifestement besoin de lui dire quelque chose, sans quoi il ne l'aurait pas ainsi retenue sur la pente du sommeil. Elle le connaissait si bien !

Au bout d'un moment, il commença en hésitant :

— Il faut que je te raconte ce qui m'est arrivé aujourd'hui...

Et Polly fut complètement réveillée.

— C'est au sujet de ce petit malade. Il a cinq ans, et s'appelle Duncan. On avait diagnostiqué un astrocytome, exactement comme pour Suzannah.

Polly éprouva aussitôt de la compassion mêlée d'effroi : pour les parents de l'enfant, d'abord, puis pour Michael qui devait revivre l'affreux cauchemar de la mort de sa fille.

Quand il lui eut expliqué qui était l'enfant, une nouvelle vague de sympathie l'assaillit : elle avait rencontré Luke et Morgan Gilbert, avait beaucoup apprécié le premier, et s'était fort bien entendue avec la seconde, une jeune femme originale et pleine d'esprit.

— Sophie et Jason sont si jeunes ! poursuivit Michael. Et Duncan est un gosse adorable, plein d'optimisme, qui n'arrête pas de rire. Tout l'amuse.

Au ton de son mari, Polly comprit qu'il adorait le garçonnet, et son cœur se serra encore davantage. Comme le
métier de médecin était douloureux, parfois !

— Toutes les fois que je l'ai vu, il me disait qu'il allait
guérir, reprit Michael. Et il n'en doutait pas une seconde !
Alors que moi, je savais que sa tumeur était incurable...
C'était horrible !

Il expliqua ensuite comment le cancer avait résisté à la
radiothérapie, puis ajouta :

— Tu sais, ce que tu m'as dit tout à l'heure dans l'atelier ? Comment on finit par ne plus voir ce que l'on
connaît trop bien... Eh bien, j'ai failli tomber dans ce
piège avec le petit Duncan.

Il parla des nouveaux examens qu'il avait demandés, et
raconta comment il avait découvert une grosseur dans le
testicule de l'enfant — grosseur qui, à la biopsie, s'était
avérée être un carcinome.

— Or, c'est un cancer guérissable, chérie, poursuivit-il. Le chirurgien a procédé à l'ablation du testicule, et
tout indique que ce carcinome est le cancer initial. Nous
en serons sûrs à cent pour cent d'ici une quinzaine de
jours. Mais d'ores et déjà, on peut penser que la tumeur
cérébrale de Duncan n'est qu'une métastase, et qu'elle va
diminuer, puis disparaître toute seule !

Michael jubilait, à présent, et il ajouta :

— Tu te rends compte, Polly ? Ce gosse va guérir ! Il
en était sûr, et il ne s'est pas trompé !

Polly serra très fort son mari dans ses bras, mais elle
demeurait cependant préoccupée.

— Avec un seul testicule, pourra-t-il avoir des
enfants ? demanda-t-elle au bout d'un moment.

— Bien sûr ! La nature est bien faite, tu sais... Il aura
une douzaine de gosses, si le cœur lui en dit !

Polly laissa échapper un soupir.

— C'est un vrai miracle, n'est-ce pas ?

Michael marqua un silence avant d'admettre, d'une
voix infiniment triste :

— Oui, c'en est un. J'ai hésité à t'en parler, parce qu'il n'y a pas eu de miracle pour Suzannah.

Polly réfléchit pour tâcher d'exprimer ce que son cœur avait enfin compris.

— Le miracle, vois-tu, ce fut d'avoir Suzannah avec nous, *à nous*, pendant le temps de sa courte vie..., finit-elle par déclarer.

Elle leva la main pour effleurer tendrement la joue de son mari, et reprit :

— Je suis contente que tu m'aies parlé de Duncan, et je suis très heureuse pour lui et pour sa famille. C'est que désormais, vois-tu, je ne regarde plus les enfants en les comparant à notre petite fille. Frannie m'a aidée à comprendre pourquoi je le faisais, auparavant.

Polly expliqua les sentiments qu'elle éprouvait pour Clover, et ajouta :

— Les deux fillettes étaient liées, dans ma tête. Je ne voulais pas aimer Clover parce que j'avais trop peur d'oublier Suzannah. Et c'est aussi pour ne pas l'oublier que je souhaitais sans cesse en parler avec toi. Il me semblait que c'était indispensable pour maintenir mes souvenirs en vie...

— Sur ce plan, je n'ai pas été à la hauteur, je le sais, chérie. C'est difficile de te l'avouer, mais j'ai ressenti la mort de Suzannah comme un horrible échec... Je suis médecin, et j'étais son père : d'une manière ou d'une autre, j'aurais dû lui sauver la vie. Et j'avais l'impression que tu me reprochais de n'avoir pas su le faire.

Polly n'en croyait pas ses oreilles.

— Oh, Michael ! s'exclama-t-elle. Jamais je n'ai pensé une chose pareille ! Tu as été un fabuleux père, et tu es un médecin exceptionnel. Je l'ai toujours pensé !

Elle marqua un temps d'arrêt, puis reprit, soudain moins assurée.

— Ma seule crainte est qu'un jour, tu ne m'aimes plus.

Michael la serra si fort qu'elle en perdit presque le souffle, mais Dieu, que c'était bon !

— Je t'aime et je t'aimerai toujours, Pol... Quoi qu'il arrive, et jusqu'à la mort.

Il prit une large inspiration, puis réprima une sorte de frisson. Et quand il reprit la parole, il semblait choisir soigneusement chacun de ses mots.

— A la mort de Suzannah, mon chagrin était si violent, et j'avais tellement honte de n'avoir pas su la sauver, que le seul fait de prononcer son nom m'était intolérable. Et c'est Clover qui m'a obligé à le faire.

Il évoqua alors l'histoire du poisson rouge et les anecdotes qu'il inventait soir après soir, avant de conclure :

— Maintenant, grâce à Duncan, j'ai enfin compris que si je suis responsable de mes patients, je ne suis pas non plus un dieu tout-puissant. Ce n'est pas moi qui décide de la vie et de la mort des gens qui m'entourent. J'exerce la médecine, je ne fais pas de miracles. Or, vois-tu, j'avais oublié cette évidence... Désormais, je tâcherai de m'en souvenir.

Pour Polly, en tout cas, ce qui s'était passé au cours de cette soirée tenait bel et bien du miracle. Michael partageait avec elle ses pensées les plus profondes, tout comme naguère. Ils étaient dans les bras l'un de l'autre, et leur amour comblait le vide qui s'était un jour creusé entre eux.

Et lorsqu'elle glissa dans le sommeil, cette nuit-là, elle crut entendre Suzannah chanter.

21.

Polly et Norah s'attelèrent à vider la maison d'Isabelle très tôt, le dimanche matin. Elles travaillèrent avec méthode, remplirent d'innombrables sacs poubelles, trièrent les vieux vêtements récupérables qu'elles porteraient à une organisation caritative, empaquetèrent tout ce que leur mère réclamait, et dont la liste s'allongeait de jour en jour. Durant la semaine écoulée, Isabelle avait appelé Norah trois fois à ce sujet !

— Si elle continue, notre beau-papa Sanderson devra acheter une remorque pour l'accrocher à son camping-car, fit remarquer Polly, acerbe.

Elle s'était attaquée au placard principal de la chambre de sa mère, et ajouta avec un soupir :

— Tu comprends, toi, qu'on garde douze paires de collants déchirés ?

Elle jeta lesdits collants dans un sac poubelle, avant de brandir une chaussure :

— Regarde-moi tous ces souliers ! Il y en a qu'elle portait quand nous étions enfants ! De vraies antiquités ! Mais qu'est-ce qu'elle en faisait donc, ma parole ?

— Mets-les de côté, nous les donnerons, répondit Norah sans se troubler.

De son côté, cette dernière triait des cartons emplis de cartes postales et cartes de vœux en tout genre.

— Elle a dû conserver toutes celles qu'elle a reçues

depuis son enfance ! fit-elle valoir avec philosophie. Il y a toutes celles qu'on nous faisait faire pour elle, quand nous étions à l'école primaire. Regarde un peu !

Mais Polly ne souhaitait qu'une chose : en finir au plus vite.

— Dans tous ces cartons, il n'y a donc rien qui ressemble à l'album-souvenir qu'elle nous réclame à cor et à cri ? demanda-t-elle à sa sœur, sans lever le nez du placard.

— Je ne l'ai pas encore vu, non.

Norah rejeta en arrière une mèche de cheveux qui lui chatouillait la joue. La pluie avait cessé depuis quelques instants, et la chaleur, dans la chambre, était presque étouffante.

— Maman n'a pas su me dire où il était, ce maudit album ! soupira-t-elle. Mais elle y tient comme à la prunelle de ses yeux, m'a-t-elle précisé, et il faut absolument que nous le lui envoyions.

— A-t-elle expliqué ce qu'il contenait de si précieux ? demanda Polly, toujours acide quand il s'agissait des exigences de sa mère.

— Non, elle le veut, c'est tout.

Polly lança vertement :

— C'est sans doute le roman-feuilleton illustré de sa vie amoureuse !

— C'est possible...

Sans plus s'étendre, Norah se redressa et, pour changer de sujet, suggéra :

— Je vais chercher du jus d'orange bien frais. Je meurs de chaleur et de soif. Fouille donc la commode... Il y est peut-être, ce fichu album.

Norah partie, Polly ouvrit les tiroirs de la commode. Les deux premiers contenaient le fouillis habituel de lingerie, foulards, gants, etc. Mais dans le troisième, l'album à la couverture verte était là ! Enfoui sous trois châles au crochet et quatre lourds chandails de ski... L'odeur de naphtaline saisit Polly à la gorge, et, soulevant le gros classeur, elle se mit à tousser.

Après quoi, tenaillée par la curiosité, elle se laissa tomber sur le lit pour l'ouvrir.

Dès la première page, elle crut défaillir. C'était en effet un album-souvenir de la vie de Suzannah, vue et interprétée par Isabelle. Il s'ouvrait sur une photo de Polly enceinte de neuf mois. Suivait un faire-part de naissance de Suzannah et, collée au-dessous, une serviette en papier soigneusement lissée, sur laquelle on avait dessiné au rouge à lèvres le contour d'un tout petit pied. Plus loin, une photo montrait Suzannah dans son berceau, à la maternité : le bébé avait un petit air déterminé qui fit sourire Polly d'attendrissement... Elle caressa la photo du doigt avant de tourner la page.

Les clichés se suivaient, maintenant : Isabelle avec Suzannah dans les bras, le jour du baptême, Polly donnant le bain à son amour de petite fille et, enfin, une photo prise par Michael : le premier sourire de Suzannah. Oh, celle-là, Polly l'adorait !

Chaque page de l'album offrait un souvenir de Suzannah, prélevé par les soins d'Isabelle : bouts de papier sur lesquels l'enfant avait gribouillé des semblants de dessins, mèche de cheveux de bébé, photos d'école, mots pleins de fautes d'orthographe écrits par la fillette, et même une dent de lait maintenue sur une page avec du papier collant !

Isabelle avait écrit plusieurs feuillets d'une sorte de journal, où elle s'était plu à consigner des anecdotes que Polly avait presque oubliées, et qui pour la plupart étaient amusantes, pittoresques ou inattendues. Polly remarqua que de nombreux mots étaient à peine lisibles, à cause des larmes d'Isabelle qui les avaient partiellement effacés. Elle avait donc pleuré en écrivant ce journal...

Enfin l'album s'achevait sur des images atrocement douloureuses, la dernière photo montrant Suzannah affublée de l'un de ces chapeaux de carnaval qu'Isabelle lui avait confectionnés après son traitement, lorsqu'elle avait perdu ses cheveux. L'enfant était très pâle, mais elle souriait, radieuse, et brandissait un de ces romans policiers chers à sa grand-mère.

A l'époque, Polly s'était disputée avec Isabelle au sujet de ces livres.

— Je veux qu'elle lise des ouvrages sérieux, et non pas ces histoires ridicules que tu adores ! avait-elle tempêté.

— Tais-toi donc, avait rétorqué Isabelle. Suzie adore les romans policiers, et ça ne peut pas lui faire de mal.

La voix de Norah tira brusquement Polly de ses pensées.

— Ah, tu l'as trouvé, ce fameux album ! s'exclama la cadette, lui tendant un verre de jus d'orange. Et que contient-il de si précieux ?

Sans un mot, Polly présenta l'ouvrage à sa sœur, qui s'assit à côté d'elle sur le lit pour l'ouvrir.

— J'aurais dû m'en douter..., murmura doucement Norah. Tu te souviens ? Pour nous aussi, elle avait fait des albums avec nos bulletins de classe et toutes sortes de souvenirs. Je me rappelle à quel point nous étions mortifiées, parce qu'elle avait écrit la date de tes premières règles. Moi, j'étais malade de jalousie. Je me disais que ça ne m'arriverait jamais.

Non, Polly ne s'en souvenait pas ! Mais elle eut un petit rire nostalgique.

— Regarde ça ! s'exclama soudain Norah, montrant une photo de Suzannah qui arborait des vêtements de sa grand-mère, juchée sur des chaussures à hauts talons immenses pour elle, et feignant de fumer une cigarette.

Après un temps de réflexion, elle poursuivit :

— Tu as raison, quand tu dis que maman n'est pas toujours un bon exemple pour une enfant. Si... enfin, *quand* nous vivrons ensemble, Jérôme et moi, je ne voudrais pas qu'elle apprenne à Clover à fumer.

— Trop tard, c'est déjà fait, rétorqua Polly, grinçante.

Elle était partagée, aux prises avec des sentiments contradictoires, et finit par désigner l'album d'un geste, déclarant d'un ton pensif, comme si elle se parlait à elle-même :

— Au fond, maman a dû aimer Suzannah.

Cela constituait une étrange découverte, pour elle.

Norah la regarda, stupéfaite.

— Bien sûr qu'elle l'adorait ! Elle en était si fière ! Elle me téléphonait sans arrêt pour me raconter ce que la petite avait dit ou avait fait !

— Moi qui voulais tant avoir une mère comme celle de mes petites amies ! Et plus tard, je souhaitais que maman devienne une grand-mère classique, qui ferait des gâteaux pour ses petits-enfants et leur lirait des contes de fées... Comme elle ne l'était pas, je me disais qu'elle se moquait de tout, nous et Suzannah comprises !

— Pourtant, elle nous aime, fit valoir Norah doucement mais fermement.

Polly commençait à le croire. Sa colère et son ressentiment contre sa mère perdaient de leur intensité, en même temps qu'elle se sentait plus légère, comme libérée.

Norah referma l'album.

— Certes, maman n'est pas parfaite, déclara-t-elle alors, mais pour moi, elle sera toujours ma mère, et je ne veux pas la juger. Je me dis aussi que c'est une force de la nature. Pour cela, je l'admire.

Polly se mit à rire.

— C'est drôle, ce que tu dis... Clover me fait exactement la même impression. Elle aussi est une force de la nature, tu t'en rendras compte. A propos, comment ça va, avec Jérôme ?

Norah baissa aussitôt les yeux.

— Bien. Très bien, même. En principe, il doit s'installer chez moi en sortant de l'hôpital. Il ne peut pas monter les étages, chez lui, et encore moins s'occuper seul de

Clover. Il y a deux chambres dans mon appartement, et Clover en occupera une.

Compte tenu de ce que cela impliquait, Norah rougit et se tut.

— Tu es amoureuse ? interrogea Polly après quelques instants de réflexion.

— Oh, je l'aime, oui... De tout mon cœur, de toutes mes forces !

Norah était sincère, on ne pouvait en douter.

— Et lui, t'aime-t-il ?

La cadette hocha la tête sans l'ombre d'une hésitation.

— J'en suis sûre, même s'il ne l'a pas exprimé aussi clairement.

— Alors tout est pour le mieux, conclut son aînée. Quand on s'aime, on peut surmonter toutes sortes de difficultés.

Polly parlait d'expérience. Elle n'oublierait jamais ce que la vie lui avait ravi, mais désormais, elle savait apprécier à sa juste valeur ce qu'elle possédait : son amour pour Michael, et celui qu'elle aurait toujours pour Suzannah, éternellement vivante dans son cœur.

Épilogue

En ce matin d'octobre brillait un soleil radieux. Les rues de Vancouver étaient jonchées de l'or et de l'incarnat des dernières feuilles d'automne tombées.

Au volant de sa voiture, Michael chantait à tue-tête en rentrant chez lui. Il bifurqua dans l'impasse, et dépassa la pancarte de l'agent immobilier signalant que la maison était en vente. A peine avait-il coupé le contact qu'il se rua hors de sa voiture pour s'élancer dans l'entrée, évitant de buter dans les cartons entassés un peu partout.

— Polly? cria-t-il.

Il était si heureux qu'il allait enlever sa femme, l'emmener déjeuner au restaurant avec Clover, avant de les combler toutes deux de cadeaux!

— Chérie? Où es-tu?

La jeune femme apparut dans l'escalier, surprise et manifestement inquiète. Michael s'était rendu au cabinet spécialement pour voir le petit Duncan Hendricks. Quatre mois s'étaient écoulés depuis son opération, et Michael, croisant les doigts, attendait depuis quelques jours les résultats des analyses qui confirmeraient la guérison définitive de l'enfant.

Polly comprit tout de suite ce qu'il en était, tant son mari rayonnait.

— Le petit est tiré d'affaire, n'est-ce pas?

— Mieux, il est complètement guéri! exulta Michael.

Le scanner a montré que la tumeur du cerveau avait disparu. Duncan n'a plus aucun symptôme neurologique, et son opération n'est plus qu'un mauvais souvenir. Ses cheveux ont déjà repoussé ! Il a fait sa rentrée au jardin d'enfants, où il est le plus heureux des gamins.

— Hourrah !

Polly se jeta dans ses bras et il la serra sur son cœur, l'étreignant à l'étouffer. Lorsqu'elle se dégagea, elle leva sur lui un regard taquin avant de demander :

— Alors ? C'est agréable de rentrer chez toi au milieu de la matinée, en laissant le cabinet et les patients aux bons soins de David ?

En septembre, après avoir travaillé un mois avec lui pour s'assurer de leur bonne entente, Michael s'était associé au Dr David Crystal à qui il avait vendu la moitié des parts de son cabinet. Il en avait retiré une somme confortable qui, ajoutée à la vente de la maison, leur garantirait, à Polly et à lui, une nouvelle sécurité financière. Beaucoup plus important encore, cette association lui permettait désormais de passer plus de temps en compagnie de sa femme.

— C'est plus qu'agréable, c'est génial ! s'exclama-t-il. Prendre un associé est certainement la chose la plus intelligente que j'aie faite depuis bien longtemps !

— Et tu es toujours d'accord pour passer trois semaines de vacances avec moi à Hawaii ? demanda encore Polly, toujours taquine.

Ils devaient en effet partir quinze jours plus tard, juste après leur installation dans le nouvel appartement, situé sur le front de mer, dont Polly était tombée amoureuse aussitôt après l'avoir visité.

Il était temps pour eux de se simplifier la vie, avait-elle expliqué à Michael après sa visite. La charge d'une maison était trop lourde à assumer, et créait trop de soucis. Désormais, Polly voulait se consacrer pleinement à son activité artistique.

Quelque temps plus tôt, s'armant de courage, elle était allée montrer ses croquis de Clover à Jade Crampton, de la galerie Concept. Jade avait aussitôt suggéré d'organiser une petite exposition, dès que Polly aurait un nombre suffisant de dessins à accrocher.

Michael adorait le nouvel appartement, qui n'était situé qu'à quelques minutes en voiture de son cabinet. Et comme ils habiteraient désormais au bord de l'eau, il avait décidé d'apprendre la voile.

— Trois semaines seul avec toi, cela risque de me paraître long! lui répondit-il d'un ton persifleur. Mais si tu me promets de porter le Bikini que je vais t'acheter aujourd'hui, je tâcherai de trouver des dérivatifs pour que le temps passe plus vite. En attendant, je t'emmène faire la fête avec Clover. A ce propos, où est-elle, cette enfant démoniaque?

— En haut. Nous finissons de vider la chambre de Suzannah. Je lui ai dit de prendre tout ce qu'elle voulait, et elle est en train de remplir quelques cartons.

— Elle est de meilleure humeur, aujourd'hui?

Clover avait émigré chez eux pour quatre jours, pendant que Jérôme et Norah s'offraient à Seattle une courte lune de miel. A leur retour, ils s'installeraient dans la maison d'Isabelle.

— Disons que je fais de mon mieux pour ne pas la contrarier! répliqua Polly en riant.

La fillette, quand elle avait compris qu'elle ne serait pas du voyage de noces, avait été furieuse et affreusement vexée. Pour se venger, elle avait mis la patience de tous à rude épreuve, avec un art consommé. Lors de la réception, après le mariage, elle avait fait une scène effroyable, s'était roulée par terre, avait refusé d'embrasser son père avant son départ, et avait décrété à haute et intelligible voix qu'elle n'aimait pas Norah. Elle avait même mordu le pauvre Eric Sanderson à la cuisse quand il avait tenté de la consoler, puis avait volontairement renversé son verre de jus d'orange sur la robe claire d'Isabelle. Enfin, depuis deux jours qu'elle vivait chez Polly et Michael, elle se rebellait dès qu'on prétendait exiger d'elle quelque chose.

Polly soupira avec un soulagement amusé :

— Heureusement qu'il n'y a plus que quarante-huit heures à tenir ! Franchement, je compte les heures... Bon, puisque nous allons faire la fête, viens, montons, je vais me changer.

Sur quoi, elle glissa son bras sous celui de Michael pour l'entraîner dans l'escalier.

La porte de la chambre de Suzannah était fermée, et Polly fronça les sourcils.

— Cela me paraît dangereusement tranquille, là-dedans. Quelle bêtise a-t-elle encore inventée ?

Michael ouvrit la porte.

Dans la pièce baignée de soleil, c'était un véritable chaos. Des morceaux de puzzles, des cubes, des amas de vêtements et des crayons de toutes sortes jonchaient le sol. Le papier peint — un délicat semis de petites roses — était gribouillé au feutre dans des couleurs criardes, et un oreiller crevé répandait partout une fine poussière de duvet. Au milieu de ce capharnaüm, roulée en boule, son pouce dans la bouche, Clover sommeillait.

— La petite chipie ! murmura Polly. J'ai du mal à y croire. Je l'ai laissée à peine dix minutes...

Michael, réprimant un sourire, lui fit signe de se taire et, la tirant par le bras, l'entraîna dans le couloir, avant de fermer sans bruit la porte de la chambre.

— Laissons dormir les démons, Pol, et profitons-en.

Il se pencha pour embrasser sa femme sur la bouche puis, feignant un air de croquemitaine, déclara :

— Mon diagnostic, madame Forsythe, est que vous êtes surmenée. Or, il se trouve que je dispose du meilleur remède pour une relaxation complète et souverainement efficace. Venez donc avec moi dans la salle de soins.

276

— Vous êtes sûr, docteur ?

— Faites-moi confiance, chère petite madame, lui assura-t-il avec un sourire qui en disait long.

Et tous deux rirent tendrement lorsqu'il l'entraîna vers la chambre à coucher.

Chère lectrice,

Vous nous êtes fidèle depuis longtemps?
Vous venez de faire notre connaissance?

C'est pour votre plaisir que nous avons
imaginé un rendez-vous chaque mois
avec vos auteurs préférés, vos
AUTEURS VEDETTE dans les
collections Azur et Horizon.

Les **AUTEURS VEDETTE** vous
donneront rendez-vous pour de
nouveaux livres vedette.

Pour les reconnaître, cherchez
l'étoile... Elle vous guidera!

Éditions Harlequin

HARLEQUIN

LE FORUM DES LECTEURS ET LECTRICES

CHERS(ES) LECTEURS ET LECTRICES,

VOUS NOUS ETES FIDÈLES DEPUIS LONGTEMPS?

VOUS VENEZ DE FAIRE NOTRE CONNAISSANCE?

SI VOUS AVEZ DES COMMENTAIRES, DES CRITIQUES À FORMULER, DES SUGGESTIONS À OFFRIR, N'HÉSITEZ PAS... ÉCRIVEZ-NOUS À:
    LES ENTERPRISES HARLEQUIN LTÉE.
    498 RUE ODILE
    FABREVILLE, LAVAL, QUÉBEC.
    H7R 5X1

C'EST AVEC VOS PRÉCIEUX COMMENTAIRES QUE NOUS ALLONS POUVOIR MIEUX VOUS SERVIR.

DE PLUS, SI VOUS DÉSIREZ RECEVOIR UNE OU PLUSIEURS DE VOS SÉRIES HARLEQUIN PRÉFÉRÉE(S) À VOTRE DOMICILE, NE TARDEZ PAS À CONTACTER LE SERVICE D'ABONNEMENT; EN APPELANT AU (514) 875-4444 (RÉGION DE MONTRÉAL) OU 1-800-667-4444 (EXTÉRIEUR DE MONTRÉAL) OU TÉLÉCOPIEUR (514) 523-4444 OU COURRIER ELECTRONIQUE: AQCOURRIER@ABONNEMENT.QC.CA OU EN ÉCRIVANT À:
    ABONNEMENT QUÉBEC
    525 RUE LOUIS-PASTEUR
    BOUCHERVILLE, QUÉBEC
    J4B 8E7

MERCI, À L'AVANCE, DE VOTRE COOPÉRATION.

BONNE LECTURE.

HARLEQUIN.

VOTRE PASSEPORT POUR LE MONDE DE L'AMOUR.

ROUGE PASSION

**De fiévreuses histoires
d'amour sensuelles!**

De provocantes histoires
d'amour passionnées et romantiques qu'on lit d'une seule
traite. Aventureuses, parfois
humoristiques, et sensuelles,
elles mettent en vedette des
hommes et des femmes
d'aujourd'hui.

**ROUGE PASSION... quatre
nouveaux titres chaque
mois.**

COLLECTION
HORIZON

Des histoires d'amour romantiques qui vous mènent au bout du monde!

Découvrez la passion et les vives émotions qu'apportent à la Collection Horizon des auteurs de renommée internationale!

Captivantes, voire irrésistibles, ces histoires d'amour vous iront assurément droit au coeur.

Surveillez nos quatre nouveaux titres chaque mois!

La COLLECTION AZUR

Offre une lecture rapide et

- stimulante
- poignante
- exotique
- contemporaine
- romantique
- passionnée
- sensationnelle!

COLLECTION AZUR... des histoires
d'amour traditionnelles qui vous
mènent au bout du monde!
Six nouveaux titres chaque mois.

Composé sur le serveur d'EURONUMÉRIQUE, à MONTROUGE
PAR LES ÉDITIONS HARLEQUIN
Achevé d'imprimer en février 2001

BUSSIÈRE

GROUPE CPI

à Saint-Amand-Montrond (Cher)
Dépôt légal : mars 2001
N° d'imprimeur : 10099 — N° d'éditeur : 8674

Imprimé en France